SYLVIA GRÜNBERGER

Flugmanöver

LUFTTAXI Beim Rückflug von Santorin nach Wien behauptet Susanne, unter Flugangst zu leiden. Drei Wochen zuvor schwärmte sie den Piloten des Lufttaxis begeistert vor, wie faszinierend sie das Fliegen mit dem kleinen Flugzeug fand. Hat sie vergessen, wie geschickt sie sich dabei anstellte, als sie die zweimotorige Maschine selbst kurz steuern durfte? Erinnert sie sich nicht mehr daran, was sie über ihre Pläne erzählte, von deren Verwirklichung sie der, von ihrer Stiefmutter arrangierte, Überraschungsurlaub zu ihrem 25. Geburtstag abgehalten hat?

Als die Copilotin Claudia Kalser herauszufinden versucht, wodurch sich Susannes Verhalten geändert haben könnte, stößt sie auf ein Netz aus Intrigen. Schließlich erhält Claudia Unterstützung durch Dr. Jäger, Susannes ehemaligen Rechtsanwalt. Auch er hinterfragt argwöhnisch, was während des Urlaubs geschehen sein könnte, und engagiert einen Privatdetektiv. Doch als sie der Wahrheit gefährlich nahe kommen, enden die gemeinsamen Ermittlungen in einem dramatischen Wettlauf gegen die Zeit.

Bei der Wienerin Sylvia Grünberger entstand die Begeisterung fürs Fliegen durch ihre ersten Fallschirmsprünge auf einem Flugplatz am nordöstlichen Stadtrand von Wien. Daraus entwickelte sich eine lang anhaltende Verbundenheit mit der Luftfahrt. Als Sprunglehrerin hat sie einige Jahre selbst Fallschirmspringer ausgebildet. Sie war Mitglied der österreichischen Damen-Nationalmannschaft, hat an nationalen und internationalen Wettbewerben und zweimal an einer Weltmeisterschaft im Fallschirmspringen teilgenommen. Später kam dann noch ihre Ausbildung als Privatpilotin dazu, und das Fliegen gewann noch mehr an Bedeutung. Ihre Erfahrungen und die jahrelange starke Bindung zur Fliegerei lassen sich in den Kriminalromanen der Lufttaxi-Serie nicht übersehen.

SYLVIA GRÜNBERGER

Flugmanöver

Kriminalroman

GMEINER SPANNUNG

Ausgewählt von
Claudia Senghaas

Besuchen Sie uns im Internet:
www.gmeiner-verlag.de

Im Ehnried 5, 88605 Meßkirch
Telefon 07575/2095-0
info@gmeiner-verlag.de

1. Auflage 2016

Lektorat: Claudia Senghaas, Kirchardt
Herstellung: Mirjam Hecht
Umschlaggestaltung: U.O.R.G. Lutz Eberle, Stuttgart
unter Verwendung eines Fotos von: © Shutterbas – Fotolia.com
Druck: CPI books GmbH, Leck
Printed in Germany
ISBN 978-3-8392-1811-2

Personen und Handlung sind frei erfunden.
Ähnlichkeiten mit lebenden oder toten Personen
sind rein zufällig und nicht beabsichtigt.

PROLOG

Wien, Döbling

Es fiel ihr schwer, sich die aufkeimende Wut nicht anmerken zu lassen. Sandra würde selbst die geringsten Anzeichen als hysterischen Wutausbruch hochspielen. Ihr vorwerfen, psychisch labil zu sein. Um sich gegen das Ansinnen ihrer Stiefmutter zweckmäßig zu wehren, musste sie kühl und gelassen reagieren. Doch das war schwierig. Obwohl sie die Klinik nun endlich verlassen hatte, fühlte sie sich nicht frei, sondern immer noch eingeengt. Diesmal waren es keine realen Wände, die sie aufhielten. Die Grenzen glichen imaginären Spinnennetzen, in denen sie sich nicht verheddern durfte. Ihr früheres Zuhause schien nicht mehr die sichere Geborgenheit auszustrahlen. Ständig befand sich jemand in ihrer Nähe, der sie besorgt mit gutgemeinten Forderungen und pathetischem Mitgefühl überschüttete. Susanne fragte sich, ob mit diesen Scheinargumenten die Absicht einer permanenten Kontrolle verbunden war. Vielleicht war sie aber auch zu misstrauisch und erkannte echte Fürsorge nicht als solche?

»Glaub mir, Susanne, du brauchst diesen Urlaub wirklich dringend. Griechenland wird dir gut tun!« Sandras zuckersüßes Lächeln wirkte leicht klebrig. Wie diese Insektenfallen, deren trügerischer Geruch ins Verderben lockt.

»Und was spricht gegen Marbella?« Das Haus in Spanien befand sich bereits seit Jahrzehnten in Familienbesitz. Schon als Kind hatte Susanne es geliebt, dort die Ferien zu verbringen.

Sandra seufzte: »Die schrecklichen Erinnerungen, die unweigerlich mit dem Unfall verbunden sind. Du musst Abstand gewinnen.« Missbilligend schüttelte sie den Kopf. »Sobald du dich erholt hast, kannst du doch jederzeit nach Marbella fliegen und solange du willst dort bleiben. Jetzt geht es vorerst darum, ausreichend Distanz aufzubauen, bis du das Gefühl hast, psychisch stark genug zu sein. Das ist keine Idee von Jaro oder mir. Die Anregung stammt von deinem Therapeuten!«

Diese Argumentationen kannte Susanne mittlerweile zur Genüge. Gleichzeitig drängte sich ihr allerdings die Frage auf, ob Sandra womöglich den eigenen Aufenthalt in Marbella vermeiden wollte. Aus rein egoistischen Gründen. Man sollte annehmen, dass es in diesem Zusammenhang auch für ihre Stiefmutter schmerzliche Erinnerungen gab.

Sandras Hand schwebte zögernd über der leeren Reisetasche, die sie aufs Bett gestellt hatte. »Soll ich dir packen helfen?« Sie wussten beide, dass sich in dem Haus in Marbella immer noch reichlich Kleidung und persönliche Dinge von Susanne befanden. Dorthin hätte sie kaum etwas mitzunehmen brauchen.

»Nein danke. Was ich benötige, wäre ein bisschen Bargeld, Kreditkarten und ein Mobiltelefon!«

»Ein Handy kann ich dir besorgen.« Sandra nickte zustimmend. »Aber das mit den Kreditkarten wird sich zeitmäßig vor unserer Abreise wahrscheinlich nicht mehr ausgehen.«

»Ich hatte mal welche! – Du erinnerst dich?« Susanne besaß sie immer noch. Gemeinsam mit einigen wichtigen Unterlagen hatte sie auch diese in die Schweizer Klinik geschmuggelt. Alles andere war ihr weggenommen worden. Was sie tatsächlich jetzt vordringlich brauchte, war ein Mobiltelefon. Die Erwähnung der Kreditkarten diente nur als Ablenkung. Susanne getraute sich nicht, das Festnetztelefon in der Villa zu benutzen. Es gab zu viele Anschlüsse, von denen man mithören konnte. Dieses Risiko wagte sie derzeit nicht einzugehen. Es erschien ihr sinnvoller, ihre Absichten nicht zu früh publik zu machen. Auch Sandra und Jaro hatten Pläne. Und Susanne bezweifelte, dass sich diese widerspruchslos mit ihren eigenen vereinbaren ließen.

»Pack nicht zu viel ein. Auf der Insel Santorin gibt es fantastische Boutiquen.« Sandra lächelte verschwörerisch. »Wir besorgen dir dort eine neue Garderobe.« Sie war nervös und bemühte sich, es zu verbergen. Susanne konnte es spüren. Auch ihrer Stiefmutter schien es bewusst zu sein. Sie faselte etwas über ihr dringendes Bedürfnis nach einer Zigarette und verließ fast fluchtartig den Raum.

Susanne atmete erleichtert auf. Was sie brauchte, war ein wenig Zeit, um ungestört nachzudenken. Es gab einige für sie wichtige Dinge zu erledigen. Dazu hatte man ihr bisher keine Gelegenheit gelassen. Die Ereignisse entwickelten sich für ihre Begriffe viel zu schnell in eine Richtung, die mit ihren Wünschen und Plänen nicht konform ging. Sie wurde demnächst 25. Niemand konnte sie zu etwas zwingen. Vorausgesetzt, sie ließ sich nicht nochmals in eine ausweglos scheinende Situation manövrieren.

Die Frage war, wie sinnvoll es sein mochte, sich zu weigern, diesen – als Geburtstagsgeschenk deklarierten – Griechenlandurlaub anzunehmen. Wenn sie darauf beharrte, in Wien zu bleiben, gelang es ihr vielleicht, einige ihrer dringendsten Anliegen umzusetzen. Dafür würden sich allerdings die familiären Spannungen noch stärker verdichten.

Ob sie dadurch weitere Intrigen heraufbeschwor? Eine Konfrontation ließ sich zwar hinauszögern, aber nicht völlig umgehen. Und sie war sich nicht wirklich sicher, ob sie tatsächlich psychisch bereits stark genug dafür war. Ein paar Wochen körperliche Erholung und geistiges Abschalten trugen vermutlich dazu bei, innerlich gefestigter zu werden. Nach dem vorangegangenen schier endlosen Kampf fühlte sie sich müde und ausgelaugt.

Susanne ließ sich aufs Bett fallen. Ihre Finger tasteten unter der Bettdecke nach dem Umschlag, den sie, als Sandra den Raum betrat, rasch hatte verschwinden lassen. Gedankenversunken breitete sie den Inhalt auf der Decke aus und strich liebevoll über einige der Fotos und Schriftstücke. Tränen sammelten sich in ihren Augen. Sie seufzte und schob die Unterlagen resignierend zurück in den Briefumschlag. Nein, sie durfte diese Papiere keinesfalls mitnehmen. Sandra würde ihre Sachen durchwühlen und sie finden. Das war zu riskant. Sie musste dieses Kuvert an einem sicheren Ort deponieren.

Nachdenklich blickte sich Susanne im Zimmer um. Es wirkte fremd, bedrückend. Von der früheren Vertrautheit war nichts mehr zu spüren. Konnte in zwei Jahren eine über 20 Jahre aufgebaute intime Harmonie einfach verschwinden? Und wenn ja, wodurch? In ihrem Zimmer war nichts verändert worden. Nur sie selbst hatte sich verändert.

Vielleicht war sie zu lange weg gewesen. Vielleicht hatte Sandra recht. Vielleicht musste sie wirklich ausreichenden Abstand gewinnen. Vielleicht war sie auch tatsächlich paranoid? Selbst merkte man das wahrscheinlich gar nicht. Möglicherweise misstraute sie ihrer Stiefmutter deshalb? Und der Ursprung lag nicht in den vorangegangenen

Geschehnissen. Sandra schien sich zu bemühen, frühere Missverständnisse aufzuklären und zu bereinigen. Dieses Bemühen konnte auch ehrlich gemeint sein.

Susanne schrieb Dr. Jägers Adresse auf das Kuvert, schob eine Notiz mit der Bitte, den Inhalt aufzubewahren, hinein und verschloss den Umschlag zusätzlich mit Klebeband. Sie würde die Unterlagen per Post an ihn schicken. Er war derzeit der Einzige, dem sie wirklich vertraute. Nicht zuletzt deshalb, weil ihre Mutter ihm vertraut hatte, bevor sie an Leukämie verstorben war.

Dieses krampfhaft liebenswürdige Verhalten ihrer Stiefmutter verstärkte Susannes Zweifel und steigerte ihre Skepsis gewaltig. Ihre Beziehung zueinander war nie herzlich gewesen, doch sie hatten sich gegenseitig respektiert.

Sandra, jung, attraktiv, ehrgeizig, arbeitete bereits ein paar Jahre für Susannes Vater als Sekretärin, bevor es ihr gelang, ihn unterschwellig und äußerst charmant daran zu erinnern, dass es außerhalb seiner Firma noch ein anderes Leben gab.

Natürlich blieb die Affäre im Unternehmen kein Geheimnis. Und infolgedessen kündigte Sandra, um nicht mehr als heimliche Geliebte des Chefs abgestempelt zu werden. Ein tränenreicher Abschied mit Reizworten wie ›Schlussstrich‹, ›Moralvorstellungen‹, ›schmerzhaft und endgültig‹.

Susanne und ihr Bruder Karl – beide ebenfalls im Unternehmen beschäftigt – waren sich einig gewesen, dass Sandra ihren Vater genau mit diesem Schritt erfolgreich herausforderte, sie zu heiraten. Schließlich kannte ja auch sie ihn ausgesprochen gut. Es ging ihr nicht ums Geld, sondern um den Status. Vorsichtshalber ließ der wohlhabende Witwer einen Ehevertrag aufsetzen. Sandra war sofort damit einverstanden. Sie handelte ohnedies stets auf Anweisung, ohne diese zu hinterfragen oder eigene Überlegungen anzustellen.

Susanne dachte darüber nach, ob Sandras nunmehr übertrieben fürsorgliches Verhalten einfach nur auf schlechtem Gewissen beruhte. Immerhin hatte sie sich monatelang nicht um ihre kranke Stieftochter gekümmert. In der Kälte der Klinik war sich Susanne alleingelassen, von allen isoliert und gefangen vorgekommen. Vermutlich erschien ihr das während der Depressionsschübe noch wesentlich beängstigender. Das Gefühl einer eingeschränkten Freiheit verspürte sie immer noch. Es nahm ihr die Luft zum Atmen. Lag der Grund womöglich in trügerischen Heilerfolgen oder einer falschen Therapie? Umgab sie tatsächlich eine dunkle ungewisse Bedrohung? War diese real? Oder das beklemmende Produkt ihrer Psyche?

Sie musste einfach dringend abschalten. Durfte nicht überall hinterhältige Absichten vermuten. Niemand versuchte, sie arglistig in eine Falle zu locken.

Nein, es war nicht naiv, Sandra zu vertrauen. Die Stiefmutter kannte Susannes Pläne nicht, und ohne hellseherische Fähigkeiten würde es ihr auch nicht gelingen, sie zu durchschauen.

Susanne beschloss abzuwarten und sich möglichst ruhig und kooperativ zu verhalten. Es handelte sich letztlich nur um ein paar Wochen. Anschließend alleine nach Marbella zu reisen, war ohnedies sinnvoller. Sie brauchte Zeit, um sich einen Überblick zu verschaffen. Bevor sie in die Firmenleitung eingriff, musste sie herausfinden, wer ihren Einfluss schmälern oder verhindern könnte. Außerdem wollte sie vorher noch die längst fällige Operation an ihrer Hüfte durchführen lassen.

1

Flughafen Wien

Mit übertrieben aufsässigem Gesichtsausdruck winkte Gustav die Maschine in die privilegierte Parkposition. Die Bewegungen seiner Arme beschränkten sich auf ein Minimum. Kaum mehr als Andeutungen. Bei ortsfremden Flugzeugen benutzte Gustav stets Kellen zum Einweisen. Jetzt steckten sie allerdings seitlich in seinem gelben Overall.

Gustav war klar, dass die Pilotin der Cessna 414 seine Anweisungen nicht nur als unnötig, sondern als eindeutige Schikane empfand. Das kleine Bedarfsflugunternehmen namens *Lufttaxi*, für das sie seit zwei Jahren flog, war am Flughafen Wien Schwechat stationiert. Im Grunde genommen wollte Gustav vor allem eindeutig demonstrieren, dass sie die Maschine diesmal nur ausnahmsweise am Vorfeld genau vor dem Gebäude-Eingang des *Zentrums der Allgemeinen Luftfahrt* abstellen durfte. Mit einer schneidenden Bewegung fuhr er mit der flachen Hand über seinen Hals. Nicht gerade die korrekte Anweisung zum Abstellen der Motoren, aber immerhin eindeutig.

Die Fäuste in den Taschen seines gelben Overalls vergraben stellte er sich breitbeinig vor dem zweimotorigen Tiefdecker auf. »Wenn nicht wirklich sicher ist, dass ihr in einer halben Stunde verschwunden seid, kannst du die Mühle gleich nach hinten rollen, Claudia!«, keifte er, während die Pilotin aus dem Cockpit kletterte.

Claudia Kalser seufzte, blickte resignierend zum Himmel und verzog die Mundwinkel zu einer Grimasse. Gustav hatte den zermürbenden Monolog über seine angebliche Großzügigkeit – ihr vorübergehend die bevorzugte Parkposition zu überlassen – bereits begonnen, als die Cessna aufgetankt wurde. Mittlerweile kannte sie seine Argumente auswendig. In spätestens einer Stunde musste die Abstellfläche vor dem Eingang des *General Aviation Centers* frei sein, da genau dort eine Gulfstream 550 einflussreiche Fluggäste erwartete. Der Jet sollte den Vizekanzler, die Innenministerin und deren Entourage abholen. Die Zumutung, dass die hohen Herrschaften womöglich einen gigantischen Umweg von maximal fünf Metern in Kauf nehmen mussten, würde garantiert jemanden zu einer Beschwerde veranlassen. Gustav war strikt darauf bedacht, jeglichen Ärger zu vermeiden.

In den meisten Staaten benutzten Regierungsmitglieder Maschinen ihrer eigenen Luftwaffe. Natürlich waren nicht alle so groß und luxuriös ausgestattet wie die allgemein aus Filmen bekannte *Air Force One*, die dem amerikanischen Präsidenten zu Verfügung stand. Tatsächlich verbargen sich hinter der Bezeichnung ›Air Force One‹ mehrere Flugzeuge. In der Langstreckenversion wurden zum Beispiel zwei Boeing 747 eingesetzt.

In Österreich – und etlichen anderen kleineren Ländern – war das Bundesheer mit Kampfjets ausgestattet, die für Passagierflüge ungeeignet waren. Deshalb wurden bei Bedarf Businessjets von einschlägigen Luftfahrtunternehmen gechartert. Das Arrangement war flexibel und bequem, konnte auf Kurz-, Mittel- oder Langstrecken abgestimmt werden und natürlich auch auf den Luxus, der den jeweiligen Regierungsmitgliedern zugebilligt wurde. Gewünschte Annehmlichkeiten ließen sich mitbuchen. Der Service an Bord, Flugbegleiterinnen, die Bestückung der Bar und natürlich die Größe des Fliegers als Äquivalent zu der vor dem Hangar parkenden Stretch-Limousine.

Im Vergleich dazu war die *Cessna 414 Chancellor,* das einzige Flugzeug des winzigen Bedarfsflugunternehmens, für das Claudia flog, wie schon der schlichte Name sagte, zwar komfortabel, aber eben doch eine Art Taxi und kein Limousinenservice. Dementsprechend setzte sich auch dessen Kundenkreis zusammen. Und genau darin gipfelte Gustavs Konflikt. Minister und andere Promis trafen nicht jeden Tag im *Zentrum der Allgemeinen Luftfahrt* ein, Claudia und das Lufttaxi schon. Schließlich waren sie im Bereich des *General Aviation Center* am Flughafen Wien sozusagen beheimatet.

»Der Learjet der Ärzteflugambulanz wird voraussichtlich in 45 Minuten erwartet. Und die wollen ihren Krankentransport auch genau vor dem GAC-Eingang ins Rettungsauto umladen und den Sanitätern übergeben.« Gustav benutzte für *General Aviation Center* die Abkürzung *GAC*, doch weder mit deutscher noch englischer Aussprache, sondern er verwendete den Ausdruck ›Gatsch‹, wie übrigens ein Großteil der Privatpiloten im Raum Wien. Für Nicht-Einheimische klang das Wort nach schlampiger Sprache. Im Wiener Dialekt bezeichnete man damit allerdings eine Anhäufung nasser Erdklumpen. Was in etwa gleichbedeutend mit Morast war und von den Betriebsleitern der Allgemeinen Luftfahrt nicht so gern gehört wurde.

Für Claudia sollte die versteckte Andeutung ein Zugeständnis sein, dass Gustav sich im Grunde seines Herzen mit den Piloten solidarisch fühlte und nicht als obrigkeitshörig angesehen werden wollte. Doch das wusste sie ohnedies längst. Obwohl sie sich manchmal gereizt anfauchten, kamen sie, wenn es wirklich darauf ankam, ganz gut miteinander aus. Claudia brachte Gustav öfters exquisite Zigarren aus verschiedenen Duty-free-Shops mit, und er half ihr dafür im Bedarfsfall bei Dingen, die nach seiner Auffassung nicht zu seinem Aufgabenbereich am Flughafen gehörten.

»Ich verlasse mich drauf, dass ihr verschwunden seid, bevor der Promizirkus anfängt, Claudia! Sonst gibt's Ärger!« Gustav unterstrich seine Worte, indem er den rechten Zeigefinger mahnend wackelnd gegen den Himmel stieß. Was bei seinen dicken Wurstfingern nicht sonderlich bedrohlich wirkte.

»Jaaaa! Du hast es mir jetzt fünfmal erklärt! Ich bin nicht begriffsstutzig!« Claudia stöhnte. »Wir starten spätestens in … sagen wir … allerhöchstens 30 Minuten! Unser Auftraggeber hat gesagt, seine Tochter wäre schwerst gehbehindert. Sie kommt zwar nicht im Rollstuhl, aber auf Krücken. Also können wir ihr nicht zumuten, dass sie weiß-Gott-wie-weit zum Flugzeug latschen muss.«

Jaromir Käfer hatte sich dreimal persönlich vergewissert, ob der Charterauftrag wie geplant klappen würde. Dabei erwähnte er jedes Mal die Behinderung seiner Tochter, und dass es sich bei dem dreiwöchigen Urlaub um ein Geburtstagsgeschenk für Susanne handle. Ein äußerst besorgter Vater. Normalerweise erledigte seine Sekretärin die Buchungen beim Lufttaxi.

Claudia warf einen zufriedenen Blick auf das abgestellte Flugzeug. Im Allgemeinen gehörte die *Cessna 414 Chancellor* mit dem Kennzeichen OE-FFY sehr wohl zu den bevorzugt parkenden zweimotorigen Propellermaschinen. Die weiße Cessna mit den schwarzen Streifen an Bauch und Tragflächen, der langgezogenen spitzen Nase, den fünf runden Fenstern im Passagierbereich und dem ansprechenden Lufttaxi-Logo am Rumpf, war nämlich – zumindest nach Ansicht des Teams des kleinen Luftfahrtunternehmens – das hübscheste Flugzeug seiner Klasse im Bereich der General Aviation. Obwohl sich natürlich verstreut über die zugeteilten Abstellflächen viele schnittige Maschinen befanden, von denen einige richtige Schönheiten waren. Auf dem größten Teil des Flughafens tummelte sich der Linienflugverkehr. Und wie bei einer Ansammlung von Autobussen gab es dazwischen nur selten bewunderungswürdige Exemplare. Dafür glich der Bereich der *Allgemeinen Luftfahrt* einem Parkplatz, auf dem auch das flugtaugliche Äquivalent zu einem Ferrari, Lamborghini, Maserati oder Bentley zu finden war.

Während Claudia geradewegs ins GAC-Gebäude marschierte, watschelte Gustav keifend hinterher. Dabei betonte er, dass seine Gutmütigkeit schamlos ausgenützt werde, Piloten ständig auf Ausnahmeregelungen pochten und er den Kopf hinhalten müsste, wenn jemand die geforderte Ordnung durcheinanderbrachte. Claudia hörte ihm nicht mehr zu. Letztlich bot er ihr verdrossen an, das gehbehinderte Mädchen im Notfall mit einem ›Follow-me-Fahrzeug‹ zum Flieger zu bringen, falls sich der Abflug der Lufttaxi-Passagiere verzögern sollte und die Maschine den Abstellplatz wechseln musste. Obwohl er Zigarren – wie die beiden, die Claudia ihm am Vortag aus einem Duty-free-Shop mitgebracht hatte –, selbstverständlich niemals als Bestechung auffasste, rentierten sich diese Investitionen meistens ja doch in irgendeiner Form.

Rudi Fellner, der Boss des Lufttaxis, war bei diesem Flugauftrag anscheinend damit ausgelastet, als Kapitän die Verantwortung zu tragen. Er quatschte im Eingangsbereich des GACs mit zwei Piloten und drückte Claudia – ohne sein Gespräch zu unterbrechen – den halbausgefüllten Flugplan in die Hand. Pflichtbewusst begab sie sich in den Pilotenraum, um ihn zu vervollständigen und aufzugeben. Copiloten sind ja immer die, die arbeiten müssen.

Mittels Videoschaltung holte sie sich das *Aeronautical Information Service* auf den Bildschirm. »Santorin! Ihr Glückskekse!« Der AIS-Angestellte grinste.

»*Wir* sind *nicht* diejenigen, die dort Urlaub machen!« Claudia seufzte ostentativ.

»Hättest du lieber Berlin-Schönefeld als Destination?«, fragte er ätzend, »dort soll es gerade angenehm kühl sein. Kirschgroße Hagelkörner!«

Das hatte sie bereits gehört. »Die Meteor*lügen* sind süchtig danach, ihre Horrorgeschichten zu verbreiten!« Claudia schmunzelte. Ihr Bruder arbeitete bei den Wetterfröschen am Flughafen.

»Freu dich gefälligst darüber, auf die Kykladen zu fliegen! Santorin ist eine der reizvollsten griechischen Inseln. Was willst du mehr? Unsereins *hört* nur ständig, in welche Teile der großen weiten Welt die anderen ausschwärmen!«

Sie beendete die Video-Schaltung zum AIS, verließ den Pilotenraum und gesellte sich zu Rudi und seinen Gesprächspartnern, um auf die Fluggäste zu warten.

Jaromir Käfer kannte sie bereits. Ein großer gut aussehender Mann Mitte 40. Seine Firma charterte das Lufttaxi öfters. Die gehbehinderte Susanne schätzte Claudia auf Anfang 20. Sie stützte sich auf eine der beiden Krücken und zog die andere demonstrativ lässig nach. Mit vergrämten

Blicken musterte sie die Umgebung. Ihr schmales von glatten brünetten Haaren umrahmtes Gesicht wirkte mürrisch. Die verkniffen aufeinander gepressten Lippen verstärkten den verbitterten Ausdruck zusätzlich und unübersehbar. Herr Käfer umschwirrte seine Tochter mit einer aufdringlichen Fürsorglichkeit, die sie jedoch fast brüsk ablehnte.

Seine Frau Sandra war höchstens 35 und konnte folglich unmöglich Susannes Mutter sein. Neben der attraktiven Blondine im vanillefarbenen Hosenanzug wirkte das blasse Mädchen in schwarzer Hose und dunkler sportlicher Jacke vermutlich noch kränklicher, als es tatsächlich war.

In der Maschine setzte sich Susanne auf einen der Sitze in Flugrichtung und fixierte mit versteinerter Miene das Cockpit. Als Claudia ihren Blick im auf den Passagierbereich ausgerichteten Rückspiegel wahrnahm, seufzte sie innerlich. Für Fluggäste, die allzu deutlich zeigten, wie unbehaglich sie sich in zweimotorigen Propellermaschinen fühlten, empfand sie wenig Begeisterung. Es war wohl angebracht, das Mädchen sicherheitshalber im Auge zu behalten und mit einer möglichen Panikattacke zu rechnen.

Nach den üblichen Checks stellte Claudia die Frequenz von *Wien Ground* ein und übernahm den Funksprechverkehr.

»Wien ground – schönen guten Morgen – Oscar Echo – Fox Fox Yankee, in front of GAC. Request taxi-clearance.«

»Hallo, Sonnenscheinchen!«, begrüßte sie die Stimme im Kopfhörer. *»Oscar Fox Yankee, runway in use is one-six …«*

Claudia schmunzelte. Nach Gustavs vorangegangenen grantigen Attacken war es einfach nett, zur Abwechslung ›Sonnenscheinchen‹ genannt zu werden. Derartiges wirkte sich doch gleich aufbauend auf die Stimmung aus. Nachdem das Lufttaxi seit zwei Jahren am Flughafen Wien-Schwechat stationiert war, erkannten sie die Controller am ›*Ground*‹ und ›*Tower*‹ an der Stimme. Und da Claudias Vater Fluglotse bei Wien *Radar* war, wurde sie auch dort stets bevorzugt und freundlich behandelt.

»*… report ready!*«

»*Fox Yankee!*«, bestätigte sie.

Während Rudi die Maschine über die angegebenen Taxiways zur Piste rollte, beobachtete Claudia Susanne aufmerksam im Spiegel. Anzeichen konfuser Panik vor dem Start konnte sie keine feststellen. Susannes Augen saugten sich geradezu an den Instrumenten fest, ihr Gesichtsausdruck war angespannt. Claudia fragte sich, wem ihr Misstrauen galt. Der Instrumentierung? Der Cessna 414? Den Piloten?

Den gesamten Flug über starrte Susanne kritisch ins Cockpit. Kein Blick aus den Fenstern. Kaum Beteiligung an den Gesprächen ihrer Eltern. Claudia ging davon aus, dass das Mädchen sehr große Angst vorm Fliegen hatte, aber es zeigte sich auch nach der Landung in Santorin keinerlei Erleichterung in ihrem Gesicht. Als die Passagiere das Flugzeug verließen, wirkte Susannes Miene nicht mehr angespannt, sondern verdrossen.

Auf Rudis Handy gab es eine Nachricht, das Lufttaxi-Büro zurückzurufen. Die Käfers verabschiedeten sich. In drei Wochen sollten sie wieder abgeholt werden. Während Rudi telefonierte, blickte sich Claudia bedauernd um. Santorin war wirklich eine hübsche Insel, zu schade, dass sie gleich wieder Richtung Heimat starten mussten.

»Thomas sagt, Schönborn hat die heutige Reservierung auf morgen 14:00 Uhr verschoben!« Rudi stand hinter ihr und schlang seine Arme um ihre Schultern. »Wir müssen also nicht gleich zurückfliegen! Das heißt, wir könnten den restlichen Tag am Strand verbringen, uns ein nettes kleines Hotel suchen und erst morgen Vormittag starten! Was hältst du davon?«, flüsterte er ihr ins Ohr.

»Hm, der Vorschlag klingt wie Sphärenmusik!« Claudia lächelte verschmitzt, wühlte ihr Gesicht oberhalb des Hemdkragens in Rudis Hals und knabberte an seinem Ohr. Seit der Gründung des Bedarfsfluguntenehmens hatten sie keinen richtigen Urlaub miteinander verbracht. Und ein Tag war immer noch besser als überhaupt keiner.

Natürlich dachte sie sofort an den schwarzen Kiesstrand im Südosten der Insel. Soweit sie wusste hieß er *Kamari*. Allerdings hatte sie ihn bisher nur aus der Luft gesehen. Die bunten Farbklekse der Sonnenschirme und Badetücher auf dem dunklen Untergrund vermittelten dabei das bizarre Bild einer expressionistischen Landschaftsmalerei. Wodurch die Neugierde, diesen Strandabschnitt auch einmal zu betreten, erst so richtig erwachte. Gleichzeitig fiel ihr allerdings ein, dass bei Kiesstränden – egal ob schwarz oder weiß – die Steinchen in der Sonne sehr, sehr heiß wurden. Was sie wiederum an einen Lava-Grill erinnerte und zwangsläufig an Sandalen, Sonnencreme und was sonst noch für einen Strandbesuch eben zweckmäßig wäre.

»Aber wir haben keine Badesachen dabei«, murmelte sie ernüchtert. Auf einen Nachtstopp waren sie nicht vorbereitet und in den dunkelblauen Uniformen würden sie auch noch ordentlich ins Schwitzen geraten.

»Hey, ich habe eine Kreditkarte!«, verkündete Rudi bedeutungsvoll. Was im Klartext hieß, er wäre sogar bereit, sie großzügig zu gebrauchen. Claudia quittierte sein Angebot mit einem strahlenden Lächeln, – generöse Anwandlungen kamen bei Rudi nämlich ausgesprochen selten vor. Die in seinem Gehirn eingebaute Registrierkasse war darauf programmiert, bei jedem Cent, der nicht zur Schuldentilgung für die Cessna verwendet, sondern anderwärtig verprasst wurde, ein Alarmsignal auszustoßen.

Sie bemühte sich, sich ihre Überraschung nicht anmerken zu lassen, steckte den Kopf in den Gepäckraum des Flugzeugs und kramte zwei von den T-Shirts mit dem Lufttaxi-Logo aus der hintersten Ecke hervor. Sie hatten stets ein paar von den T-Shirts bereitliegen, um sie an nette Angestellte auf diversen Flugplätzen zu verteilen. Die Beschenkten freuten sich über das Präsent, und wenn sie es trugen, machten sie damit gleichzeitig auch unterschwellig Werbung, da die Internetadresse der Lufttaxi-Website aufgedruckt war.

Nach dem Versorgen der Cessna nahmen sie ein Taxi nach Thira, gingen einkaufen und suchten sich zum Übernachten ein hübsches kleines Hotel im Ort. Es war wie die meisten terrassenförmig angelegt, denn obwohl sich ein Teil von Thira auf dem Plateau oben auf der Insel befand, zog sich der Rest des Ortes hinunter zum Meer. Viele der Häuser waren direkt in das Vulkangestein hinein gebaut. Überall gab es Stufen und Steinbrüstungen, um die verschiedenen Ebenen zu verbinden.

Rudi und Claudia bezogen das Zimmer im Hotel, duschten, zogen die neu erworbenen Shorts, Sandalen und die Lufttaxi T-Shirts an und bewunderten einander im quasi Urlaubslook mit strahlendem Grinsen. Obwohl sie seit über zwei Jahren nicht nur miteinander arbeiteten, sondern auch zusammenwohnten, lag im Beisammensein in einer fremden Umgebung ein eigentümlicher Reiz. In wortloser Übereinstimmung schlenderten sie Hand in Hand auf die kleine Terrasse mit Meerblick vor dem Zimmer. Das beeindruckende Panorama wurde von glitzernden Sonnenstrahlen überflutet und wirkte fast unwirklich, wie ein impressionistisch gemaltes Bild, in dem der Künstler Licht in kleinen Punkten gefangen hielt.

Das Hotel befand sich an der steilen Westküste, ziemlich in der Mitte der sichelmondförmigen Insel, und die über 200 Meter hohe Calderawand fiel fast senkrecht zur Ägäis ab. Claudias Blick glitt über die kleinen schwarzen Lavainseln tief unten im Kraterbecken. Dabei lehnte sie ihren Kopf verträumt an Rudis Schulter.

»In spätestens drei Jahren, wenn der Kredit für die *Fify* abbezahlt ist, können wir uns vielleicht einen langen richtigen Urlaub leisten!«, sagte er versonnen und drückte sie liebevoll an sich.

»In der Karibik!«, träumte sie mit. »Auf den Kleinen Antillen. Wir chartern ein Flugzeug und fliegen auf alle Inseln über und unter dem Wind.«

»Ich habe von *Urlaub* gesprochen! Urlaub bedeutet, faul in der Sonne zu liegen und köstliche Drinks serviert zu bekommen.«

»Und um bei jedem Motorengeräusch in der Luft unruhig zu werden. Aber ich habe keine Angst Flug-Entzugserscheinungen zu bekommen«, neckte sie ihn. »Weil wir uns auch in drei Jahren keinen solchen Urlaub leisten werden. Wenn unsere Cessna 414 endlich ausbezahlt ist, willst du noch eine und noch eine und noch eine. Weil du dir nämlich nur eines brennend wünschst: nämlich, dass eine ganze Flotte mit unserem Firmenzeichen vor dem GAC steht.«

»Nur das nicht!«, schrie er empört. »Die Flotte muss in der *Luft* sein! Doch nicht am *Boden*!«

»Aber wie willst du sie dann zum Morgenappell abschreiten?«

»Ich werde mich mit dem Wissen begnügen, über mein Imperium zu herrschen«, verkündete er pathetisch. »Vielleicht lasse ich die Flotte in Miniaturausgabe anfertigen und spiele damit auf dem Schreibtisch. Wie mit Zinnsoldaten.«

»Weißt du, was dein Problem ist?« Claudia schmunzelte und biss ihn leicht ins Ohr. »Obwohl du dem Blechvogel ständig zuredest, legt er keine Eier, aus denen süße kleine Flugzeuge schlüpfen. Das funktioniert nicht. Als Flugzeug-Flüsterer fehlen dir nämlich die magischen Kräfte. Eine *Cessna 414 Chancellor* wird nicht organisch, auch wenn du ihr heimlich obszöne Dinge zuraunst.«

»Ach? Spricht da vielleicht zufällig die Eifersucht aus dir?«

»Wegen eines Haufen Blechs, dem du täglich über den Bauch streichelst und geile Kosenamen wie *Fify* zuflüsterst?«, spottete sie.

»Sie ist kein Blechhaufen, sondern eine stromlinienförmige Schönheit«, korrigierte Rudi und zog Claudia an sich. »Aber ich weiß, dass du auch mit ihr redest. Was flüsterst du ihr denn zu? Gestehe!«

»Niemals!«, winselte sie, da er sie so fest an sich drückte, dass sie kaum Luft bekam.

»Ich weiß es ohnehin«, behauptete Rudi überheblich. »Ich weiß nämlich, was du willst.«

»Ach, jaaa?«

»Fliegen!« Er lachte schallend, schlang seine Arme um ihre Taille, hob sie ein wenig hoch und steuerte mit ihr zur gemauerten Brüstung. Tief unter ihnen lag das Meer. Claudia breitete ihre Arme aus. Der Kopie der berühmten Film-Szene auf der Titanic fehlte allerdings der Fahrtwind. Die Terrasse bewegte sich nicht, und die meerseitige leichte Brise wehte kaum spürbar herüber. Rudi ging ein paar Schritte zurück und drehte sich mit Claudia so rasch im Kreis, dass ihre Beine durch die Luft wirbelten.

»Nur mit einem Flugzeug!«, kreischte sie.

Nach ein paar weiteren Drehungen stellte er sie mit Schwung zurück auf den Terrassenboden und grinste: »Gib zu, dass ich recht habe.«

Natürlich hatte er recht, er liebte seine stromlinienförmige Schönheit, und Claudia liebte es, mit ihr zu fliegen. Genaugenommen war es eigentlich nicht direkt *›seine‹* Cessna, denn als Rudi das Bedarfsflugunternehmen gründete, beteiligten sich auch Thomas Dorner und Claudia an der Anschaffung des Flugzeugs. Thomas hatte von seinem Vater dafür ein Darlehen erhalten. Claudia investierte ihre Ersparnisse. Letztlich waren ihre Besitzansprüche zwar eher formal und wesentlich geringer als die von Rudi, trotzdem behauptete Claudia fallweise, Eigentümerin der rechten Tragfläche zu sein. Tatsächlich gehörte der Großteil des Flugzeugs immer noch der Bank. Im Grunde genommen hatten sich Thomas und Claudia schlicht und einfach eingekauft, um beim Lufttaxi als Berufspiloten fix angestellt zu werden und ein geringfügiges Mitspracherecht zu erhalten.

Im Gegensatz dazu gingen Andreas und Oliver, die das Pilotenteam bei Bedarf ergänzten, derzeit hauptberuflich einer anderen Tätigkeit nach und warteten sehnsüchtig darauf, dass sich Rudis Flottentraum irgendwann erfüllte, damit sie ständig fliegen konnten und nicht auf Abruf bereit darauf lauern mussten, eingesetzt zu werden.

Fliegen war für Claudia mit einem der schönsten Gefühle verbunden, doch im Augenblick verspürte sie allerdings stärker den Wunsch, eine griechische Taverne aufzusuchen statt ein Flugzeug.

»Ich hab Hunger«, verkündete sie Rudi. »Was hältst du davon, wenn wir uns hier im Ort ein gemütliches Lokal suchen, in dem es fangfrische Fische gibt? Anschließend fahren wir an den schwarzen Kiesstrand und planschen im Meer.«

»Hört sich verlockend an.« Rudi schmunzelte. »Im Moment gibt es da allerdings noch eine Kleinigkeit, deren Verlockung ich kaum widerstehen kann. Du siehst nämlich in deinen neuen Shorts zum Anbeißen aus.« Er hob sie hoch und trug sie ins Zimmer.

»Untersteh dich, dass eine *Kleinigkeit* daraus wird!« Sie lachte hinterhältig.

Wenn sie auch nur geahnt hätte, welche Auswirkung ihre salopp hingeworfene Aufforderung letztlich nach sich zog, hätte sie sich vermutlich mit einem Quickie begnügt. Tatsächlich ergab sich genau durch diese – überaus befriedigend verbrachte – Zeitspanne eine wahre Flut von nachfolgenden merkwürdigen Ereignissen.

2

Santorin, Thira

Es war bereits früher Nachmittag, als Claudia und Rudi an einem der vor einer Taverne auf der Straße aufgestellten Tische saßen. Die Gräten einer köstlichen gegrillten Goldbrasse, umgeben von Resten des griechischen Salats, lagen verwaist auf den Tellern. Die Karaffe, in der sich Retsina befunden hatte, war bereits leer. Gesättigt warteten die beiden auf ihren griechischen Kaffee, den sie als Abschluss bestellt hatten. Aber dann nichts wie an den dunklen Kiesstrand und hinein ins Meer. In der neuen Strandtasche harrten der vor Kurzem erworbene Bikini, die Badehose für Rudi und zwei bunte Strandtücher darauf, endlich benutzt zu werden.

Als in einiger Entfernung ein Mädchen stehen blieb, herüber sah und winkte, musste Claudia zweimal hinsehen, um Susanne überhaupt zu erkennen. Sie trug nun lange weiße Hosen, eine offene langärmelige Bluse über einem blauen Top und hatte die Krücken gegen einen Stock getauscht. In ihrem zuvor so mürrischen Gesicht zeichnete sich jetzt ein erfreutes Lächeln ab.

»Hallo!«, rief sie überrascht und humpelte näher zum Tisch der beiden, »ich dachte, Sie wären bereits zurückgeflogen?«

»Das hatten wir ursprünglich auch vor«, erklärte ihr Rudi formell, »aber unser nächster Flugauftrag wurde verschoben. Deshalb haben wir beschlossen, noch etwas hier zu bleiben und die Zeit zu nützen, um an den Strand zu fahren.«

»Stört es Sie, wenn ich mich ein bisschen zu Ihnen setze?«, fragte Susanne, stellte ihre Umhängetasche zu den neuerworbenen Badesachen der Piloten und ließ sich auf einen der freien Stühle fallen. »Ich möchte Sie gerne etwas fragen.«

Tapfer unterdrückte Claudia ein aufkeimendes Stöhnen und klappte rasch ihre Lider nach unten, um die Resignation in ihrem Blick zu vertuschen. Sie war überzeugt, Susanne wolle über ihre Flugangst sprechen. Um herauszufinden, wie sicher ein zweimotoriges Flächenflugzeug im Vergleich zu einem Jumbojet war?

»Wie gefällt es Ihnen auf Santorin?«, begann Claudia, sie abzulenken. Flugangst war ein Thema, das sie nur schwer nachvollziehen konnte.

»Ich habe noch nicht viel davon gesehen.« Susanne rümpfte unwillig die Nase. »Thira mit diesen Millionen Stufen ist ziemlich unbequem für mich. Ehrlich gestanden bin ich nicht gerade begeistert davon, drei Wochen auf dieser griechischen Insel zu verbringen. Griechenland reizt mich generell nicht sonderlich. Ich liebe nämlich Spanien über alles! Außerdem ist Schwimmen im Meer so ungefähr das Letzte, was ich unternehmen wollte, nachdem sie mich endlich aus diesem Sanatorium geholt haben.«

»Wie schade. Ich glaube, Ihr Vater wollte Ihnen eine besondere Freude damit bereiten. Er war wirklich rührend besorgt, dass die Überraschung klappt«, äußerte Claudia eine Spur schroffer als beabsichtigt.

»Jaro?« Susanne lachte abfällig: »Ja, der ist tatsächlich nervtötend besorgt um mich! Er überschlägt sich geradezu mit seiner Fürsorglichkeit! – Aber was ich Sie eigentlich fragen wollte …« Sie blickte ein wenig verlegen auf den Tisch. Der Kellner kam vorbei. Sie bestellte Kaffee und reckte danach herausfordernd ihr Kinn: »Tja, also ich würde gerne fliegen lernen. Könnten Sie mir eine gute Flugschule empfehlen? Und ein bisschen was über die Voraussetzungen erzählen?«

Claudia warf Rudi einen verblüfften Blick zu. Den gesamten Flug über hatte dieses Mädchen den Eindruck vermittelt, die Piloten wie ein strenger Prüfer zu beobachten und jede Bewegung genauestens zu registrieren. Wollte Susanne ihre Flugangst damit bekämpfen, indem sie selbst fliegen lernte? Das war keine gute Voraussetzung.

»Nun, es ist eine fliegerärztliche Untersuchung erforderlich …«, begann Rudi zögernd.

»Oh, Sie haben wohl Bedenken wegen meiner Hüfte? Das ist keine sonderlich komplizierte Angelegenheit. Sobald ich wieder zu Hause bin, lasse ich die längst fällige Operation durchführen. Mit einem Spezialisten in Wien habe ich bereits Kontakt aufgenommen. Wissen Sie, deshalb bin ich ja so sauer wegen dieses Überraschungsurlaubs hier. Jaro hat alle meine Pläne über den Haufen geworfen. Ohne mich zu fragen oder wenigstens zeitgerecht zu informieren!« Sie hob bedauernd die Hände und seufzte. Gleich darauf wandte sie sich wieder an Rudi. »Ich bin vorher noch nie in einem so kleinen Flugzeug gesessen. Es war einfach faszinierend für mich!«

Claudia musterte Rudi mit hinterhältigem Grinsen. Er hielt die Cessna 414 Chancellor für *groß*. Jedenfalls für eine zweimotorige Maschine. An seiner Miene ließ sich nur Erstaunen ablesen.

»Die Instrumentierung im Cockpit hat mich echt beeindruckt«, plapperte Susanne weiter. »Sie werden es wahrscheinlich nicht bemerkt haben, aber ich habe Sie den gesamten Flug über beobachtet. Dabei habe ich versucht herauszufinden, wozu die einzelnen Instrumente dienen. Als Sie den Autopiloten eingeschaltet haben, habe ich jede seiner Reaktionen verfolgt und genau studiert. Vermutlich ist mir einiges entgangen, – aber sicher nicht allzu viel! Ich hab ganz genau aufgepasst.« Sie lachte. »Wahrscheinlich halten Sie mich jetzt für einen Freak, der auf technische und elektronische Geräte abfährt. Und das bin ich in einem gewissen Sinn auch. Aber das Fliegen nach Instrumenten hat mich derart fasziniert, dass ich beschlossen habe, es zu lernen. Gibt es außer meiner Hüfte noch etwas, das dagegen spricht?«

»Nun ja, der Erwerb eines Privatpilotenscheins und vor allem die Instrumentenflugberechtigung sind relativ teuer«, meinte Rudi. »Wenn Ihr Vater bezüglich der finanziellen Seite keine Einwände hat, spricht eigentlich sonst nichts dagegen.«

»Sie meinen Jaro? Den brauche ich dazu nicht. Ich hab mein eigenes Geld. Das Erbe meiner Mutter.« Sie bemerkte das Erstaunen und lachte verächtlich. »Sandra ist meine Stiefmutter. Aber das haben Sie sich sicher schon gedacht. Sie war Sekretärin bei meinem Vater. Dass er sie geheiratet hat, war nicht gerade eine seiner ruhmreichsten Entscheidungen. Na ja, was soll's, jetzt lässt sich ohnehin nichts mehr daran ändern. … Aber um aufs Fliegen zurückzukommen: Glauben Sie, ich könnte eine Art Probeflugstunde nehmen? Ich meine, bevor ich meine Hüfte operieren lasse. Damit es etwas gibt, worauf ich mich freuen kann. Man weiß ja nie so genau, wie lange ein Krankenhausaufenthalt dauert. Der letzte erschien mir jedenfalls endlos.«

Claudia verdrehte seufzend die Augen, als Rudi ihr einen fragenden Blick zuwarf. Bei seiner entarteten Auffassung von Kundendienst würde er sich zweifellos gleich dazu bereit erklären. Schwimmen im Meer konnte sie abschreiben.

»Nun, wenn Sie möchten, drehe ich gerne ein paar Runden mit Ihnen. Sagen wir, als Ausgleich für die offenbar missglückte Geburtstagsüberraschung von Herrn Käfer! Es liegt zwar schon lange zurück, dass ich als Fluglehrer Anfänger ausgebildet habe, und eine Cessna 414 ist nicht gerade ideal dafür. Aber um festzustellen, ob es Ihnen tatsächlich Spaß macht, reicht es sicherlich, wenn Sie in der Luft ein wenig das Steuer übernehmen. Normalerweise schule ich höchstens noch Piloten mit Instrumentenflugberechtigung auf einen Flugzeugtyp wie diesen um. Aber ich verspreche, ich werde meine Anforderungen herunterschrauben und Nachsicht üben.« Er lachte verschmitzt und zwinkerte ihr schelmisch zu.

»Ehrlich? Das würden Sie tun? Wann? Jetzt? Hier auf Santorin? Oh, das wäre himmlisch! Das würde die blödsinnige Urlaubsidee von Jaro glatt aufwiegen.« In Susannes hellbraune Augen mischte sich ein goldener Glanz.

Für dieses Angebot hätte Claudia Rudi am liebsten erwürgt. Sie hielt Susanne für ein undankbares Geschöpf, das bloß ihren Vater provozieren wollte. Die Aussage, sie wäre von der tollen Instrumentierung der Maschine beeindruckt, klang natürlich wie Balsam in Rudis Ohren. Claudia nahm ihr das nicht ab. Nur Rudi ließ sich davon blenden. Er hatte im Rückspiegel den verbissenen Gesichtsausdruck während des Fluges nicht registriert. Claudia wäre jede Wette eingegangen, dass Susannes Flugangst echt gewesen war und sie diese im Nachhinein mit ihrem lässig hingeworfenen Ansinnen kaschieren wollte. Die Wette hätte sie allerdings haushoch verloren.

Im Cockpit strahlten Susannes Augen wie seinerzeit die vom kleinen Kevin, als ihm das Lufttaxiteam eine Flugstunde zum Geburtstag schenkte. Noch bevor Rudi dazu kam, ihr die Funktion der einzelnen Instrumente zu erklären, unterbrach Susanne sein Ansinnen: »Nein, bitte sagen Sie es nicht! Korrigieren Sie mich nur, wenn ich falsch liege!« Sie zeigte auf die einzelnen Geräte: »Wetterradar, GPS, Autopilot, Funksprechgerät, Höhenmesser, Magnetkompass, zwei Drehzahlmesser. Dieses Gerät hier zeigt die Steig- oder Sinkrate an, und das hier, ob die Tragflächen gerade sind oder eine Kurve geflogen wird, ein künstlicher Horizont, würde ich sagen. Hier stellen Sie die Funkfeuer ein. Beim GPS bin ich mir nicht so ganz klar, das zeigt noch was anderes an. Anflugverfahren?«

Rudi nickte. »Das ›*Global Positioning System*‹ ist mit einem Kartenplotter ausgerüstet, der das Anflugsystem vom jeweiligen Flugplatz zeigt, auf dem wir landen möchten. ILS, oder NDB – wenn es sich um ein nicht gerichtetes Funkfeuer handelt. Auf dem Display erscheint ebenfalls das Landeanflugverfahren. Zusätzlich gibt es noch einen Emergencyknopf, der bewirkt, dass man, egal, wo man sich gerade befindet, das Anflugsystem vom nächstgelegenen Flughafen erhält.«

»Bei dem hier handelt es sich um das Instrumenten-Landesystem. Stimmt's? Sie sind genau auf dem Leitstrahl geflogen!«

Rudi sah sie scharf an. »Susanne, wie oft waren Sie bereits in einem Cockpit?«

»Vorher überhaupt noch nie! Ich bin ein Freak in Bezug auf technische Geräte. Sagte ich doch!« Sie zuckte belustigt die Schultern. »Nach dem Unfall damals in Spanien musste ich im Krankenhaus wochenlang ruhig liegen.

Meine Hauptbeschäftigung bestand darin, herauszufinden, wofür die jeweiligen Geräte dienten und wie sie funktionierten. Später, als meine Spanischkenntnisse dafür ausreichten, konnte ich feststellen, dass ich mich bei keinem einzigen geirrt habe.«

»Interessant!« Rudi verzog seine Lippen zur Andeutung eines leicht ironischen Lächelns. Denn diesmal glaubte auch er ihr kein Wort. »Sie sind also ein Naturtalent?«

Sie lachte. »Nicht wirklich! In der Firma meines Vaters werden ausschließlich elektronisch-technische Geräte hergestellt. Mein Bruder Karl und ich sind praktisch damit aufgewachsen. Soweit ich mich erinnere, hatten wir kaum anderes Spielzeug. Wir haben immer nur zerlegt, zusammengebaut, gelötet, Spannungen gemessen … Meine damaligen Schulkolleginnen haben mich für verrückt gehalten. Während sie sich noch Puppen wünschten, wollte ich bereits ein Oszilloskop. Später habe ich eine Höhere Technische Lehranstalt besucht, da waren dann die Interessensgebiete nicht mehr so verschieden. Mein anschließendes Studium musste ich leider wegen des Unfalls abbrechen!«

»Nun, Sie könnten es ja jetzt nachholen.« Rudis Tonfall klang leicht unterkühlt. »Ihren Vater würde das sicher sehr freuen.«

Susanne nickte. Gleichzeitig huschte ein schwermütiger Ausdruck wie ein düsterer Schatten über ihr Gesicht. »Mein Vater war natürlich von meinen Ambitionen begeistert. Meine Mutter weniger. Sie war Juristin und auf ihrem Gebiet ziemlich ausgekocht. Sie hätte es lieber gesehen, dass ich in ihre Fußstapfen trete, anstatt Karl zu imitieren. Das war wahrscheinlich auch der Grund, dass sie, als sie krank wurde, diese Klauseln in ihr Testament eingebaut hat. Sie wollte verhindern, dass ihr Geld in die Firma fließt, damit für mich eine reelle Chance bleibt, eine vorurteilslose Entscheidung zu treffen. Na ja, ich entscheide mich trotzdem für die Technik. Leider habe ich nicht Karls kreative Fähigkeiten. Er war ein genialer Konstrukteur. Sogar unseren Vater konnte er damit mächtig beeindrucken. Ich besitze dafür ein relativ gutes abstraktes Vorstellungsvermögen. Das Zusammenwirken verschiedener Komponenten begreife ich sehr rasch. Es ist mir schon mit 15 gelungen, Schwachstellen in Entwürfen auf Anhieb zu erkennen!«

Claudia änderte ihre Ansichten über Susanne, blieb jedoch trotzdem hinter ihr und passte genau auf. Was immer sie erzählt hatte, es musste stimmen. Rudi erklärte ihr die restlichen Instrumente im Cockpit, und ihre Kommentare dazu zeigten, wie rasch sie – ohne Rückfragen – die Funktionen begriff.

Susanne saß auf dem Co-Pilotensitz und führte jede Anweisung von Rudi überaus präzise aus. Beim Start legte sie ihre Hände leicht auf das Steuerhorn und fühlte den Vorgang mit. Als er ihr dann in einer sicheren Flughöhe das Steuer überließ, beobachtete sie die Instrumente, die er ihr bezeichnete, haargenau. Sie hielt exakt die Höhe, den Kurs und die Tragflächen gerade.

»Ausgezeichnet, Susanne!«, lobte Rudi. In seiner Miene zeichnete sich Verblüffung ab. »Okay. Jetzt die Geschwindigkeit. Wir fliegen mit genau 200 Knoten. Nachdem es sich um eine zweimotorige Maschine handelt, sollen beide Motoren synchron laufen. Das bedeutet, Sie müssen darauf achten, dass beide Drehzahlmesser die gleiche Tourenanzahl aufweisen. Legen Sie jetzt die Hand auf die beiden Gashebel, und zwar so!« Er zeigte es ihr. Als Rudi seine Hand wegzog, schüttelte er dabei ungläubig den Kopf und hob beide Arme hoch. Skeptisch vergewisserte sich Claudia. Doch Susanne steuerte die Maschine tatsächlich ohne seine Hilfe.

Rudi wies sie an, zu steigen, zu sinken, Kurven zu fliegen. Die Zeiger am Künstlichen Horizont lagen wie ein Brett auf der Markierung. Susanne hielt exakt die vorgegebene Steig- oder Sinkrate am Variometer sowie den Kurs. Und beide Motoren liefen dabei ohne die geringste Abweichung völlig synchron. Sie musste zumindest etliche Stunden an einem Simulator verbracht haben. Anders war dies nicht möglich. Selbst Piloten, die mehr als ausreichende Flugerfahrung auf einmotorigen Maschinen besaßen, schafften das mit einer Zweimotorigen nicht auf Anhieb.

In Susannes Gesicht lag keine angespannte Konzentration, sondern es spiegelten sich ausschließlich Freude und Faszination darin. Ihre Augen wanderten ständig über jene Instrumente, auf die sie achten sollte, und sie korrigierte unverzüglich bereits die geringsten Abweichungen. Gleichzeitig huschte immer wieder ein zufriedenes Lächeln um ihre Mundwinkel, als ob sie bei einem Spiel, das sie ausnehmend gut beherrschte, laufend gewann.

3

Thira, Santorin

In einer Taverne, deren Tische auf der Straße entlang der Hausmauer aufgereiht standen, ließen sie später den Flug mit Worten ausklingen. Dabei glitzerte immer noch ein Strahlen in Susannes Augen, als ob sich Sonnenlicht darin spiegelte. Ein vergnügtes Lächeln umspielte ihre Lippen. Ihre Begeisterung wirkte geradezu überschäumend. Bei Rudi hatte sie sich bereits mehrmals überschwänglich bedankt.

An ihrem Entschluss, Flugstunden zu nehmen, um eine Privatpilotenlizenz zu erwerben, wollte sie nun unbedingt festhalten. Rudi empfahl ihr Joe Gartner als Fluglehrer. Joe arbeitete als Betriebsleiter im GAC am Flughafen Wien und war nebenberuflich für ein größeres Ausbildungsunternehmen mit gut ausgerüsteten Maschinen tätig. Er besaß die entsprechenden Berechtigungen, um auch IFR-Schüler auszubilden. Folglich konnte Susanne nicht nur die Basis für VFR, also Sichtflug, sondern auch das weit Schwierigere, ausschließlich nach Instrumenten zu fliegen, bei ihm erlernen. Außerdem war er ein angenehmer Fluglehrer mit einer Engelsgeduld und konnte überaus anschaulich erklären. Was für Susanne vielleicht nicht sonderlich wichtig war. Aber Joe, selbst ein Perfektionist, würde an dieser Flugschülerin seine helle Freude haben.

»Susanne, Sie haben zweifellos ein beachtliches Talent, nach Instrumenten zu fliegen. Ich muss gestehen, ich habe es noch nie erlebt, dass jemand sofort mit so viel Feingefühl auf jede Abweichung reagiert«, sagte Rudi etwas nachdenklich.

»Um es klar auszudrücken«, Claudia grinste, »Piloten, die bereits Hunderte Stunden auf Einmotorigen hinter sich haben, schaffen es nicht auf Anhieb, dass beide Motoren synchron laufen. Sie orgeln anfangs fast bei jedem. Das klingt dann woumm-woumm-woumm ... Und das wiederum bedeutet, dass Rudi noch *nie* jemandem die Gashebel *seiner* Cessna 414 überlassen hat, der nicht zuvor woanders geübt hat! Wenn einer nicht bereits die Typenberechtigungen für andere zweimotorige Flugzeuge vorweisen kann, lässt ihn Rudi nicht einmal hingreifen!«

»Oh! Heißt das ...«

»... dass Sie entweder ein Genie sind oder vorher wochenlang am Flugsimulator geübt haben!«

Susanne lachte entzückt. »Dann bin ich anscheinend doch ein Naturtalent! In einem richtigen Flugsimulator war ich nämlich noch nie. So etwas hab ich noch nicht einmal auf einem Videospiel ausprobiert. Eigentlich bin ich erst auf die Idee gekommen, mich dafür zu interessieren, als ich hinter Ihnen im Cockpit auf die Instrumente blicken konnte.«

»Aber mir ist noch etwas aufgefallen, Susanne: Sie haben kaum durch die Windschutzscheibe oder aus den Seitenfenstern im Cockpit gesehen. Sondern fast ausschließlich auf die Instrumente. Doch damit ist es nicht getan, Susanne! Sie müssen auch hinaussehen. Ein Gefühl für das Fliegen als solches entwickeln. Verstehen Sie, was ich meine?«, fragte Rudi ernst.

»Ja sicher.« Ihre hellbraunen Augen verdunkelten sich, als ob ein Wolkenschatten vorüberglitt. »Aber ich muss mich erst wieder an die Weite gewöhnen. Das ist der

Grund. Mit engen Räumen bin ich ja inzwischen bestens vertraut. In diesem Sanatorium in Genf war ich praktisch ein halbes Jahr lang eingesperrt. Weiter als hin und wieder im Garten rumspazieren, war nicht drinnen.«

»Ich dachte, Sie wären in Spanien gewesen?«, sagte Claudia erstaunt.

»Vorher! Das war okay! Aber dann hat sich die gute Sandra dafür entschieden, mich in die Schweiz zu verfrachten.« Sie schüttelte sich angewidert, lachte dann jedoch trocken: »Na ja, das ist ja jetzt zum Glück vorbei. Nächste Woche ist mein 25. Geburtstag. Dann beginnt das Leben – nach meinen Vorstellungen!«

»Und wie stellen Sie sich Ihr zukünftiges Leben vor?« Claudia war überrascht, sie hatte Susanne für jünger gehalten.

»Zuallererst lasse ich das mit meiner Hüfte endlich in Ordnung bringen und dann hole ich mir aus Spanien … die Harley Davidson von meinem Bruder … und … etwas sehr Wichtiges, das ich dort leider … zurücklassen musste. Danach nehme ich Flugstunden, inskribiere wieder an der Technischen Uni und …«, sie lachte spöttisch, »übernehme die Firma meines Vaters! Sobald ich 25 bin, kann mir niemand, absolut niemand etwas dreinreden.«

»Und was sagt Ihr Vater zu Ihren Plänen?«, erkundigte sich Rudi verblüfft.

»Mein Vater? Mein Vater ist bei unserem Autounfall in Spanien tödlich verunglückt! – Ach, Sie meinen wohl Jaro? Jaromir Käfer ist nicht mein Vater. Er hat Sandra erst vor einem halben Jahr geheiratet. Oder sie ihn. Was weiß ich. Früher war er Prokurist in der Firma. Kurz vor dem Unfall hat mein Vater noch davon geredet, Jaro rauszuschmeißen. Dank Sandra ist er jetzt Vorstandsdirektor.

Vermutlich hat er ihr eingeredet, dass sie ihn unbedingt braucht. Ich werde ihn ganz sicher nicht brauchen!« Sie lachte wieder höhnisch. »Allerdings kann ich über den Großteil der Stammaktien erst nach meinem Geburtstag verfügen. Doch sobald ich die Hauptaktionärin bin, hat Sandra kaum noch etwas zu sagen. Inzwischen hat die Gute halt mit ihren geringfügigen Anteilen versucht, das Beste aus ihrer Lage rauszuholen. Obwohl ich persönlich Jaro ja nicht gerade für das Optimum halte.

Als mein Großvater die *Shelter Aid* aufkaufte, war sie halb so groß und stand kurz vor der Pleite. Was aus dem Unternehmen geworden ist, war ausschließlich der Verdienst meines Vaters. Schon in seiner Jugend verfügte er über einen untrüglichen Weitblick, was die Entwicklungen am Elektronik-Sektor betraf.« Sie lächelte wehmütig: »Karl – mein Bruder – war ihm in dieser Beziehung sehr ähnlich.«

»Ihr Bruder ist bei diesem Unfall in Spanien ebenfalls verunglückt?«

Sie nickt bedrückt. »Wir saßen alle drei in dem Wagen. Sandra wollte zu ihrem Glück nicht mitkommen. Sonst wäre auch sie vermutlich jetzt tot. An den Unfall erinnere ich mich nicht. Ich weiß nur noch, dass Karl gefahren ist, und ich hinten gesessen bin. Es geschah etwas außerhalb von Marbella. Karl fuhr wahrscheinlich zu schnell auf der Küstenstraße. Allerdings bezweifle ich, dass er versuchen wollte, eine Abzweigung über die Klippen zu nehmen. Man hat mir erzählt, er hätte in einer Kurve offenbar die Kontrolle über den Wagen verloren. Na ja, Karl fuhr auch mit seiner Harley meistens zu schnell. Aber er war ein sicherer Fahrer. Irgendwie verbinde ich die Bruchstücke meiner Erinnerungen immer mit großer Aufregung …

Vorher! … Karl hat über etwas fürchterlich geflucht … Aber ich erinnere mich nicht, worüber.

Dr. Blümli meinte, das wäre ein ganz normales Trauma bei solchen Unfällen. Ich wurde jedenfalls rausgeschleudert. Sicherheitsgurte und Airbags sind nicht immer ein Segen. Die beiden waren noch angegurtet, als sie mit dem Wagen im Meer gelandet sind. Unser Vater ist dabei gleich ertrunken. Karl konnte sich zwar befreien, ist aber kurz danach an seinen inneren Verletzungen gestorben.«

»Wie schrecklich«, murmelte Rudi, »das muss Sie ungeheuer belasten.«

»Es liegt jetzt beinahe zwei Jahre zurück. Rein psychisch habe ich alles verarbeitet. Dafür haben ja die Seelenklempner lange genug gesorgt. Was mich ärgert ist Jaros grandiose Idee, mich mit einem Badeurlaub am Meer zu beglücken.« Sie schob ihre Bluse von der linken Schulter. Mehrere wulstige Narben zogen sich von der Schulter zum Ellenbogen hinunter. Sie zupfte die Bluse wieder zurecht und streifte den Ärmel hoch. Einige der Narben endeten erst knapp oberhalb des Handgelenks. »Und mein Bein sieht noch schlimmer aus. Deshalb trage ich bei dieser Hitze lange Hosen und lange Ärmel. Damit mag ich wirklich nicht am Strand rumlaufen und bedauernd angestarrt werden. Wir haben ein Haus in Marbella mit Garten und Swimmingpool. Dort könnten mich keine Fremden bemitleiden. Aber der ach so fürsorgliche Jaro ist der Meinung, ich wäre in Spanien nur von bedrückenden Erinnerungen umgeben. Anstatt mich einfach zu fragen, trifft er seine Entscheidungen im Alleingang. Dabei bin ich mir einigermaßen sicher, mir würde dort, in der vertrauten Umgebung, vermutlich sogar der Ablauf des Unfalls wieder einfallen. Und ich wüsste eigentlich ganz gerne, wie es passiert ist. Aber bis zu meinem Geburtstag muss ich mich noch ruhig verhalten. Wenn Jaro auch nur ahnt, dass ich vorhabe, die Firma zu übernehmen, macht er mir das Leben bis dahin glatt zur Hölle. Darauf lasse ich mich erst gar nicht ein!« In ihrem Blick lag Vertrauen. »Sie erwähnen es ihm gegenüber doch nicht? Auch das mit dem Fliegen braucht er nicht zu erfahren. Sonst wird er womöglich misstrauisch. Ich habe im Moment nämlich andere Sorgen.«

Susanne trug ein silbernes Armband mit Türkisen, das ähnlich einem Windspiel leise klimperte, als sie den Ärmel ihrer Bluse hochschob. Als Claudia eine Bemerkung über das bezaubernde Schmuckstück fallen ließ, warf Susanne einen verklärten Blick darauf. »Ja, es ist wirklich wunderschön. Ein altes Familienerbstück. Ich habe es ... zu einem ganz besonderen Anlass bekommen. Es bedeutet mir sehr viel.« Verschmitzt lächelnd fügte sie leise hinzu: »Irgendwann werde ich es vielleicht einmal an meine Kinder weitergeben.«

Danach holte sie ein dickes gelbes Kuvert aus ihrer Umhängetasche. »Ich war gerade auf dem Weg zur Post, als ich Sie gesehen habe. Bereitet es Ihnen große Umstände, das für mich in Wien aufzugeben? Leider hatte ich vor unserem Abflug keine Gelegenheit dazu, zumal Jaro es vorgezogen hat, mich in seine Urlaubspläne nicht zeitgerecht einzuweihen.« Sie drückte Claudia das Kuvert in die Hand. »Es ist sehr, sehr wichtig. Zu wissen, dass der Brief rasch und sicher ankommt, würde mich beruhigen. Von einer griechischen Insel nach Österreich ist es ja doch ein langer Weg. Man weiß nie, ob dabei nicht etwas verloren geht!«

Claudia steckte das Kuvert zu den neuen Badesachen, die sie auf Santorin wohl nicht mehr benutzen würden.

Doch mit dem Flug hatte Rudi Susanne offensichtlich eine riesige Freude bereitet. Claudia revidierte ihre Vorurteile. Gleichzeitig ergriff sie eine überschäumende Welle der Sympathie. Das Strahlen in Susannes Gesicht wog das versäumte Schwimmen im Meer letztlich auf. In den letzten Jahren hatte dieses Mädchen einige brutale Schicksalsschläge erlebt. Nun gab es plötzlich etwas, das ihr Spaß machte und für das sie eine beachtliche Begabung besaß. Das rief direkt danach, gefördert zu werden.

Für Claudia war in der Fliegerei außergewöhnliches Talent mit einem prägenden Erlebnis verbunden. Als Kind hatte sie in der Flugplatzkantine dem Gespräch einiger alter Herren am Nebentisch zugehört. Mit erstaunlicher Einstimmigkeit schwärmten sie lautstark von dem bemerkenswerten technischen und fliegerischen Geschick einer jungen Pilotin namens Elly. Es schien sich bei ihr um ein Naturtalent zu handeln. Die von allen nur als die ›alten Adler‹ bezeichneten Herren bewunderten sonst nie andere Piloten. Doch über diese junge Dame sprachen sie mit größter Hochachtung und zollten ihrem außerordentlichen Talent die gebührende Anerkennung. Claudia kannte damals schon eine Menge Geschichten über die Fliegerei. Sie war am nordöstlichen Stadtrand von Wien aufgewachsen, in der Nähe des Asperner Flugplatzes. Da ihr Vater dort für die Flugsicherheit verantwortlich war, besuchte sie ihn oft und beobachtete aufmerksam vom Tower aus das Starten und Landen der Flugzeuge.

Gerade deshalb beeindruckte es Claudia gewaltig, dass ausgerechnet die ›alten Adler‹ eine junge Pilotin bewunderten und regelrecht verehrten. Sie beschloss, es sich als Ziel zu setzen, irgendwann so fliegen zu können wie diese Elly.

Jahre später fragte sich Claudia, ob die alten Herren damals über die berühmte deutsche Sportfliegerin Elly Beinhorn und ihre Weltumrundung gesprochen hatten. Es gab ein Foto, auf dem sie im Oktober 1932 am Flugplatz in Aspern gewesen war. Die ›alten Adler‹ mussten damals allerdings noch junge Spatzen gewesen sein. Ob sie sich durch Elly zur Fliegerei animiert fühlten oder bereits mit einer Ausbildung begonnen hatten, ließ sich nicht mehr rausfinden.

In der Abenddämmerung standen Claudia und Rudi auf der Terrasse vor ihrem Zimmer und genossen die traumhafte Aussicht. Von den beiden Kreuzfahrtschiffen, die mit bunten Lampen geschmückt Hunderte Meter weiter draußen im Meer ankerten, konnte man Musik hören. Die Sichelmondform der Insel mit den steil aus dem Meer emporragenden Felswänden ihrer berühmten Caldera bewirkte eine eigenwillige Akustik, die sogar Lachen und Wortfetzen überaus deutlich herauftrug.

In stummer Übereinstimmung genossen sie aneinandergeschmiegt die Romantik der nächtlichen Eindrücke. Und so erstaunlich es auch war, sie redeten weder über das Lufttaxi noch über Susanne. Es ergab sich tatsächlich eine dieser seltenen Sternstunden, die – außerhalb eines Flugzeugs – vom Gleichklang ihrer Herzen erfüllt wurde.

Sofort, nachdem sie wieder am Flughafen Wien gelandet waren, erzählte Rudi Joe Gartner von seiner zukünftigen Flugschülerin. Obwohl Claudia Rudis detailreiche Schilderung bestätigte, glaubte Joe kein Wort. »Also darauf bin ich wirklich gespannt«, meinte er skeptisch. »Wenn das stimmt, ist es die Erfüllung meiner Träume von einem Flugschüler. Aber wahrscheinlich stellt sich diese Susanne weit weniger geschickt an, sobald sie eine Signallandung mit abgestelltem Motor durchführen muss. Jedenfalls bin ich auf dieses talentierte Mädel echt neugierig.« Das musste er auch noch einige Zeit bleiben, weil die Piloten Susanne ja erst in drei Wochen von der griechischen Insel abholen sollten.

Erst als Claudia die neue Badetasche in den Kofferraum ihres Autos warf, fiel ihr das von Susanne mitgegebene Kuvert wieder in die Hände. Es war an einen *Dr. Bertram Jäger* in Wien adressiert. Sie ging davon aus, dass es sich um einen Arzt handelte. Das Kuvert war prall gefüllt. Vermutlich schickte ihm Susanne ihre medizinischen Befunde. Einen Moment betrachtete Claudia verwundert den Umschlag. Als Absender war *Susanne Sebenstein* angegeben. Dann erinnerte sie sich, dass Jaromir Käfer ja nicht Susannes leiblicher Vater war. Natürlich hieß das Mädchen nicht *Käfer*! Aber da er immer so besorgt von seiner ›*Tochter*‹ gesprochen hatte, war Claudia das offenbar irgendwie entgangen.

Um die Sache als erledigt abhaken zu können, trug sie den Brief gleich zum Flughafenpostamt. Womöglich vergaß sie sonst darauf, ihn aufzugeben, falls die nächsten Fluggäste früher als erwartet eintrafen. Denn bei Schönborn handelte es sich um den anstrengendsten Stammkunden des Lufttaxis.

4

Flughafen Bordeaux, Frankreich

»Glaubst du, dass alles, was Rudi über dieses fliegerische Genie erzählt hat, wirklich stimmt?« Oliver lehnte sich im Sessel zurück und starrte dabei in seine Kaffeeschale, als ob er die Antwort darin finden könnte.

»Wenn nicht, dann ist es jedenfalls gut erfunden. Aber so, wie Rudi es geschildert hat, dürfte ihn das Mädel tatsächlich schwer beeindruckt haben.« Andreas schob den letzten Bissen seiner Crêpe Suzette in den Mund. »Es gibt zweifellos Naturtalente«, murmelte er kauend, »ich gehöre jedenfalls nicht dazu.«

»Also ehrlich: Ich hab am Flugsimulator bei meinen ersten Versuchen mit einer Zweimotorigen ziemlich viel Mist gebaut«, gestand Oliver freimütig. »Bei echten Flugmanövern hätte das womöglich einen Totalschaden an den Motoren ausgelöst. Von den Beinahe-Crashs wollen wir gar nicht erst reden.« Er zwinkerte Andreas schelmisch zu: »Zum Glück hat Rudi das nie erfahren. Ich schätze, der hätte mir glatt verboten, sein Lufttaxi anzugreifen.«

Andreas lachte schallend, und Oliver stimmte prustend mit ein. Sie waren beide gute Piloten und wussten das ebenso wie Rudolf Fellner, ihr Boss. Bisher mussten sie sich allerdings darauf beschränken, dem Luftfahrtunternehmen als ›*freelancer*‹ zur Verfügung zu stehen, um bei Bedarf eingesetzt zu werden. Bis das Lufttaxi so stark ausgelastet war, dass eine zweite Maschine angeschafft werden konnte, würden sie beide wohl noch einige Zeit in ihren ›Hauptberufen‹ arbeiten müssen. Andreas Hartmann war Anwalt und in der angesehenen Kanzlei seines Vaters beschäftigt. Oliver Tanneg hatte Informatik studiert und programmierte für eine kleine Softwarefirma, wenn er nicht fliegen konnte.

Es gab eine interne Absprache, dass Andreas Hartmann für Flugaufträge nach Frankreich eingeteilt wurde. Die anderen Piloten aus dem Lufttaxi-Team schätzten sein ausgezeichnetes Französisch, Andreas schätzte vorwiegend die französische Küche. Wie Rudi, Claudia und Thomas hatte auch Andreas ein Captain-Rating. Im Gegensatz dazu durfte Oliver nur als Copilot fliegen. Ebenso wie Joe Gartner, der nicht nur im GAC als Betriebsleiter angestellt und nebenbei als Fluglehrer tätig war, sondern auch fallweise für das Lufttaxi-Unternehmen flog. Vor allem dann, wenn sich Buchungen überschnitten und fremde Maschinen zugemietet werden mussten, um die Aufträge zu erfüllen.

Andreas blickte auf seine Armbanduhr. Der vereinbarte Rückflug ihrer Passagiere vom Bordeaux Airport nach Wien würde erst in einer Stunde stattfinden. Die Wartezeit an einem der schattigen Tische auf der Straße vor dem Bistro zu verbringen, war nicht unangenehm. Andreas überlegte, ob er noch eine Portion von diesen köstlichen Crêpes Suzette bestellen sollte.

»Weißt du, ich frage mich, ob es nicht vielleicht doch anders gelaufen sein könnte«, überlegte Oliver laut. »Der erste Eindruck muss nicht immer stimmen. Manchmal trügt der Schein. Meine Freundin zum Beispiel …«

»Sag bloß, du hast jetzt tatsächlich eine feste Freundin«, unterbrach ihn Andreas neugierig.

Oliver nickte: »Ja, wir sind sozusagen ›fz‹ – fix zusammen.«

»Wo hast du sie kennengelernt? Im Internet?« Wo sonst lernte jemand wie Oliver Mädchen kennen? Wenn er nicht fliegen konnte, hockte er vor einem Computer. Andreas warf seinem Kollegen einen abschätzenden Blick zu, beschloss, auf eine weitere Portion Crêpes Suzette zu verzichten und stattdessen lieber Kaffee und Mineralwasser zu trinken. Hunger hatte er ohnedies keinen. Es war einfach die Gier nach diesen Köstlichkeiten, die – seiner Ansicht nach – in Frankreich völlig anders schmeckten als zu Hause. Doch gemeinsam mit Oliver an einem Tisch zu sitzen, erzeugte unterschwellige Cholesterin-Mahnungen und rief ein verdrängtes Kalorienbewusstsein hervor. Oliver, kaum 170 cm groß und überaus schlank, wirkte neben dem leicht übergewichtigen Andreas geradezu zierlich. Die Pilotenuniformen kaschierten das erfreulicherweise derzeit ein wenig. Doch wenn Oliver nicht flog, trug er meist eng geschnittene schwarze Jeans und taillierte schwarze Hemden. Was ihn optisch dünn wie einen Bleistift erscheinen ließ. Andreas hatte die schmächtige Gestalt seines Copiloten allzu deutlich vor Augen und leider auch den Eindruck, den sie bei Fremden hinterließen, sobald sie gemeinsam und nebeneinander zum Flugzeug gingen.

»Ja, wir sind uns in einem Chatroom begegnet. War ein bisschen seltsam, die Sache …«, Oliver zuckte die Schultern, »weißt du, Manu, meine Freundin, die … na ja, die hat sich gewissermaßen neu erfunden …«

»Und wie darf man das verstehen?«, fragte Andreas mit hochgezogenen Augenbrauen.

»Na ja, sie hat für sich eine Art Avatar erschaffen, wie

in Second Life, aber halt nicht in virtuellen Welten, sondern im realen Leben.«

»Nennt man das nicht paranoide Schizophrenie? Oder irre ich mich, und sie ist Schauspielerin?«

»Blödsinn. Wir reden hier doch nicht von einer gespaltenen Persönlichkeit! Manu macht es einfach Spaß, in den Charakter einer erfundenen Person zu schlüpfen und so zu tun, als ob sie echt wäre. Aber keine Angst, sie kennt die Grenzen. Ihr Avatar repräsentiert eine dynamische junge Frau, selbstsicher, leicht überheblich, ein Typ, der alles kann und vor nichts zurückschreckt. Liebt die Geschwindigkeit. Spielt Schlagzeug in einer Band …«

Oliver griff nach seinem Portmonee, kramte ein Foto heraus und schob es grinsend über den Tisch. Andreas starrte mit offenem Mund auf die Porträtaufnahme eines Mädchens, dessen weiß geschminktes Gesicht von schwarzen Haaren mit grünen Streifen umrahmt wurde. Schwarz bemalte Lippen, schwarz umrandete Augen. Knapp unterhalb des linken Wangenknochens glitzerten zwei rote tropfenförmige Steine wie blutige Tränen. Eine Hand des Mädchens mit grün lackierten Fingernägeln und zahlreichen eigenwilligen Silberringen raffte den Ausschnitt des schwarzen Shirts, das eine Schulter freigab, seitlich hoch. Vom Hals weg zog sich ein tätowiertes Spinnennetz über einen Teil der freien Schulter. Ein einzelner Faden führte vom Netz nach unten und ließ vermuten, wo sich das Tattoo einer Spinne befinden könnte.

»Und in die hast du dich verknallt? Bist du noch zu retten?« Andreas schlug mit der flachen Hand gegen seine Stirn und stöhnte.

»Das ist Manus Avatar. Das Bild, das sie in Internetforen stellvertretend für ihre Person benutzt«, klärte ihn

Oliver auf und schnippte ein anderes Foto über den Tisch. Es zeigte ihn neben einem brünetten, überaus konservativ wirkenden Mädchen. »Und so sieht die wirkliche Manuela aus!«

»Man bemerkt ja kaum einen Unterschied!« Andreas stieß ein satyrartiges Lachen aus: »Hast du gewusst was sich unter den Schichten der Übermalung befindet, bevor du sie abgewaschen hast?«

»Na ja, als wir uns im Internet begegnet sind, hat mich ihr Foto eher abgeschreckt. Trotzdem gab es etwas an ihrer Ausstrahlung, das mich geradezu faszinierte. Und irgendwie hatte ich das seltsame Gefühl, als ob ich sie schon lange kennen würde. Aber da Manu an einem direkten persönlichen Treffen ohnehin nicht interessiert war, haben wir weiterhin nur gechattet und uns sporadisch E-Mails geschickt. Ich hab sie als recht amüsant empfunden. Obwohl sie manchmal total überdrehte Anschauungen rausgeschoben hat. Doch es klang immer witzig, und einige ihrer Aspekte waren – sagen wir – ungewöhnlich.« Oliver sammelte seine Fotos ein, warf einen schelmischen Blick darauf und verstaute sie wieder in seiner Geldbörse. »Der große Knüller ist erst später gekommen: Weil ich beim ›Googlen‹ nichts finden konnte, hab ich meine kleine Schwester gefragt ob sie schon mal von einer Mädchen-Band namens ›Firewall‹ gehört hat. Daraufhin hat sie schallend gelacht und gesagt: »Ja, du auch!« Genau da hat sich bei mir dann die Erleuchtung eingestellt, weshalb Manu mir irgendwie bekannt vorgekommen ist. Meine Schwester Dani und sie gingen in die gleiche Klasse und haben in einer Schulaufführung mitgewirkt. Es handelte sich um eine Art selbstgebasteltes Musical, in dem bekannte Ohrwürmer, mit eigenen Texten versehen, gesungen wurden. In dem Stück ging es um eine Mädchen-Band, die weit besser war als die Boy-Group, aber durch ihr konservatives Aussehen kaum Anerkennung gefunden hat. Am Schluss wechseln die Mädels ihr Outfit. Erst als sie total ausgeflippt wirken, ernten sie endlich gebührenden Beifall.

Ich hab seinerzeit bei den Proben geholfen, die Soundanlage einzustellen. Was tut man nicht alles für kleine Schwestern? Dani spielte Gitarre in der Band. Klar bin ich dabei auch Manu begegnet, allerdings hatte die damals nur Augen für einen der Schulkollegen, der auf Robbie Williams machte.« Oliver zuckte die Schultern. »Obwohl Dani und Manu miteinander befreundet waren, haben sich deren Wege nach der Matura nicht mehr gekreuzt. Bis jetzt halt, als ich beschlossen hab, Manu persönlich zu treffen. Sie hat das natürlich zuerst strikt abgelehnt. Als ich ihr dann angedeutet habe, dass sie mit meiner Schwester Daniela maturiert hat, war ihr das alles total peinlich. Letztlich hat sie dann doch recht kleinlaut einem Date zugestimmt und gestanden, dass sie in Wirklichkeit immer noch so aussieht wie die Mädels in dem Musical, – bevor sie sich so ausgeflippt ausstaffiert haben.

Und dann hat es bei uns so richtig gefunkt!«

Andreas lachte verschmitzt. »Aha, im richtigen Leben ist deine Manu also ein nettes, braves Mädchen. Vermutlich ein wenig schüchtern. Ich nehme an, sie hat Fremden gegenüber starke Hemmungen. Deshalb zeigen sich ihr Witz und ihre Kreativität erst allmählich, sobald sie mit jemandem vertraut ist oder anonym bleiben kann. Habe ich recht?«

Oliver nickte. »Sie singt in einem Chor, spielt ein wenig Klavier und einigermaßen gut Keyboard. Allerdings beherrscht sie beim Schlagzeug spielen eher nur die

Grundbegriffe.« Er lachte leise. »Manchmal interagiert sie in Chatrooms immer noch als ihr Avatar. Sie findet es lustig, und es stärkt ihr Selbstbewusstsein. Aber es ist einfach nur ein Spiel für sie. Sie identifiziert sich nicht wirklich damit.«

»Im Grunde genommen glauben wir doch alle, ein bestimmtes Rollenverhalten einnehmen zu müssen. Fängt beim Outfit an«, meinte Andreas versonnen. Er dachte an seine konservativen grauen Anzüge, die er in der Anwalts-Kanzlei trug, und überlegte, ob er mit schwarzen Jeans und schwarzen Hemden, wie sie Oliver bevorzugte, schlanker aussehen und ein wenig Johnny-Cash-Flair hervorrufen würde.

»Dieses bemerkenswerte fliegerische Talent, von dem Rudi so fasziniert ist, könnte es nicht auch eine Art Spiel betreiben? Ich meine, wenn du oder ich behaupten würden, noch nie in einem Cockpit gewesen zu sein, dann ernten wir Bewunderung bei dem scheinbaren Versuch, eine Zweimotorige gekonnt zu steuern. Vorausgesetzt, wir bringen es glaubwürdig rüber. Macht wahrscheinlich Spaß. Doch so auffällig, wie sie sich offenbar in Szene gesetzt hat, geht's der Talentierten letztlich nicht nur um ein bisschen Applaus, sondern um Standing Ovations.«

»Weißt du was? Deine Manu ist vielleicht ein bisschen verrückt. Da wird es dir wenigstens nicht langweilig mit ihr. Aber Rudi würde sofort erkennen, ob jemand zum ersten Mal in einem Cockpit sitzt oder nicht. Selbst du und ich würden es merken. Und er hat jahrelang als Fluglehrer Anfänger geschult. Ich bin überzeugt, dass man einen Rudolf Fellner gerade in Bereichen, die die Fliegerei betreffen, nicht leicht täuschen kann.«

»Na ja, wahrscheinlich hast du recht.« Oliver seufzte theatralisch. »Ich hasse Menschen mit natürlichen Begabungen. Die werden hochgelobt, obwohl sie sich nichts mühsam erarbeiten müssen. Bei mir drängen sich da sofort die giftgrünen Schatten des Neides hinterhältig hervor!«

Andreas schmunzelte. »Nicht alles, was glitzert, ist auch Gold! Spezielle Fähigkeiten, die ans Geniale grenzen, hat man höchstens auf einem Gebiet. Diese Biene kann vielleicht fliegen, aber keinen Computer bedienen. Nur eine erfundene Persönlichkeit – wie die von deiner Manu – ist in allen Dingen perfekt.«

»Na ja, die erfundene Manu kann nicht kochen. Die echte Manuela schon!«

»Oh! Willst du sie mir nicht vorstellen?« Andreas strahlte Oliver freudig an. »Oder mich wenigstens zum Essen einladen?«

»Vergiss es!« Oliver wies auf die Spuren der Crêpes Suzette am Teller und tippte mit ausgestrecktem Zeigefinger gegen seine Schläfe. »Die Frage ist: Glauben wir Rudi? Ich meine, dass dieses Mädel wirklich so ein Wunderwuzzi ist?«

»Warum nicht?«, Andreas zuckte die Schultern. »Soweit ich das mitbekommen habe, hat das Supergirl ihr fliegerisches Geschick ausschließlich in der Handhabung der Instrumente bewiesen.«

»Du meinst, dafür könnte es auch andere Ursachen geben, die überhaupt nichts mit der Fliegerei zu tun haben? Wie jahrelange Übung mit der exakten Steuerung eines Roboters, irgendwelcher Hightech-Apparate oder einfach elektronische Geschicklichkeitsspiele? Irgendwas halt, bei dem Exaktheit und Reaktionsschnelligkeit trainiert werden.«

»Zum Beispiel. Allerdings habe ich eher daran gedacht, dass es Menschen mit ganz bestimmten Begabungen gibt.

Ein fotografisches Gedächtnis. Absolutes Musikgehör … Es muss gar nichts Außergewöhnliches sein … manche haben den Rhythmus bereits im Blut. Sie können einfach tanzen, ohne es erst mühsam lernen zu müssen, – wie ich.« Andreas räusperte sich verlegen. »Nimm Claudia als Exempel. Sie ist nicht nur eine ausgezeichnete Pilotin, sondern besitzt auch ein enorm sensibles Gefühl fürs Fliegen. Mich beeindruckt das immer wieder. Sie spürt Abweichungen praktisch, noch bevor die Instrumente sie anzeigen.«

»Na klar, bei Claudia gehört fliegen gewissermaßen zu ihrer Persönlichkeit. Ihr Vater hat ihr doch schon als Baby eingetrichtert, sie wäre eine kleine Fee. Und die können ja bekanntlich fliegen. Was ihr aber eindeutig dazu gefehlt hat, waren Libellenflügel oder ein Zauberstaub, wie ihn die Fee Tinkerbell bei Peter Pan benutzte.« Oliver lachte hintergründig. »Deshalb hat sie halt zu den zeitgemäßen Hilfsmitteln einer modernen Fee greifen müssen. Nachdem sie in der Siedlung neben dem Flugplatz aufgewachsen ist, auf dem damals ihr Vater bei der Flugsicherung gearbeitet hat, waren Flugzeuge ja doch ziemlich naheliegend. Aber«, Oliver streckte den Zeigefinger hoch, »auch der fortschrittlichsten Fee gelingt es nicht auf Anhieb, exakt nach Instrumenten zu fliegen. Selbst unsere Claudia hat das erst lernen und üben müssen, – genau wie wir Nicht-Feen!«

5

Wien – Santorin

Als drei Wochen später Claudia den Flugplan nach Santorin aufgab, um mit Rudi gemeinsam Susanne und die beiden Käfers abzuholen, begann gerade Joe Gartners Schichtdienst als Betriebsleiter im GAC.

»Gehe ich richtig in der Annahme, dass meine zukünftige Flugschülerin heute in Wien auftauchen wird?« Joe grinste hinterhältig. »Es wäre nett, wenn ihr mich dieser Susanne vorstellt, – falls sich das einrichten lässt. Mit diesem angeblich so talentierten Superstar würde ich mich nämlich gerne unterhalten. Euch traue ich nicht so richtig. Womöglich handelt es sich um einen eurer zweifelhaften Scherze, und ihr versucht, mir eine Flugschülerin unterzujubeln, die sich so verzweifelt ans Steuerhorn klammert, dass ich schleunigst meine Lebensversicherung erhöhen muss!« Er meinte es nicht ernst. Die Schilderungen der beiden Lufttaxipiloten hatten ihn auf Susanne neugierig gemacht. Gierig darauf, die fliegerische Begabung selbst zu überprüfen, wollte er mit dem Mädchen so bald wie möglich die erste richtige Flugstunde absolvieren.

Nach Santorin flogen sie diesmal mit einer angemieteten Cessna 421 *Golden Eagle*. Rudi hatte das Lufttaxi Thomas und Oliver für einen Flug nach München und anschließend Köln überlassen. Das war eine heroische Geste. Abgesehen davon, dass Rudi es vorzog, mit *seiner* Cessna 414 zu fliegen, waren natürlich auch die Kosten für das Mieten der fremden Maschine wesentlich höher. Aus rein finanzieller Sicht wäre es günstiger gewesen, mit dem zugemieteten Flugzeug nach Deutschland und mit dem Lufttaxi nach Griechenland zu fliegen. Aber die Golden Eagle war etwas anders instrumentiert, und Rudi dachte, Susanne würde darauf begeistert reagieren. Doch damit täuschte er sich gewaltig.

Susanne trug wieder eine schwarze Hose und die Jacke wie beim Hinflug. Obwohl ihr Gesicht sonnengebräunt war, lagen dunkle Schatten unter ihren Augen. Ihre Miene wirkte verschlossen. Sie stützte sich auf beide Krücken und ließ sich von dem fürsorglichen Jaromir Käfer ohne Widerspruch ständig helfen.

»Wir fliegen diesmal mit einer *Cessna 421C Golden Eagle III*. Die Maschine ist etwas anders instrumentiert als unser Lufttaxi. Möchten Sie vielleicht einen Blick ins Cockpit werfen?«, bot ihr Rudi schelmisch lächelnd an.

»Nein danke! Dieser technische Kram interessiert mich nicht sonderlich. Ich verstehe ohnehin nichts davon. Mir genügt es, wenn Sie uns sicher nach Hause bringen«, antwortete Susanne reserviert.

Rudi knirschte mit den Zähnen.

»Meine Tochter leidet ein wenig unter Flugangst. Aber das werden Sie ja bereits bemerkt haben, als Sie uns hierher brachten«, behauptete Jaromir Käfer und strich Susanne beruhigend übers Haar. Sie senkte den Kopf und seufzte betreten.

»Genau aus diesem Grund wollte ich ihr anbieten, das Cockpit zu besichtigen. Sobald man sich ein wenig auskennt, was da passiert, vertreibt es vermutlich auch etwas von der Angst vorm Fliegen«, meinte Rudi kühl.

Claudia erwartete zumindest ein verschwörerisches Zwinkern, als sie Susanne beim Einsteigen ins Cockpit behilflich war. Doch die gelangweilten Blicke des Mädchens streiften die Instrumente nur desinteressiert. Sie murmelte höflich: »Vielen Dank«, und setzte sich danach mit dem Rücken zu den Piloten in den Passagierbereich.

Auf Rudis Stirn bildeten sich Falten. Er trommelte wütend mit den Fingern aufs Steuerhorn.

»Ich hoffe, Sie hatten einen angenehmen Aufenthalt?«, erkundigte sich Claudia rasch, damit die Fluggäste die Verstimmung nicht merkten.

»Oh ja! Es war fantastisch!«, rief Susanne voller Begeisterung und drehte sich freudestrahlend zu ihrer Copilotin. »Die Sonne. Das traumhafte Meer. Ich liebe Griechenland. Das Schwimmen im Meer hat mir gut getan. Ich fühle mich schon wesentlich gesünder. Sieht man mir das nicht an?«

»Natürlich!« Claudia zwang sich zu einem Lächeln. »Wir starten gleich. Sie wissen ja: elektronische Geräte abschalten, anschnallen und bitte jetzt nicht rauchen.«

»Verstehst du das?«, fragte sie Rudi über das Bordmikrofon.

»Nein«, knurrte er verärgert. »Sie wird ihre Gründe für dieses Theater haben. – Nehme ich an!«

Claudia beobachtete Susanne leicht verhärmt im Rückspiegel. Das Mädchen blickte gelangweilt aus dem Fenster, unterhielt sich gelegentlich mit Sandra oder Jaromir Käfer, blätterte in einem Modemagazin. Da Susanne den Rücken dem Cockpit zugewandt hatte, ging Claudia während des Streckenflugs kurz in den Passagierraum, täuschte vor, etwas zu holen, und erkundigte sich dabei freundlich, ob Susanne womöglich eine Tablette gegen Übelkeit benötige.

Das Mädchen schüttelte stumm den Kopf und knetete nervös seine Finger, als ob sie tatsächlich unter Flugangst litt.

Die Show, die Susanne da mit kalter Perfektion abzog, irritierte Claudia gewaltig. Nur um Jaromir Käfer etwas vorzuspielen, bestand für das distanzierte Verhalten gegenüber den Piloten keine Notwendigkeit. Ein Augenzwinkern, eine heimliche Geste hätte alles gemildert; in ein anderes Licht gerückt. Doch von Susanne kam nicht die geringste Andeutung, die um Verständnis für ihr eigenartiges Verhalten heischte.

Als Susanne in Wien aus dem Flugzeug kletterte, unternahm Rudi einen letzten edelmütigen Versuch. Er streckte ihr eine der Lufttaxi-Visitenkarten entgegen. »Danke, dass Sie mit uns geflogen sind! Es würde uns sehr freuen, wenn Sie sich trotz Ihrer Flugangst dafür entscheiden, wieder mit uns zu fliegen. Falls Sie irgendwelche Fragen haben sollten, stehen wir Ihnen unter dieser Nummer gerne zur Verfügung. Sollten Sie uns gerade nicht persönlich erreichen, wenden Sie sich am besten unter der Flughafennummer an das *General Aviation Center* und verlangen Herrn Joe Gartner. Er ist ein ausgezeichneter Fluglehrer und gibt Ihnen sicher gerne über alles Auskunft.«

Susanne betrachtete die Karte verdutzt. »Es ist lieb, dass Sie sich so viel Mühe mit mir geben. Aber ich kann mir wirklich nicht vorstellen, welche Fragen ich haben könnte.« Sie reichte die Geschäftskarte an Jaromir Käfer weiter. »Nimm du sie, Papa! Du brauchst sie vielleicht eher.«

Käfer betrachtete die Karte mit dem Lufttaxilogo verwundert. »Mein Büro hat ohnehin Ihre Telefonnummer und die E-Mail-Adresse. Oder hat sich etwas daran geändert?«

»Wir haben gerade einen Schwung neuer Geschäftskarten bekommen und verteilen sie recht großzügig. Ein wenig Werbung schadet ja nie! Vielleicht empfehlen Sie uns Ihren Freunden und Bekannten?« Claudia versuchte, mit unverbindlichem Lächeln ihren Groll zu vertuschen.

»Das ist doch selbstverständlich.« Mit höflichem Nicken schob er die Karte in die Brusttasche seines Jacketts. »Und vielen Dank noch, dass Sie sich so nett um mein ängstliches Mädchen gekümmert haben.« Er legte seinen Arm um Susannes Schultern und drückte sie leicht an sich. Sie lächelte ihn vertrauensvoll an.

»War das meine zukünftige phänomenale Flugschülerin?«, erkundigte sich Joe spöttisch. »Ihr wolltet mich also doch reinlegen. Schande über euch!«

Claudia schüttelte missmutig den Kopf. »Ihr Verhalten war wirklich seltsam. Fast so, als ob sie sich nicht mehr daran erinnern könnte, was sie uns alles erzählt hat.«

»Euer hochgepriesenes angebliches Flugtalent scheint mir eher ein schauspielerisches Talent zu sein. Ihr Hinken wirkte absolut perfekt.« Joe lachte verächtlich.

»Entweder, sie hat diese Show mit Absicht derart durchgezogen, um die Käfers zu täuschen, oder sie ist schizophren!«, behauptete Rudi wutschnaubend.

»Multiple Persönlichkeit! Sie hat keine Ahnung, was die andere Person in ihr gesagt oder getan hat«, meinte Joe. »Hab ich unlängst in einem Krimi im Fernsehen gesehen. Beruht angeblich auf einem verdrängten Kindheitstrauma. Vielleicht wurde ja die Persönlichkeit eurer Susanne bei dem Unfall mehrfach gespalten? Eine von diesen Personen ist vom Fliegen fasziniert, die andere hat Angst davor. Aber nehmt es mir nicht übel, Leute, von so einer Flugschülerin lasse ich doch lieber die Finger. Das ist mir zu suspekt. Bei der jungen Frau in dem Krimi hat eine ihrer Persönlichkeiten alle Männer in ihrem Umfeld abgemurkst!«

»Wir hätten vielleicht doch gleich an den Strand fahren sollen.« Rudi stupste Claudia am Oberarm und blinzelte dabei anzüglich. »Dann nämlich wären wir ihr in Santorin erst gar nicht begegnet! Es ärgert mich jetzt gewaltig, dass ich mich breitschlagen ließ, mit ihr zu fliegen. Aber am allermeisten wurmt mich, dass wir sie auch noch mit der teuren *Golden Eagle* abgeholt haben, um ihr eine Freude zu bereiten«, fauchte er erbost.

»Ich wette, sie ruft uns bald an, um uns ihr Verhalten zu erklären!«, versuchte Claudia, ihn zu beschwichtigen.

Zum Glück setzte er nicht dagegen. Denn auch diese Wette hätte sie verloren.

6

Flughafen Wien

Dass Susanne nicht anrief, um ihre eigenwillige Verhaltensweise zu begründen, ärgerte Claudia maßlos. Vor allem, weil sie sich ständig dabei ertappte, angespannt auf diesen Anruf zu warten.

Susannes bemerkenswertes Geschick, bei ihrem Übungsflug in Santorin nach Instrumenten zu fliegen, stand im krassen Gegensatz zur scheinbaren Flugangst und dem gespielten Desinteresse am Cockpit. Was bezweckte sie damit, auch die Piloten täuschen zu wollen? Worin lagen die Gründe dafür? Was versuchte sie, zu beweisen? Die Fragen gingen Claudia einfach nicht aus dem Kopf. Sie musste eine Antwort darauf finden.

Doch da gab es noch etwas, das wie undeutliches Flüstern in ihren Gedanken herumspukte. Etwas, das Joe Gartner gesagt oder angedeutet hatte. Was war es bloß gewesen? Mit seinen Bemerkungen über multiple Persönlichkeiten hatte es nichts zu tun. Im weiteren Verlauf des Gespräches war es dann untergegangen. Das Hinken! Genau. Das war es! ›Ihr Hinken wirkte absolut perfekt!‹, hatte er gesagt. Diese Andeutung kam sicher nicht grundlos. Bei der nächstbesten Gelegenheit stürzte sie sich auf ihn, um nachzufragen.

»Hm, mich hat es zwar im ersten Augenblick verblüfft, aber wahrscheinlich sollte man dem keine allzu große Bedeutung zumessen«, meinte er leicht verlegen. »Diese Susanne hat sich mit beiden Armen fest auf ihre Krücken gestützt und das linke Bein nachgezogen, als ob sie es nicht belasten könnte. Während ihr Vater den Gepäckkarren in Richtung Ausgang des GACs geschoben hat, ist eine kleine Tasche runtergefallen. Das Mädel ist knapp daneben gestanden, hat sich weggedreht und dabei beide Krücken angehoben. Es war eine unbewusste, automatische Reaktion, um der Tasche auszuweichen. Ich dachte, sie würde gleich umkippen. Hab mich schon bereit gemacht zum Rauslaufen. Aber wie es schien, gelang es ihr ohne Schwierigkeiten, auf beiden Beinen zu stehen. Danach ist sie wieder gehinkt, als ob sie mit dem linken Bein nicht auftreten könnte.«

Enttäuscht zuckte Claudia die Schultern, denn dass Susanne die Krücken nicht ständig benötigte, war keine Offenbarung. Sie brauchte bloß die Hilfe eines Stocks zum Abstützen, um das Gleichgewicht zu halten. Die Show mit den Krücken zog sie vermutlich für Jaromir Käfer ab. Doch dafür als Publikum missbraucht worden zu sein, ärgerte Claudia. Sie wartete immer noch auf eine nachträgliche Entschuldigung oder zumindest ein paar Verständnis heischende Worte.

Joes Telefon klingelte. Claudia unterdrückte ihren aufkeimenden Groll. Außer Joe gab es im Augenblick niemanden in Reichweite, der bereit gewesen wäre, sich eine Variante ihres Unmuts anzuhören. Das Büro des Lufttaxis lag im ersten Stock des General Aviation Centers, allerdings verspürte Claudia im Augenblick wenig Lust, sich dorthin alleine mit ihren Grübeleien über Susanne zurückzuziehen. Rudi und Thomas hockten im Aufenthaltsraum der GAC-Angestellten, um sich im Fernsehen ein Autorennen anzusehen. Im Kreis fahrende Autos interessierten Claudia nicht sonderlich, außerdem war der Raum ohnehin gerammelt voll mit Zusehern, die lautstark ihre Kommentare zum Grand Prix abgaben.

Um sich abzulenken, ging sie ins *Fly Inn*. Das kleine Café-Restaurant im GAC-Gebäude wurde vorwiegend von Piloten der *Allgemeinen Luftfahrt* und Flughafenpersonal besucht, deshalb traf man dort fast immer Bekannte.

Die Schar Betriebsräte, die mit dem Lufttaxi von einem Gewerkschaftsseminar aus Zell am See zurück nach Wien geflogen waren, saß gemeinsam an einigen aneinandergereihten Tischen im Lokal und diskutierte heftig. Claudia setzte sich an die Theke.

»... seit die Mädels die Reklameplakate für Herrenunterwäsche aufgehängt haben, hat sich das praktisch von selbst erledigt. Die Waschbrettbäuche und die muskulösen Körper von den Burschen auf den Postern wirken weit effizienter als sämtliche Diskussionen vorher«, verkündete Inge Hammer, die einzige Frau in der Runde. Sie war eine attraktive Person, Ende 30, selbstbewusst, rhetorisch geschult, und strotzte vor sarkastischem Humor. Plötzlich bemerkte sie Claudia und rief quer durchs Lokal: »Ah, unsere Pilotin!« Sie klatschte in die Hände. Die restlichen fünf der Lufttaxipassagiere trommelten auf den Tisch. »Hervorragender Flug«, sagte einer.

»Trinken Sie doch ein Glas Wein mit uns«, forderte sie Inge Hammer auf.

Claudia hatte bei Gitti, der Serviererin im Fly Inn, ohnehin noch nichts bestellt, nickte ihr deshalb nur zu und setzte sich zu den Betriebsräten. Obwohl sie alle in verschiedenen Firmen beschäftigt waren, kannten sie einander anscheinend recht gut.

»Wir unterhalten uns gerade über das Gewerkschaftsseminar«, erklärte ihr ein untersetzter Mann mit glatt rasiertem Schädel, während er für sie ein Glas mit Weißwein füllte. »Schwerpunkt psychologische Mitarbeiterbetreuung bei Schwierigkeiten im Kollegenkreis. Früher haben wir schikanieren dazu gesagt, jetzt bezeichnet man es als *Mobbing.*«

»Aber an der Problematik an sich hat sich nicht das Geringste geändert«, mischte sich ein älterer Kollege ein, »es stecken praktisch immer Ängste dahinter. Deshalb nehmen es die Betroffenen letztlich in Kauf, von Vorgesetzten gedemütigt oder von Kollegen sekkiert zu werden. Manche streiten sogar empört ab, sich überhaupt beim Betriebsrat beschwert zu haben! Nur löst sich das Kernproblem nicht automatisch, wenn sich die Wogen vorübergehend optisch glätten.«

»Schämt sich derjenige denn nicht, als Lügner angesehen zu werden, wenn er sich danach völlig konträr zu seinen früheren Anschuldigungen verhält?«, fragte Claudia in die Runde.

»Angst beeinflusst einen Menschen in diffiziler Weise«, meinte Inge Hammer, »und beeinträchtigt das natürliche rationale Verhalten. In so einem Fall gehe *ich* auf den Betreffenden zu. Und manchmal helfe ich mit Provokationen ein bisschen nach, damit Emotionen hochgeschwemmt und rausgelassen werden.«

Claudia dachte an Susanne. Hatte sie beschlossen, sich still und kooperativ zu verhalten, solange die Möglichkeit, eigene Pläne umzusetzen, noch unerreichbar war? Aber weshalb so devot und heuchlerisch? Wollte sie sich bei Jaromir Käfer einschleimen? Hatte sie Angst?

Anscheinend war die Grand-Prix-Übertragung beendet, denn Rudi und Thomas tauchten im *Fly Inn* auf und folgten sofort der Aufforderung, sich ebenfalls zu den Fluggästen zu setzen. Kontakte auf einer persönlichen Ebene gehörten zur Firmenstrategie. Nachdem alle sechs Betriebsräte zum ersten Mal mit dem Lufttaxi geflogen waren, galt es, genügend Sympathien für das Bedarfsflugunternehmen zu erwecken, damit sie das Lufttaxi öfter charterten und in ihren Firmen Werbung dafür machten.

Claudia starrte auf Inge Hammers pinkfarbenen Seidenschal. Danach dachte sie an ihren eigenen blauen Schal, den sie einmal von Generaldirektor Schönborn als Entschädigung für seine miesen Launen bekommen hatte. Auf dem blauen Schal stand groß C und K, wie die Initialen für Claudia Kalser. Der Rest von Calvin Klein war so winzig, dass man schon genau hinsehen musste. Und genau das brachte sie auf eine Idee.

Sie entschuldigte sich bei den Passagieren und flitzte regelrecht in den ersten Stock des GAC-Gebäudes hinauf zum Büro des Lufttaxis. Ihren impulsiven Entschluss musste sie sofort umsetzen. Sonst wurde sie womöglich von dem Zögern eingeholt, das die Sinnhaftigkeit ihres Handelns infrage stellte.

Wenn jemand Angst hat, dann muss man auf ihn zugehen. Diese Inge Hammer wusste vermutlich, wovon sie sprach. Susanne war vielleicht unsicher, ob sie den beiden Piloten wirklich vertrauen durfte. Was hinderte Claudia daran, ihr einen Schritt entgegen zu gehen? Die Privatnummer der Käfers stand in der Kartei.

7

Flughafen Wien Lufttaxi-Büro

Sandra Käfer war am Apparat. Claudia sagte ihr, bei der Innenreinigung des Flugzeuges wäre ein Schal mit einem großen aufgestickten ›S‹ zwischen den Sitzen gefunden worden, und nun wolle sie Susanne fragen, ob er ihr gehöre.

»Schicken Sie den Schal doch einfach her«, meinte Sandra Käfer ohne jeglichen Versuch, echtes Interesse zu heucheln.

»Nun, das wäre nicht sehr sinnvoll. Womöglich vermisst ihn ja jemand anderer? Könnte ich Susanne nicht direkt danach fragen?«

»Nein … also das geht jetzt wirklich nicht. Meine Tochter … fühlt sich nicht wohl. Sie hat sich … hingelegt«, stotterte Frau Käfer.

»Vielleicht könnte mich Susanne zurückrufen, auch wenn ihr dieser Schal nicht gehören sollte. Damit wir sie ausschließen können.«

»Ich richte es ihr aus.« Sandra Käfer fragte weder nach der Farbe noch wie das Fundstück genau aussah. Es war nicht ihr Schal, und ob Susanne ihn vermisste oder nicht, war ihr offenbar gleichgültig. Vielleicht gab es zwischen den beiden Differenzen? Ein vorangegangener Streit, nach dem sie sich schweigend aus dem Weg gingen, lieferte eine plausible Erklärung für Sandra Käfers Verhalten. Oder ging es Susanne tatsächlich gesundheitlich so schlecht, dass ihre Stiefmutter sie nicht wegen Belanglosigkeiten stören wollte?

Claudia zündete sich eine Zigarette an und rauchte nachdenklich. Die Idee, Susanne unter einem Vorwand anzurufen, hatte kein zufriedenstellendes Ergebnis geliefert, sondern nur noch weitere Fragen hervorgebracht. Vielleicht war es ein schlichter Wink des Schicksals, die Sache auf sich beruhen zu lassen? Diese reiche, verwöhnte junge Dame hatte eine Show abgezogen und die Piloten einfach als Publikum missbraucht. Falls sich Susanne dafür entschuldigen wollte, hätte sie das längst getan. Dafür brauchte man nicht extra eine Gelegenheit zu schaffen.

Die Bürotür öffnete sich, und Rudi lugte neugierig in den Raum. »Was ist los? Du bist plötzlich abgezischt. Hat dich einer von den Betriebsräten geärgert?«

Leicht vergrämt schilderte ihm Claudia ihre Überlegungen, Susanne aus einem vorgetäuschten Grund anzurufen, um endlich eine Antwort auf ihr eigenwilliges Verhalten zu bekommen. »Letztlich habe ich aber nur mit Sandra Käfer gesprochen, und der war es anscheinend völlig egal, ob ihre Stieftochter einen Seidenschal vermisst oder nicht.«

»Hat sie dir geglaubt?«, erkundigte sich Rudi skeptisch.

»Warum sollte sie misstrauisch sein? Verlorene Gegenstände unseren Fluggästen zurück zu geben, gehört zum Service. Allerdings wirkte sie ziemlich nervös.«

»Wer weiß, wobei du sie gestört hast.« Rudi schmunzelte und zog die Augenbrauen hoch.

Verlegen zuckte Claudia die Schultern. Im Grunde genommen hatte sie nur über Susanne Sebenstein nachgedacht. Sandra Käfers gegenwärtig miese Laune konnte alle möglichen Ursachen haben und völlig unabhängig von Meinungsverschiedenheit mit der Stieftochter sein.

Mitten in ihre Überlegungen klingelte das Telefon. Rudi hob ab: »Lufttaxi – Flugservice! … Oh, guten Abend Herr Käfer! … Ja, das ist richtig, Claudia wollte Ihre Tochter fragen, ob sie einen Seidenschal vermisst. … Nun, das wissen wir inzwischen. Die Dame, der er gehört, haben wir bereits gefunden. Ihre Tochter war nicht die Einzige, bei der wir nachgefragt haben. … Keine Ursache, es passiert öfters, dass Passagiere etwas vergessen. … Danke! Ich werde es ausrichten. Schönen Abend noch!« Rudi blickte Claudia mit abfälligem Lächeln an: »Wie du sicher bemerkt hast, findet es Susanne nicht der Mühe wert, selbst anzurufen.

Aber sie lässt sich bedanken und dir schöne Grüße ausrichten.«

»Vielleicht haben die Käfers sie nicht ans Telefon gelassen?«

»Blödsinn! Heutzutage hat doch jeder ein Handy. Diese Susanne hat sich mit uns einen fragwürdigen Scherz erlaubt. Wir sind drauf reingefallen. Ein reiches, launenhaftes Mädchen. Vermutlich stellt die Firma ihres Vaters Flugzeuginstrumente her, und sie hat zur Überprüfung jahrelang am Simulator trainiert. Mein Lob ihres Talents beim Handhaben der Maschine hat sie sicher als überaus lustig empfunden«, knurrte Rudi gereizt und zuckte dann resignierend die Schultern. »Ich geh wieder zu den Betriebsräten. Die sind wenigstens ehrlich und amüsant ... und fliegen in Zukunft wieder mit uns. Kommst du?«

»Ja gleich!«, bestätigte Claudia. »Geh schon mal runter ins *Fly Inn*, ich komm nach.«

Käfers Rechnungen wurden immer auf die *Shelter Aid AG* ausgestellt. Susanne hatte von elektronischen und technischen Geräten gesprochen. Welche Art von Instrumenten diese Firma produzierte, wollte Claudia jetzt genau wissen. Wozu gab es Suchmaschinen im Internet?

Spezialist für elektronischen Heilbedarf. Das sagte ihr wenig. Claudia blätterte in deren Homepage. Spezial-Rollstühle für Schwerstbehinderte, die zur Selbststeuerung mit einem einzigen Finger oder mit dem Mund geeignet waren. Elektronische, mit Gedankenkraft steuerbare Prothesen ... Bei der Vorstellung, dass es Menschen gab, die diese Dinge benötigten, lief ein kalter Schauer über ihren Rücken. Gleichzeitig wurde ihr aber auch klar, weshalb ein so junges Mädchen wie Susanne eher gelassen über ihre Narben geredet hatte. Sie war mit diesen elektronischen

Geräten und dem Wissen, wofür sie gebraucht wurden, seit ihrer Kindheit vertraut. Eigene Gliedmaßen, die trotz Narben in ihren Bewegungsabläufen nicht eingeschränkt waren, wirkten dagegen weit weniger erschreckend.

Doch diese Überlegung bestätigte eigentlich nur, dass Susanne, als sie in Santorin zwanglos mit den Lufttaxi-Piloten geplaudert hatte, offen und ehrlich war. Ihre konkreten Pläne klangen durchdacht, und ihre Freude und Begeisterung, mit Rudi zu fliegen, waren zweifellos echt gewesen.

Was aber hatte das Mädchen so sehr verändert? Und worin lag der Sinn, beim Rückflug auch den Piloten gegenüber Flugangst zu heucheln? Depressiv hatte Susanne dabei jedenfalls nicht gewirkt. Nur gelangweilt und leicht überheblich. Vielleicht stimmte die Vermutung, dass sich Susanne beim Verbreiten von Lügengeschichten großartig amüsierte? Oder hatte sie tatsächlich eine gespaltene Persönlichkeit?

Claudia schob die Gedanken rund um Susanne beiseite und begab sich wieder zu den Betriebsräten. Nicht, weil sie aus strategischen Gründen mithelfen wollte, nach neuen, potenziellen Stammkunden zu fischen, sondern weil sie diese Betriebsräte und vor allem Inge Hammer unterhaltsam fand.

8

Flughafen Wien – General Aviation Center

»Klar ist Rudi stinksauer! Immerhin hat ihn die Kleine eindeutig verarscht. Und wie wir wissen, versteht ein Rudi Fellner nicht den geringsten Spaß, wenn es um seine ›*Heilige Kuh*‹, die OE-FFY geht. Einen Streich auf seine Kosten verzeiht er … vielleicht … eines Tages! Aber im Zusammenhang mit dem Lufttaxi vergibt er …«, Thomas Dorner schleuderte beide Arme zur Decke hoch und unterstrich seine Worte mit einem nachdrücklich gebrüllten »niemals!«

Er und Andreas Hartmann lehnten im GAC an der Theke, die den Raum der Betriebsleitung von der Eingangshalle abgrenzte. Von der Innenseite reckte Joe Gartner seinen Kopf durch die geöffneten Trennscheiben und bekräftigte Thomas' Aussage, indem er mit den Fingerspitzen einen abgehackten, dumpfen Rhythmus auf die Oberfläche der Theke hämmerte.

Um die Wartezeiten bis zum Eintreffen der angemeldeten Fluggäste zu überbrücken, waren ausführliche Fachgespräche oder brisante Themen ungeeignet, da man Debatten abrupt unterbrechen musste und erst nach Stunden oder Tagen fortsetzen konnte. Die meisten der Berufspiloten bevorzugten es daher, alte Klatschgeschichten aufzuwärmen, oder vergnügten sich damit, die neuesten Gerüchte zu sezieren. Vorzugsweise über Kollegen oder Flughafenpersonal. Sobald die erwarteten Passagiere auftauchten, beendete man schlagartig den amüsanten Gesprächsstoff, konzentrierte sich auf den künftigen Flug und geleitete die Kunden berufsmäßig mit seriösem Gesichtsausdruck zur Maschine.

»Und ich fühle mich auch betrogen«, Joe unterstrich seine Worte, indem er lauter und schneller trommelte, »mir wurde schließlich eine technisch versierte und außergewöhnlich begabte Flugschülerin versprochen! Eine Perfektionistin! Sozusagen der Inbegriff meiner Fluglehrerträume! Und dann taucht diese Tussi im GAC auf und schaut sich um, ob auch genügend Publikum für die Show, die sie abzieht, vorhanden ist. Pfui! Schande über sie!«

»Jawohl! Alleine durch die Vortäuschung falscher Tatsachen hat diese Susanne praktisch Rudis ›Heilige Kuh‹ besudelt, – entweiht, missbraucht, geschändet.« Thomas stöhnte pathetisch. Joe nickte zustimmend, verstärkte das Stakkato seines Trommelwirbels und benutzte nun nicht nur die Kuppen, sondern die gesamten Finger, um die Lautstärke zu erhöhen.

»Ein Sakrileg!«, stimmte Andreas zu. »Derartiges fasst Rudi als persönlichen Affront auf.«

»Richtig!« Thomas nickte mit gleichzeitig erhobenem Zeigefinger.

Joe stoppte die Trommelei und stützte sein Gesicht nachdenklich auf die Handflächen. »Andererseits, wenn Rudi und Claudia behaupten, diese Susanne wäre exakt nach den Instrumenten geflogen, ergibt sich für mich die Frage, woher sie es konnte? Ich meine, bei einem kleinen zweisitzigen Hochdecker könnte ich mir vorstellen, dass sie vorher oft am Computer mit einem Flugsimulator gespielt hat und sich deshalb recht geschickt anstellte. Jetzt mal abgesehen von den Start- und Landevorgängen ist es ja nicht sonderlich schwierig, eine Cessna 150 oder 152 in der Luft gerade zu halten. Aber bei einem zweimotorigen Tiefdecker? Da reichen weder ein bisschen Simulator-Erfahrung noch ein paar Flugstunden. Da brauchst du schon eine gründliche Ausbildung. Trainingseinheiten in einem ›richtigen‹ Flugsimulator samt Instruktor oder eben ausreichende Praxis. Und gerade Rudi hätte es doch sofort gemerkt, wenn sie mit dem Cockpit einer Cessna 414 vertraut gewesen wäre. Egal, was mir ein Flugschüler vor seiner ersten Flugstunde erzählt, ich erkenne an seinem Verhalten, ob er schon öfter in kleinen Maschinen mitgeflogen ist oder nicht. Denkt ihr, das Mädel könnte unbemerkt den Autopiloten eingeschaltet haben?«

»Nein! Unmöglich. Rudi erkennt mit verbundenen Augen wer fliegt«, behauptete Thomas. »Sie hat ihm was vorgegaukelt. Und zwar perfekt, bis ins kleinste Detail. Sonst hätte er es doch sofort überrissen.«

»Aber warum? Wo liegt das Motiv? Weshalb wollte sie ausgerechnet Rudi und Claudia täuschen? Sie kannte die beiden zuvor doch gar nicht.« Andreas rieb nachdenklich an seinem Ohrläppchen. »Nehmen wir an, sie absolvierte tatsächlich eine PPL-Ausbildung … vielleicht vor ihrem Unfall, durch den später diese Gehbehinderung entstand. Das würde erklären, weshalb sie nicht nur über eine solide Basis verfügte, sondern auch feststellen wollte, ob sie überhaupt noch in der Lage wäre, eine Maschine exakt zu steuern. Sagen wir, sie nützte deshalb die sich bietende Gelegenheit, Rudi zu überreden, mit ihr in unserem Lufttaxi ein paar Platzrunden zu drehen. Ohne ihm ihre wahren Gründe dafür zu offenbaren. Nehmen wir weiter an, sie wollte vermeiden, dass ihre Eltern etwas über ihre fliegerischen Ambitionen erfuhren …« Andreas schüttelte den

Kopf. »Nein, das ergibt keinen Sinn. Nachdem Rudi sie ins Cockpit gelassen hat und sie feststellte, nichts verlernt zu haben, musste sie zumindest in Erwägung ziehen, dass er sie durchschauen könnte. Wenn sie diesbezüglich auf seine Verschwiegenheit vertraute, hätte sie ihm auch die Wahrheit sagen können. Weshalb diese Lügen?« Er dachte flüchtig an sein Gespräch mit Oliver. Doch diese Variante mit den seinerzeitigen Überlegungen erschien ihm unsinnig. Wenn Susanne für ihre angebliche fliegerische Begabung bewundert werden wollte, weshalb sollte sie dann beim nächsten Flug versuchen, alle vom Gegenteil zu überzeugen? Für diesen krassen Widerspruch fand sich keine vernünftige Erklärung.

Thomas kicherte: »Du hast vielleicht das Herz eines Piloten, aber eindeutig das Hirn eines Anwalts!«

Was niemanden wirklich überraschte, schließlich hatte Andreas lange genug Jura studiert. Obwohl er in der renommierten Anwaltskanzlei seines Vaters beschäftigt war, driftete sein Ehrgeiz – sehr zum Leidwesen seines alten Herrn – nicht in die Richtung, jemals einer der Partner zu werden. Andreas träumte davon, beim Lufttaxi nicht mehr nur – auf Abruf bereit – Flüge als *freelancer* zu übernehmen, sondern fix angestellt zu werden.

»Andreas, du gehst von einem rationalen Verhalten aus und suchst nach Fakten als Bestätigung. Dabei gibt es die wahrscheinlich gar nicht. Es spricht doch alles dafür, dass dieses Mädel Rudi schlicht und einfach absichtlich reingelegt hat und sich über diesen Coup wahrscheinlich kaputt lacht.« Joe schmunzelte und drehte die Augen scheinheilig zur Decke. »Manche Leute haben eben seltsame Gelüste und sind mit einem ausgesprochen schrägen Humor gesegnet!«

Andreas lehnte sich Joe mit verschwörerischer Miene entgegen. »Höre ich da die vage Andeutung eines erwähnenswerten Gerüchts? – Über jemanden, den wir kennen?«

»Flüchtig, vermutlich!« Joe grinste. »Wer kann schon behaupten, einen Fallschirmspringer, der Spaß daran findet, eine Frachtmaschine in 4.000 m über Grund, in einem Schlauchboot sitzend, zu verlassen, wirklich zu kennen?«

»Ich fasse es nicht. Die Sache ist erst letzten Freitag in Tschechien passiert! Woher weißt denn du das schon wieder?« Thomas schnappte hörbar nach Luft.

Joe setzte ein übertriebenes Unschuldslächeln auf. »Also entweder waren es Buschtrommeln oder eine Brieftaube. Schauergeschichten verbreiten sich wie ein Virus; letztlich weiß man nie genau, wer es weitergegeben hat.«

In einer theatralischen Geste presste Thomas Daumen und Zeigefinger gegen seine Schläfe und öffnete dann ruckartig die Hand, als ob sich nach anstrengendem Denken plötzlich eine geniale Erleuchtung gezeigt hätte. »Ha! Ich wette, ich weiß, wie diese klatschsüchtige Bazille heißt!«

»Pilot?«, schlug Joe grinsend vor. »Eine höchst geschwätzige Gattung! An dieser Örtlichkeit stark verbreitet.«

»Und vermutlich rosa!«, mutmaßte Thomas.

Bevor Rudi das Lufttaxi-Unternehmen gründete, flog Thomas als Berufspilot für die ›*Pink Aviation*‹ eine Transportmaschine vom Typ *Skyvan*. Die Skyvans der *Pink Aviation*, alle rosa mit aufgemaltem Gesicht, waren im gesamten europäischen Raum so bekannt wie der rosarote Panter und wurden praktisch ausschließlich zum Fallschirmspringen genutzt.

Seine Fallschirmspringerausbildung hatte Thomas mit 17 Jahren begonnen. Nach etwa 100 Absprüngen stellte er dann fest, dass es ihn auch reizte, ein Flugzeug selbst zu steuern. Daraufhin überredete er seinen Vater, die Kosten für den Privatpilotenschein zu übernehmen. Voller Enthusiasmus stürzte er sich danach auf die entsprechenden Schulungen, nahm alle möglichen Jobs an, um Flugstunden zu sammeln und seine spätere Berufspiloten-Ausbildung zu finanzieren. Obwohl das Fliegen bei Thomas an erster Stelle stand, hing sein Herz immer noch am *Skydiving*.

»Sag bloß, du bist tatsächlich mit einem Schlauchboot aus einem Flugzeug abgesprungen?« Andreas schlug sich mit der flachen Hand aufs Hirn.

»Es war ein umwerfendes Erlebnis. Im wahrsten Sinne des Wortes. Hat sich irgendwie zufällig ergeben.« Thomas bemerkte Andreas' zweifelnden Blick und fügte erklärend hinzu: »Na schön, Oliver und ich waren natürlich nicht zufällig in Tschechien. Wir haben einen Schwung Fallschirmspringer vom Flughafen Graz Thalerhof zum Skydive Ausbildungszentrum in Klatovy gekarrt. Am Wochenende fand dort nämlich ein *Swoop* Bewerb statt, deshalb standen zum Trainieren zwei Skyvans der *Pink Aviation* bereit.«

»Wie man so hört, soll das Schlauchboot sogar tadellos im Ort auf der Kirchturmspitze gelandet sein!«, bemerkte Joe ätzend.

Thomas warf ihm einen vernichtenden Blick zu: »Wollen wir eines klarstellen: Das Boot wurde zwar vom Wind in den Ort verblasen, ist aber nicht an der Kirchturmspitze hängen geblieben, sondern auf dem Platz davor runter gekommen. Natürlich hat eine Schar Kinder das Schlauchboot sofort johlend beschlagnahmt. Sie wollten es nicht mehr rausrücken. Wir haben es letztlich mithilfe etlicher Kilo Süßigkeiten zurück erobert«, dementierte Thomas halbherzig das Gerücht, das Joe gehört hatte.

»Hört, hört!« Andreas schmunzelte. »Wäre es nicht billiger gekommen, ein neues Schlauchboot zu erwerben?«

Joe pfiff demonstrativ unauffällig leise vor sich hin.

»Was habe ich verpasst?«, erkundigte sich Andreas.

»Auf dem Schlauchboot befand sich das Lufttaxilogo!«, Joe prustete vor Lachen.

»Bist du wahnsinnig, du hast *unser* Schlauchboot geklaut?«, schnaubte Andreas empört. Da sie oft längere Strecken über dem Meer flogen, gehörte das Schlauchboot zu den Sicherheitsstandards an Bord des Lufttaxis.

»Ich habe es ausgeliehen, nicht geklaut!«, berichtigte Thomas. »Während sich die Maschine mit denen, die für den Swoop-Bewerb trainierten, in der Luft befand, versuchten etliche Skydiver, alles was sich am Boden bewegte zum Springen zu animieren, um die zweite Skyvan auszulasten, damit die nächste Load auf eine Höhe von 4.000 m aufsteigen konnte. Dabei hatte Wuzi dann die glorreiche Idee mit dem Schlauchboot. ... Na ja, und weil sich doch immer eines an Bord des Lufttaxis befindet, konnte ich einfach nicht widerstehen.«

»Sag bloß, Oliver, als dein Copilot, hat das ohne Protest zugelassen und nicht zu verhindern versucht?« Andreas runzelte ungläubig die Stirne.

»Och, Wuzis Schwester, die liebe Uschi, und zwei mit ihr befreundete Springerinnen haben ihre Overalls ausgezogen und in Bikinis für ein klassisches Ablenkungsmanöver gesorgt.« Thomas kicherte hinterhältig. »Wir Fallschirmspringer halten in Notsituationen immer zusammen!«

»Verstehe, es gibt genügend Zeugen für dein schändliches Verhalten, unser Schlauchboot zweckentfremdet missbraucht zu haben«, Andreas nickte, »sonst würdest du die Sache doch glatt bestreiten.«

Thomas räusperte sich verlegen. »Es gibt sozusagen ein unwiderlegbares Dokument. Mit uns war *›flying Heidi‹*, eine super Kamerafrau aus der Schweiz in der Maschine. Sie ist uns nachgesprungen und hat mit ihrer Helmkamera ein wahnsinnig tolles Video gedreht.

Nachdem wir das aufgeblasene Boot in 4.000 m aus der Skyvan geschoben haben, saßen wir zu dritt drinnen. Wuzi, Jerry und ich. Der ultimative Wahnsinn! Fast 1500 Meter Freifall im Boot! Dann ist Jerry raus gekippt, und die Sache wurde unstabil. Es gab eine starke Höhenströmung, und wir haben natürlich versucht, das Boot in der Luft einzufangen. Ist nicht gelungen.«

Andreas klatschte nochmals die flache Hand auf die Stirn. »Tom und Jerry in einem Schlauchboot in der Luft! Ich bin mit einem Irren als Copiloten gestraft.«

»Hey, findest du einen bescheuerten Copiloten nicht liebenswerter als Fluggäste, die dich zu verarschen versuchen?«, spottete Thomas. »Rudi ist ja hauptsächlich deshalb stinksauer, weil der zweifelhafte Scherz von dieser Susanne buchstäblich auf seine Kosten erfolgte. Und wenn Rudi unnötig für etwas zahlen muss, trauert er um jeden Cent.«

Andreas stach mit seinem Zeigefinger gegen Thomas' Brust: »Du willst doch bloß vom Thema ablenken. Aber so einfach wird es dir nicht gelingen, dich herauszuwinden! Gestehe, dass in deinem Kopf eine Schraube locker ist! Vielleicht solltest du sie zur Abwechslung einmal festzurren.«

Thomas klappte den zu einer empörten Entgegnung aufgerissenen Mund mitten in der Bewegung zu, zauberte ein charmantes Begrüßungslächeln auf die Lippen und schlenderte den vier Herren, die soeben das GAC betraten, entgegen.

»Was bitte ist ein Swoop-Bewerb?«, flüsterte Joe Andreas zu.

»Der Springer verändert den Anstellwinkel seiner rechteckigen Schirmkappe, um mit leichtem Auftrieb vor dem Aufsetzen am Boden über einen Wasserspiegel zu gleiten und dabei mit den Fußspitzen durchs Wasser zu pflügen. Beim Wettbewerb messen die Schiedsrichter die Strecke, die dabei zurückgelegt wird. Die Fallschirmspringer nennen es *floaten.* Es ist wie beim Fliegen, bevor du die Maschine überziehst: Der Strömungsabrisspunkt liegt knapp daneben! Nur ertönt dabei kein ›stall-warning‹ wie im Flugzeug, wenn die Kappe in geringer Höhe kippt, knallt der Springer auf den Boden. Wie ich schon sagte: Die sind einfach bescheuert.« Andreas tippte mit dem Zeigefinger gegen seine Stirn.

Joe nickte zustimmend und grinste: »Die Schlauchboot-Story musste ich natürlich brühwarm weiter erzählen«, er blickte Thomas grübelnd nach. »Trotzdem: Irgendwie glaube ich nicht wirklich, dass sich diese Susanne mit Rudi bloß einen üblen Scherz erlaubt hat.«

Thomas dirigierte inzwischen seine Passagiere in die Richtung des auf der Abstellfläche wartenden Lufttaxis. Sie flogen in ein Land, das außerhalb des Schengenabkommens lag, deshalb mussten sie zuvor durch die Pass- und Zollkontrolle. Andreas brauchte sich demnach nicht zu hetzen, um die Fluggäste einzuholen.

»Aber ich versteh es nicht«, überlegte Joe halblaut. »Was für einen Grund könnte jemand haben, der eine Zweimotorige mit Begeisterung exakt steuert, später Desinteresse und Flugangst vorzutäuschen?« Als Fluglehrer wurde er oft genug damit konfrontiert, dass einige voller Überzeugung behaupteten, fliegen zu können, und dann stellte sich heraus, dass es sich um Wunschdenken handelte. »Warum? Niemand macht sowas völlig grundlos. Da muss einfach mehr dahinter stecken. Die Frage ist, was?«

Andreas zuckte die Schultern: »Keine Ahnung. Eine plausible Begründung fällt mir dafür nicht ein.«

»Meinst du, dieser Unfall in Spanien, von dem sie Claudia und Rudi erzählt hat, könnte kein Autounfall, sondern einer mit einem Flugzeug gewesen sein?«

»Hm, das würde zumindest ihre Flugangst erklären. Obwohl ... nun, womöglich ist sie damals nicht selbst geflogen und es ergab sich für sie keine Gelegenheit zum Eingreifen.« Andreas lachte hinterhältig. »Allerdings scheint es mir nicht sonderlich schwierig, den Ablauf eines Flugzeugabsturzes samt den verantwortlichen Piloten herauszufinden. Selbst wenn der Crash tatsächlich vor Jahren in Spanien stattgefunden hat.«

»Das hätte sie sich eigentlich auch denken können. Wozu also diese Geheimniskrämerei und Lügengeschichten?«

»Nun, wir vermuten es nur. Wir wissen nicht, ob es stimmt«, berichtigte ihn Andreas. Er verabschiedete sich von Joe mit einem angedeuteten Nicken und folgte Thomas und den Fluggästen des Lufttaxis.

9

Flughafen Wien

Claudia und Thomas tranken Kaffee im Gastgarten des *Fly Inn*. Sie warteten auf die Herwigkinder, zwei ihrer Lieblingsfluggäste. Die Maschine war aufgetankt, gecheckt, die Wettermeldungen eingeholt, der Flugplan bereits aufgegeben. In spätestens einer halben Stunde würde der Chauffeur des Vaters die beiden Kinder den Piloten übergeben, damit sie im Lufttaxi nach England zu ihrer Mutter gebracht wurden.

Einen Flugauftrag mit den Herwigkindern übernahmen nach Möglichkeit immer Claudia und Thomas. Für Kevin Herwig war Thomas der eindeutige Favorit unter den Piloten des Bedarfsflugunternehmens, und seine Schwester Marilyn protestierte stets lautstark, wenn Claudia nicht flog.

Zum zehnten Geburtstag hatte das Lufttaxi-Team Kevin einen Gutschein über eine Ausbildungs-Flugstunde mit einer Cessna 150 überreicht. Der Kleine war über das Präsent völlig ausgerastet. Zu jung für einen regulären Flugschüler hatte er sich als Geheimnisträger gefühlt und mit Thomas, der zwar ein ausgezeichneter Pilot, aber kein Fluglehrer war, seine erste ›richtige‹ Flugstunde absolviert. Danach strahlte Kevins Gesicht wie die Weihnachtsbeleuchtung der Kaufhäuser im Advent, – so hell und so lange. Wobei er das Ganze statt mit Weihnachtsliedern mit Lobliedern aufs Fliegen und auf Thomas begleitete. Vermutlich ebenfalls wochenlang.

Der Gedanke an Kevins vor Begeisterung strahlende Augen erinnerte Claudia zwangsläufig wieder an Susanne. Als sie den Namen erwähnte, stöhnte Thomas: »Sind wir wieder bei deinem derzeitigen Lieblingsthema? Was sie veranlasst hat, euch diese Lügengeschichten aufzubinden? Dank Olivers Stöbern im Internet wissen wir ja inzwischen, dass es keinen Flugzeugabsturz gab, in den sie oder ihre Familie irgendwie verwickelt waren, und Susanne über diesen Autounfall in Marbella die Wahrheit gesagt hat.«

»Betrachte es als Denksportaufgabe!«

»Na schön. Ich liebe Rätsel! Aber keine unlösbaren. Tisch mir neue Fakten auf!«

»Nehmen wir an, dein Vater würde technisch komplizierte elektronische Geräte konzipieren und herstellen. Du bist praktisch damit aufgewachsen und vertraut … und behauptest, dass dich diese Dinge nicht nur interessieren, sondern regelrecht faszinieren …«

»Mein Vater ist *Zahnarzt*! Ich bin mit Porzellankronen, Implantaten, Brücken und falschen Gebissen aufgewachsen! Trotzdem würde ich nicht behaupten, dass mich Beißerchen jemals sonderlich interessiert, geschweige denn fasziniert hätten. Hast du keinen eigenen Vater?«

»Bei einem Flugverkehrsleiter als Vater werden einem von klein auf die gängigen Phrasen im Luftverkehr eingetrichtert. Klar prägt einen Derartiges. Ich habe jahrelang statt ›ja‹ immer *›affirmative‹* und nicht ›yes‹ gesagt. Meine Mutter musste ständig meine Englischlehrer beschwichtigen, weil ich darauf beharrte, Formulierungen wie *negativ* statt *no* oder *cleared to enter the bathroom* … wären im umgangssprachlichen Gebrauch *korrektes* Englisch!« Claudia kicherte verschmitzt.

»An deinem Vierer links oben ist ein winziges Eck abgesplittert. Du solltest es abschleifen lassen. Sonst ritzt du dir die Lippe auf. War's das, was du wissen wolltest? Eine Gratiskonsultation? Irrtum! Die Honorarnote schicke ich dir zu!«

»Du glaubst also auch, man reagiert auf Dinge, mit denen man so verwurzelt ist, einfach automatisch?«

»Hast du einen Schalter, den du ausknipst, wenn du ein Flugzeug siehst, damit keine Assoziationen entstehen? Wo bleibt die Denksportaufgabe?«, fragte Thomas gelangweilt.

»Na ja, weshalb hat sie dann nicht ganz *automatisch* die Instrumentierung der *Golden Eagle* näher betrachtet? Sie sieht doch ein bisschen anders aus als die in unserer *Cessna 414 Chancellor*! Vermutlich nicht für jemanden, dem das völlig egal ist. Aber Susanne hat sich ja vorher eingehend dafür interessiert. Zu behaupten, der technische Kram wäre ihr schleierhaft, ist eine Sache. Eine unterbewusste Reaktion, eine andere! Frage: Was ist echt? – was falsch?«

»Also ein Fallschirmspringer kann am Boden die höchsten Töne spucken. Wie er sich in der Luft, im Freifall verhält, das ist die Wahrheit!« Thomas sah Claudia beinahe andächtig an: »Es lässt sich vieles vortäuschen, aber nicht eine Zweimotorige synchron zu steuern! Das kannst du oder du kannst es nicht. Punkt! Wenn diese Susanne tatsächlich nie zuvor in einem gleichartigen Flugzeug oder auf einem Flugsimulator geübt hat, dann ist sie ein Genie! Correction: ein *unwahrscheinliches* Genie! Meiner Meinung nach ist die Wahrheit so, wie sie sich in der Luft verhalten hat!«

»Aber warum ruft sie dann nicht an? Sie wollte doch fliegen lernen!«

»Wie naiv bist du eigentlich, Claudia?«, er lachte spöttisch. »Sie konnte es doch längst! Ihr seid auf sie reingefallen!«

»Wahrscheinlich hast du recht«, bestätigte Claudia zerknirscht. »Ich will einfach nicht wahrhaben, dass uns dieses Mädchen nur, um Spaß zu haben, reingelegt hat, – wie ein boshafter Kobold!«

Eine schwarze Limousine hielt am Parkplatz. Die Herwigkinder sprangen aus dem Wagen. Sie sprinteten zum Gastgarten, als sie ihre Piloten darin sitzen sahen. Der Chauffeur der Herwigs blickte den beiden kopfschüttelnd nach und holte Gepäckstücke aus dem Kofferraum. Marilyn stürzte sich auf Claudia, Kevin auf Thomas. Die beiden hatten noch Ferien. Aber sie würden sich nicht lange bei ihrer Mutter in Brighton aufhalten. Kevin wollte auf ein Kinder-Segel-Camp, für *Fortgeschrittene,* wie er betonte. Abschließend gab es eine Regatta, die er gemeinsam mit seinem Freund Raffi als Vorschoter ganz sicher gewinnen würde. Behauptete er jedenfalls. Marilyn meinte, sie könnte sich die anschließende Siegesfeier nicht entgehen lassen. Aber gleich danach wollte sie in Locarno einen Kurs für Springreiten besuchen. Weil nämlich ein gewisser Franco ebenfalls daran teilnahm.

Auf der Strecke holte Thomas sich Kevin ins Cockpit, und der Junge brach in ein Freudengeheul aus. Claudias Gedanken wanderten sofort wieder zu Susanne. Sie kletterte zu Marilyn in den Passagierbereich und schilderte ihr die eigenwillige Geschichte sehr ausführlich. Wobei sie eigentlich nur den Grund, weshalb Rudi und sie in Santorin nicht sofort zum Strand fuhren, taktvoll überging. Marilyn war schließlich erst 13.

Im Gegensatz zu allen anderen, denen Claudia mit ihren Überlegungen bereits auf die Nerven gefallen war, hörte ihr Marilyn gespannt zu und äußerte sich danach argwöhnisch: »Also entweder hatte diese Susanne ungeheure Angst, oder man hat sie unter Drogen gesetzt! Hast du dir ihre Pupillen angesehen?«

Darauf hatte Claudia nicht sonderlich geachtet. Während Susanne gelangweilt die Instrumentierung im Cockpit betrachtete, waren ihre hellbraunen Augen zwar klar, aber ausdruckslos gewesen. Doch als sie vom Schwimmen im Meer schwärmte, lag ein verzücktes Leuchten darin. »Ich liebe Griechenland!« – Drei Wochen zuvor hatte sie behauptet, dass sie es nicht sonderlich mochte und Spanien bevorzugen würde.

Als Claudia darüber sprach, fiel ihr auf, was sie an Susannes Aussagen besonders gestört hatte: Zu sagen »es war sehr schön!«, hätte völlig gereicht. Warum versuchte sie, überschwängliche Begeisterung vorzutäuschen? Es gab keinen hinreichenden Grund, ausgerechnet die Piloten mit diesen Lügengebilden zu konfrontieren. Es sei denn, sie wollte diese damit indirekt verspotten.

Marilyn verschränkte die Arme und sah Claudia herausfordernd an: »Mir scheint, da gibt es einen ganzen Haufen Ungereimtheiten. Claudia, du musst herausfinden, was dahinter steckt!« Mit geziert erhobenem Zeigefinger fügte sie in belehrendem Tonfall hinzu: »Du kannst nicht einfach wegschauen! – Und das sind deine Worte! Erinnerst du dich?«

Claudia seufzte. »Wenn ich bloß den Grund ihres sonderbaren Verhaltens wüsste …«

»Hey, warum rufst du sie nicht an und fragst sie einfach? Das ist der unkomplizierteste Weg, seit man auf Buschtrommeln und Rauchsignale verzichten kann!«

»Habe ich bereits versucht. Sie konnte oder wollte nicht mit mir reden. Ich denke, sie *wollte* nicht. Vielleicht ist es ihr peinlich, weil sie uns angeschwindelt hat?«

»Na, dann lass wen anderen anrufen. Jemanden, mit dem sie reden *muss*! Lass dir was einfallen. Du bist doch nicht auf den Kopf gefallen«, meinte Marilyn anzüglich. »Versteif dich nicht so drauf, wie sie sich beim Fliegen verhalten hat. Vergleich einfach alle anderen Details, um festzustellen, wo es Abweichungen gibt!«

Sie redeten noch eine Weile über Susanne, wechselten dann zum Thema *Franco* und die mit seiner Teilnahme verbundenen Ferienkurse in Marilyns Internat, das nun von einer relativ jungen Direktorin geleitet wurde. Marilyn unterhielt Claudia damit, dass sie Hochdeutsch mit schweizerischem Akzent plapperte. Bis Thomas nach ihr rief, und Kevin vergnügt und strahlend wieder in den Passagierbereich krabbelte.

Nachts wälzte sich Claudia schlaflos im Bett. Das Gespräch mit Thomas und vor allem Marilyns Ansichten geisterten ihr ständig im Schädel herum. Auf die Details achten! Unbewusste Reaktionen kann man nicht steuern! Lass das Fliegen beiseite, wodurch unterscheiden sich die Bilder sonst noch? »Auch wenn es mir niemand glaubt, ich habe es *gesehen*!«, hatte Marilyn behauptet, als sie damals die Sache mit Brigitte Hassloff aufdeckte, und war beharrlich auf dem eingeschlagenen Kurs geblieben.

Claudia beschloss, sich auch nicht davon abbringen zu lassen. Da sie sowieso nicht schlafen konnte, bemühte sie sich, alles, was Susanne in Santorin von sich gegeben hatte, in Erinnerung zu rufen.

10

Wien, General Aviation

Das Innere des Rundhangars für acht Sportflugzeuge lag in diffusem Licht. Eine Horde von mindestens 20 Fallschirmspringern befand sich in einem dichten Pulk vor den Schiebetüren, die langsam zur Seite glitten. Die Fallschirmspringer, in farbenfrohen Overalls, mit gepackten Schirmen am Rücken, drängten hinaus. Einige hielten sich dabei an den Händen oder seitlich an den wulstartigen Verstärkungen der Springerkombis fest. Wie Bienen schwärmten sie aus.

Im Hangar befanden sich keine Flugzeuge, er wirkte kahl und düster. Durch das einfallende Licht der nun vollständig geöffneten Schiebetüren zeichnete sich verschwommen die Silhouette von Susanne ab. Zusammengekauert hockte sie in einem schwarzen Overall am Boden. Die Beine angewinkelt, die Arme fest um die Schienbeine geschlungen. Ihr Kinn lag auf den Knien. In Susannes Gesicht spiegelte sich Trauer. Ihr Blick war in weite Ferne gerichtet, als ob sie bedauernd den Schwarm verfolgte, der in die Freiheit entwichen war und sie zurückgelassen, aus der Gemeinschaft ausgeschlossen hatte. Wie verloren kauerte sie auf der ölverschmierten Bodenfläche des Hangars.

Vor der breiten Öffnung braute sich eine unnatürlich gleißende Helligkeit zusammen, drang jedoch nicht ins Innere des düsteren Hangars, sondern versperrte wie eine undurchdringliche Wand aus purem Licht jegliche Sicht nach draußen. Ein verschwommener Schatten mit menschlichen Umrissen zeichnete sich, allmählich die Lichtmauer durchdringend, ab, verdichtete sich zu tiefer Schwärze und wuchs beständig.

Beim langsamen Näherkommen entpuppte sich die Gestalt als Jaromir Käfer, dem ein überdimensionaler Schatten vorauseilte, der den Hangarboden verdunkelte und Susanne bedrohlich einhüllte.

»Du hast es versäumt, mit den anderen in die Freiheit zu fliegen! Du hättest die Gelegenheit nützen sollen. Auch ohne Fallschirm!« Er lachte boshaft.

»Ich brauche nicht zu fliehen. Ich bin reich und dadurch unabhängig«, antwortete Susanne trotzig.

»Nur *einer* von uns beiden kann reich und unabhängig sein. Und ich lege keinen Wert darauf, dass *du* das bist!«, spottete er.

»Ich habe keine Angst vor dir, Jaro«, zischte sie ihn an.

»Das solltest du aber. Du kannst nicht davonlaufen. Denn du kannst nämlich nicht laufen!«

Susanne presste ihre Arme fester um die Knie. Sie wirkte sehr zart und hilflos, doch ihr entschlossener Gesichtsausdruck signalisierte Kampfbereitschaft. »Ich werde einen Ausweg finden. Verlass dich drauf.«

Käfer lachte voller Hohn: »Die einzige Chance, die dir blieb, hast du dir durch deinen Eigensinn verbaut. Du glaubst doch nicht, ich lasse mir von so einem kleinen Miststück alles, was ich mir aufgebaut habe, ruinieren.«

»Du hast dir überhaupt nichts aufgebaut, Jaro! Das hat mein Vater getan!«

»Aber deinen Vater gibt es nicht mehr. Genauso wenig wie deinen Bruder, diesen begnadeten Konstrukteur, der alle beeindruckte. Warum bist du nicht auch abgekratzt bei dem Unfall? Begreifst du nicht, dass du meinen Plänen im Weg stehst?« Er beugte sich zu Susanne hinunter.

In seinen Augen glitzerte eine gefährliche Kälte. Um seinen Mund lag ein bösartiges Grinsen. Seine verzerrte Grimasse näherte sich ihrem Gesicht.

Susannes Körper sackte in sich zusammen. Doch sie hob ihren Kopf, reckte wehrhaft das Kinn vor. Ihre Angst war zweifellos groß, aber sie zeigte keinerlei Anzeichen von Kapitulation. »Und wie willst du das verhindern?«

»Ich habe bereits eine Möglichkeit gefunden. Niemand wird dir helfen. Ich habe dafür gesorgt, dass sich alle von dir abwenden, mein Goldstück.« Er lachte gehässig. Seine Stimme prallte hallend gegen die Metallwände des großen Rundhangars und verlor sich in einem wispernden Echo. Während Jaromir Käfer selbst, kleiner werdend, zurück ins Freie glitt, verengte sich sein Schatten zu keilförmiger Schwärze, bis nur noch eine dunkle Spitze, gleich eines Pfeils, auf Susanne zeigte.

Begleitet von einem raumfüllenden, boshaften Lachen begann sich der Hangarboden langsam zu drehen. Die gleißende Lichtwand verblasste zu weißem Nebel.

Statt Käfer lehnte plötzlich Thomas lässig am Hangartor. Er drückte einen der Knöpfe. Dadurch beschleunigte sich die Drehung des Bodens. Die Fallschirmspringer kehrten zurück. Einzeln sprangen sie auf die sich drehende Bodenplatte, blieben auf dem Platz stehen, streckten die Arme zur Seite und begannen, einen Kreis zu bilden. Susanne saß nun im Mittelpunkt. Immer noch verzagt, in kauernder Haltung. Ein einzelner Lichtkegel strahlte sie an. Die Fallschirmspringer umringten sie wie dunkle Schatten. Die meisten trugen Helme und Kunststoffbrillen und glichen schemenhaften Insekten. Wie um das zu unterstreichen, begann der Schwarm zu summen; anschwellend, abklingend und von Neuem anschwellend.

»Du musst genau hinsehen. Sonst kannst du die Irren nicht von den anderen unterscheiden. Achte auf die Details!« Marilyns Stimme hallte, verzerrt durch ein leises Echo, wie eine Windböe durch den Hangar.

Susanne war aus dem Mittelpunkt verschwunden. Der Lichtkegel bestrahlte eine leere Fläche. Der Kreis der Fallschirmspringer schloss sich, und zwischen ihnen zeichneten sich wie Blickfänge die hellen Gesichter von Jaromir Käfer, Sandra, Susanne und Thomas ab. Die Bodenplatte drehte sich schneller und schneller. In dem wirbelnden Reigen ließen sich kaum mehr Einzelheiten erkennen. Die Gesichter verschwammen zu nebelhaften Streifen, die Körper zu einer dunklen Masse. Der Hangarboden drehte sich nun mit rasender Geschwindigkeit, und, um durch die Fliehkraft nicht an die Wellblech-Wände gedrückt zu werden, erhob sich der geschlossene Kreis der Fallschirmspringer, als ob sie sich gemeinsam im Freifall befänden.

Inmitten dieses dunklen Wirbels befand sich Susanne, festgehalten von der insektengleich summenden Masse. Sobald es ein paar der Fallschirmspringer schafften, zwischen den geöffneten Hangartüren ins Freie zu entweichen, würden sie die anderen mitziehen. Und wenn es Jaromir Käfer gelang, Susanne wegzubringen, würde sie für immer verschwunden bleiben.

»Nein! … Nein! … Nein!«, schrie eine verzweifelte Stimme. Das Summen des Schwarms endete abrupt. Eine fast unheimliche Stille breitete sich aus. Unmittelbar darauf setzte ein anschwellendes Gemurmel ein.

11

Wien

»Wach auf!« Rudi rüttelte Claudia so fest an den Schultern, dass sie fast aus dem Bett fiel. »Du hattest einen Albtraum!«

»Kann man wohl sagen«, stöhnte sie.

»Das war diese Riesenpizza gestern Abend«, meinte Rudi. »Ich hatte nämlich auch einen Albtraum. Entsetzlich! Die Bankmenschen wollten unsere Fify verstümmeln. Sie haben versucht, ein Stück von der Tragfläche abzuschneiden!«

»Aber die rechte Tragfläche gehört doch mir«, murmelte Claudia verschlafen.

»Das wussten die von der Bank nicht. Sie haben behauptet, es gehöre ihnen anteilsmäßig von allem etwas. Und gleichzeitig haben sie damit begonnen, sich überall ein Stück herunter zu säbeln. Wie bei einer Salami.«

»Wieso hast du das nicht verhindert? Wir bezahlen die Kreditraten doch immer pünktlich.«

»Ich bin mit dem Propeller auf sie losgegangen! Glaubst du, ich überlasse denen kampflos mein Flugzeug?«

»Mit *meinem* Propeller? – Hat es genützt?«

»Klar!«, triumphierte er verschlagen, »ich habe schließlich damit gekämpft wie Skywalker gegen das Imperium! Wenn du nicht geschrien hättest, dann wäre ich nicht aufgewacht, sondern hätte die Flugzeugabschneider garantiert vertrieben!«

»Ich habe von Susanne geträumt …«, sagte Claudia leise.

»Das lässt dich nicht los.« Rudi nahm sie in die Arme. »Vergiss dieses Mädchen. Wir haben wirklich genug eigene Sorgen. Mein Vater hat mir erst gestern wieder einen niederschmetternden Vortrag über unsere Liquidität gehalten!«

Seit Papa Fellner über die Buchhaltung des Bedarfsflugunternehmens herrschte – also von Anfang an –, hielt er derartige Vorträge mit zunehmender Regelmäßigkeit. Die anlaufenden Kosten für die zugeborgten Flugzeuge waren leider sehr hoch. Der Spielraum zum Anmieten fremder Maschinen war eng, da die Luftfahrzeuge nicht nur in technischer Hinsicht, sondern auch rechtlich den Anforderungen entsprechen und zum gewerblichen Transport von Passagieren zugelassen sein mussten. Deshalb arbeitete das kleine Bedarfsflugunternehmen zu oft knapp am Limit. Spritkosten, Flughafengebühren und Ähnliches mussten sie meist sofort oder zumindest rascher begleichen, als einige der Stammkunden es mit ihren Rechnungen handhabten. Doch die finanziellen Engpässe ließen sich nicht auf eine schlechte Zahlungsmoral der Kunden schieben, sondern beruhten vorwiegend darauf, dass sie oft erst nach Erfüllung des kompletten Auftrages abrechnen konnten. Und bei lukrativen mehrtägigen Charteraufträgen mit *Stand-by* waren auf fremden Flugplätzen nicht nur Lande-, sondern auch Park- oder Hangar-Gebühren, vor allem für die zugemieteten Maschinen, sofort fällig.

Es war ein Teufelskreis. Wenn sie einen Auftrag nicht erfüllen konnten, verloren sie den Kunden womöglich auch in Zukunft. Vor allem um Stammkunden zufriedenzustellen, ließ es sich oft nicht vermeiden, auf kurzfristig verfügbare, aber teurere Fremdmaschinen auszuweichen. Und derzeit war die Nachfrage wesentlich größer als ihre Kapazität. Was sie bräuchten, war ein zweites eigenes Flugzeug. Aber solange sie die Cessna 414 nicht abbezahlt hatten, konnten sie sich derartige Anschaffungskosten nicht leisten!

Claudia erschien der Zeitpunkt, jetzt mit Rudi über Susanne und den seltsamen Traum zu reden, als denkbar ungeeignet.

12

Flughafen Wien

Carola Wiedemann betrat schwungvoll, mit dem Rücken voran, den Eingangsbereich des GAC. Vorwiegend deshalb, weil sie, praktisch von Tragetaschen verschiedener Boutiquen umgeben, die Handtasche fest unter ihrer Achsel einklemmte und mit dem Handy telefonierte. Da Rudi und Claudia die Fluggäste bereits erwarteten, eilten sie Frau Wiedemann hilfsbereit mit kommerziellem Begrüßungslächeln entgegen.

»Ich bin nur die Vorhut! Mein Mann hat mich gerade angerufen, er und sein Geschäftspartner werden sich um etwa zwei Stunden verspäten. Die Besprechung zieht sich in die Länge. Es ist mir ja so schrecklich unangenehm, aber Sie werden den Flugplan wohl ändern müssen«, verkündete die Wiedemann. Sie stapelte ihre Einkäufe aufeinander, presste ihr Kinn darauf, versuchte, ihr Mobiltelefon in die Handtasche zu stecken und gleichzeitig den wackeligen Turm in die Richtung der Piloten zu balancieren.

Rudi nahm ihr schmunzelnd die Tragetaschen ab. »Das ist kein Problem, Frau Wiedemann. Wenn Sie gestatten, verstaue ich gleich alles im Flugzeug.«

Sie dankte Rudi und wandte sich mit vertrauensseligem Augenzwinkern an Claudia: »Wenn ich früher gewusst hätte, dass mein Mann so lange beschäftigt ist, hätte ich mich nicht so beeilt ... und noch viel mehr eingekauft. Man darf ja derartige Gelegenheiten keinesfalls ungenützt lassen. Aber so eine flotte Shoppingtour ist ganz schön anstrengend. Jetzt muss ich mich davon bei einem Kaffee erholen. Sie leisten mir doch hoffentlich Gesellschaft, Claudia? Es ist so langweilig, alleine zu warten.«

Die Firma von Herrn Wiedemann befand sich in Bern, und seine Frau begleitete ihn stets, wenn er mit dem Lufttaxi flog. Claudia konnte sich nicht entsinnen, ob Carola Wiedemann die Wartezeit auf ihren Mann irgendwann nicht mit einem Einkaufsbummel überbrückt hatte. Die quirlige Schweizerin war Ende 40, eine gepflegte, attraktive Erscheinung. Claudia mochte ihre unkomplizierte, schusselige Art. Sie gingen gemeinsam ins *Fly Inn.* Frau Wiedemann bestellte Kaffee, zündete sich eine Zigarette an und lehnte sich, als ob sie völlig erschöpft wäre, stöhnend zurück.

Augenblicklich beschloss Claudia, die sich bietende Gelegenheit zu nützen. Zumal die Wiedemann ohnehin erwartete, unterhalten zu werden.

»... na ja, ich hätte meine Freundin natürlich gerne besucht, wenn wir in der Nähe sind«, erzählte sie ihr. »Das Dumme ist nur, ich finde den Zettel einfach nicht, auf dem ich mir Namen und Adresse des Sanatoriums aufgeschrieben habe. Meine Freundin kann ich telefonisch nicht erreichen und ich weiß einfach nicht, wie ich jetzt rausfinden könnte, wo diese Klinik ist, in der sie sich befindet.«

»Das ist kein Problem, Claudia«, sagte Frau Wiedemann sofort hilfsbereit. »Sie haben doch sicher ein Fax-Gerät in Ihrem Büro. Ich rufe einfach die Sekretärin meines Mannes an, sie soll Ihnen eine Liste mit den Telefonnummern von allen infrage kommenden Privatkliniken in Genf und Umgebung faxen.«

»Oh, das wäre großartig. Aber ich fürchte, man wird mir keine Auskunft geben. In einem privaten Sanatorium ist man sicher sehr verschwiegen, was die Patienten betrifft«, meinte Claudia verlegen.

»Ja, da haben Sie wohl recht, Claudia. Wissen Sie, was wir machen? Ich sage der Zwinggeli, sie soll das gleich selbst in die Hand nehmen. Die Sekretärin meines Mannes ist enorm hartnäckig und lässt sich nirgends abweisen. Wenn der direkte Weg scheitert, dann findet die Zwinggeli immer eine Hintertür. Die Zwinggeli ist phänomenal, was das betrifft. Außerdem hat sie auch keine sprachlichen Probleme, egal, ob die dort deutsch, französisch oder italienisch reden.« Carola Wiedemann holte ihr Handy wieder heraus und schob Claudia die Rückseite einer Zahlungsquittung zu. »Schreiben Sie mir einfach den Namen Ihrer Freundin auf und alles, was Ihnen dazu sonst noch einfällt und uns weiterhelfen könnte!«

»Susanne hat einen Arzt namens Dr. Blümli erwähnt ... daran erinnere ich mich.«

»Also, das ist doch schon etwas, wo wir ansetzen können«, entschied die Wiedemann und tippte eine Kurzwahl in ihr Handy.

»Grüezi, Frau Zwinggeli, Carola Wiedemann spricht! ... Aber nein, es ist alles in bester Ordnung. Wir fliegen nur etwas später zurück, weil sich die geschäftlichen Verhandlungen meines Mannes noch ausdehnen. ... Aber sicher! Ich bin doch schon am Flughafen! ... Ich hätte allerdings eine winzige, heikle und ganz spezielle Aufgabe zu erledigen ...«

Nachdem sie das Telefonat beendet und Claudia sich ausgiebig dafür bedankt hatte, weil sie sich so große Mühe gab, ihr zu helfen, lachte sie verschmitzt: »Aber das macht mir doch Spaß, Claudia! Ich bin überzeugt, die Zwinggeli findet Ihre Freundin. Wetten wir um einen Kaffee? Das macht die Angelegenheit gleich wesentlich spannender!«

Claudia griff in die Jackentasche, um sich ebenfalls eine Zigarette zu genehmigen, und ertastete dabei den zusammengefalteten Zettel, auf dem sie die Privatnummer der Käfers notiert hatte. Er befand sich bereits seit einiger Zeit in der Tasche ihrer Uniformjacke. Sie war sich nicht darüber im Klaren gewesen, was sie den Käfers sagen könnte, falls es ihr wieder nicht gelang, Susanne am Telefon zu erreichen. Doch jetzt wusste sie es! Angeregt durch diese hartnäckige Sekretärin beschloss sie, auf der Stelle etwas zu unternehmen. Und auch sie würde sich auf keinen Fall abweisen lassen! Sie entschuldigte sich bei Frau Wiedemann damit, noch kurz das Büro aufsuchen zu müssen, und versprach, so rasch wie möglich wiederzukommen.

»Jaja, lassen Sie sich ruhig Zeit. Ich werde inzwischen meine Tochter anrufen. Die Katze wurde sterilisiert. Da muss ich mich doch erkundigen, wie es ihr geht. Der Katze! Aber meine Tochter leidet wahrscheinlich mit!«

13

Flughafen Wien

Sicherheitshalber benutzte Claudia den öffentlichen Fernsprechapparat im GAC. Womöglich hatten die Käfers ja eine Rufnummernanzeige auf ihrem Telefon. Sie schloss einen Moment lang die Augen, um sich zu konzentrieren. Carola Wiedemanns mit schweizerischem Akzent gefärbtes Hochdeutsch nachzuahmen, würde sie hinkriegen. Marilyn konnte das schließlich auch. Und deren Worte, dass jemand Susanne anrufen sollte, mit dem sie reden *musste*, hallten ihr noch im Ohr. Um ihrer Stimme zusätzlich einen anderen Klang zu geben, hielt sie sich die Nase zu.

Sandra Käfer war am Apparat.

»Grüezi! Hier spricht die Marlies! Könnte ich doch bitte mit der Susanne sprechen?«, sagte Claudia mit betont hartem, schweizerisch gefärbtem Akzent. Für ihre Begriffe klang es ganz passabel.

»Es tut mir leid, aber Susanne ist nicht zu Hause«, erklärte Sandra Käfer abweisend.

»Das ist aber ärgerlich! Wann erwarten Sie die Susanne denn zurück?«

»Ich … ich weiß nicht … kann ich ihr etwas ausrichten? Wer spricht denn?«, stammelte sie.

»Die Marlies! Die Marlies … Lafleur! Sagen Sie ihr doch bitte, dass ich da bin! Oder nein, noch besser, – ich komme gleich vorbei. Vielleicht ist sie in der Zwischenzeit ja schon wieder zurück?« Das war zwar ein wenig gewagt, aber Claudia war fest entschlossen, sich diesmal nicht so einfach abwimmeln zu lassen. Sandra Käfer sollte das ruhig merken.

»Nein, nein ... warten Sie. Ich weiß ja nicht, ob meiner Tochter das überhaupt recht wäre.«

»Aber natürlich ist ihr das recht. Sie freut sich über meinen Besuch. Das kann ich Ihnen garantieren!«

Sandra Käfer wurde unruhig, meinte, die junge Dame solle sich einen Augenblick gedulden. Es dauerte etwas länger als nur ›einen Augenblick‹, dann war Jaromir Käfer am Apparat.

»Jaromir Käfer hier, was kann ich für Sie tun?«, erkundigte er sich kühl.

Doch jetzt kam Claudia erst so richtig in Fahrt: »Ich fürchte, Sie können überhaupt nichts für mich tun! Ich möchte nämlich mit der Susanne sprechen!«

»Wie Ihnen meine Frau bereits mitgeteilt hat, ist unsere Tochter nicht zu Hause. Wir wissen nicht genau, wann sie kommt. Rufen Sie doch morgen wieder an.«

»Hören Sie, ich komme gerade aus Zürich und bin noch am Flughafen in Wien. Wir wollen das Gespräch doch nicht unnötig kompliziert machen. Susanne hat mich eingeladen. – Und hier bin ich!« Also *so* leicht würde sie ihm das ganz sicher nicht machen.

»Das muss sich um ein Missverständnis handeln. Susanne will im Moment niemanden sehen. Sie hat uns auch nichts davon gesagt, dass sie Besuch erwartet. Diese Vereinbarung liegt doch sicherlich schon längere Zeit zurück. Wahrscheinlich hat sie bereits darauf vergessen. So bedauerlich es auch klingt, aber ich fürchte, wir müssen diese Einladung rückgängig machen«, verkündete er abweisend.

»Also, das soll mir die Susanne selber sagen! Susanne und ich haben nämlich eine Menge wichtiger Dinge zu besprechen. Ich lasse mich doch nicht mit Ihrer Behauptung abspeisen, dass sie mich nicht sehen will! Wo ich extra aus Zürich nach Wien gekommen bin. Sie können doch nicht einfach über Susannes Kopf hinweg verfügen! Wer sind Sie denn überhaupt?« Claudia spürte Wut in sich hochsteigen. Ihr angenommener Schweizer Akzent wurde immer härter, und die vom Zorn begleiteten Worte sprudelten zu schnell aus ihr hervor. Sie musste sich schleunigst beruhigen, sonst unterlief ihr womöglich noch ein Fehler. Rasch klammerte sie sich an die Situationskomik des Ganzen, um mit der darin eingebetteten Ironie für die nötige innere Distanz zu sorgen.

»Susannes Vater! Und ich verbitte mir diesen Ton, mein Fräulein! Ich habe sehr wohl das Recht …«

»Susannes Vater ist bei einem Unfall ums Leben gekommen! Sind Sie wieder auferstanden, – oder spreche ich jetzt mit Ihrem Geist?«, unterbrach sie ihn barsch. »Hören Sie, mir erscheint Ihr Verhalten ziemlich eigenwillig, Herr Käfer. Ich bestehe darauf, mit Susanne *persönlich* zu sprechen! Und Sie werden mir schon genau erklären müssen, weshalb das nicht möglich sein sollte.«

»Nun, ich bin natürlich der Stiefvater von Susanne. Doch das wissen Sie anscheinend bereits«, erklärte er einlenkend. »Wir machen uns Sorgen um das Mädchen. Es geht ihr zurzeit gesundheitlich nicht gut. Deshalb versuchen wir, sie von allen Aufregungen abzuschirmen.«

»Also ich gehöre ganz sicher nicht zu den *Aufregungen*, – wie Sie das bezeichnen. Susanne und ich kennen uns recht gut. Ich weiß genau, dass sie sich über meinen Besuch sehr freut. Ich habe ihr nämlich hoch und heilig versprochen, mich sofort bei ihr zu melden, sobald es sich für mich einrichten lässt, nach Wien zu kommen. Und Sie werden nicht verhindern, dass ich mit ihr spreche!« Sein arrogantes Verhalten brachte Claudia auf die Palme. Aber sie war ja jetzt *Marlies*. Und die brauchte keinerlei Rücksicht zu nehmen.

»Sie sind doch nicht extra hergekommen, nur um Susanne zu treffen?«, fragte er zögernd. »Sonst hätten Sie doch vorher angerufen oder telegrafiert, damit wir Sie vom Flughafen abholen ...?«

»Susanne weiß, weshalb ich hier bin! – Ich möchte ... meinen Arm bei demselben Arzt behandeln lassen, den sie bezüglich ihrer Hüfte aufsuchen wollte ... Sie ist doch nicht etwa derzeit bei ihm in Behandlung? Dann könnte ich sie ja gleich besuchen. Da erhalte ich die Informationen direkt an Ort und Stelle. Das wäre ja noch besser!«

»Nein, sie war noch nicht dort. Sie hat ... umdisponiert!«

»Also das ist ja hochinteressant! Da muss ich mich bei ihr ja sofort erkundigen, weshalb sie sich für einen anderen Arzt entschieden hat. Es war doch nicht etwa eine Kostenfrage? Das würde meinen Vater nicht stören. Der ist sehr großzügig, was mich betrifft. Ich bin ja schon so gespannt, was für Gründe sie hatte, umzudisponieren. Dabei waren wir uns doch einig, dass er der Beste auf diesem Gebiet ist. Aber sie wird mir das sicher ausführlich erklären.« Jetzt konnte er nicht mehr sagen, Susanne wolle nicht mit ihr reden. In diese Sackgasse hatte er sich selbst manövriert. Über Claudias Gesicht huschte ein boshaftes Lächeln. Gleichzeitig beglückwünschte sie sich, dass ihr das alles so rasch eingefallen war.

»Hören Sie, Fräulein ...?«

»Lafleur! Marlies Lafleur!«

»Hören Sie, Marlies, ... Susanne ist im Augenblick bei Freunden. Vermutlich wird es spät. Rufen Sie doch bitte morgen nochmals an. Sagen wir um 10 Uhr. Sie wird dann sicher da sein, um Ihren Anruf zu erwarten und alles Weitere mit Ihnen zu besprechen. Ist das für Sie in Ordnung? – Sie könnten auch morgen bei uns vorbei kommen, wenn Sie möchten.« Jaromir Käfers Stimme triefte jetzt vor Entgegenkommen.

»Ich melde mich telefonisch. Danach kann ich mich ja mit Susanne irgendwo treffen, wo wir ungestört schwätzen können. Jetzt muss ich mich um ein Hotel kümmern. Ich habe nämlich nichts reserviert, weil ich dachte, Susanne könnte freie Entscheidungen über ihre Gäste treffen. Was ja offensichtlich in ihrem eigenen Haus nicht der Fall ist. Das können Sie ihr wortwörtlich ausrichten, Herr Käfer! Ich sage es ihr ohnedies morgen. Salü, Herr Käfer!« Claudia knallte den Telefonhörer auf die Gabel und atmete tief durch. Dieser Käfer war aalglatt und hart wie Granit.

14

Flughafen Wien

Innerlich aufgewühlt stürmte Claudia die Stiegen hinauf ins Lufttaxi-Büro. Thomas hockte hinter dem Schreibtisch, warf ihr einen neugierigen Blick zu und tippte dann weiter auf der Tastatur des Firmencomputers.

»Kannst du morgen bei einem Flug für mich einspringen? Ich übernehme dafür deinen Bürodienst«, stieß Claudia atemlos hervor.

Thomas holte sich den Terminkalender auf den Monitor, grinste verschlagen und versuchte, die Situation sofort auszunützen: »Zwei Tage Bürodienst?«

»Meinetwegen«, knurrte ihn Claudia an. »Wenn Rudi mich sucht, ich bin mit Frau Wiedemann im *Fly Inn*!« Thomas nickte zufrieden, weil es ihm so schnell gelungen war, sie mit den Bürodiensten schamlos hoch zu lizitieren.

»Entschuldigen Sie, dass es etwas länger gedauert hat. Wir mussten einen Flugtermin für morgen tauschen, und es hat einige Zeit gedauert, bis ich den Ersatzpiloten erreicht habe.« Claudia merkte, wie ihre innere Anspannung langsam nachließ, und ein flüchtiges Lächeln huschte über ihr Gesicht.

»Das ist schon in Ordnung. Die Zwinggeli hat übrigens inzwischen zurückgerufen. Ich habe die Wette gewonnen!«, lachte Carola Wiedemann vergnügt.

»Es ist mir ein Vergnügen, eine derartige Wette zu verlieren«, rutschte es Claudia unabsichtlich mit schweizerischem Akzent heraus. Carola Wiedemann sah sie erstaunt und belustigt an.

Mit der aufkeimenden Erleichterung hatte gleichzeitig die vorangegangene gebündelte Konzentration nachgelassen. Claudia biss verlegen auf ihre Unterlippe. »Oh, entschuldigen Sie bitte. Es war nicht meine Absicht, Sie zu imitieren. Ich bin ein akustischer Typ. Manchmal übernehme ich unbewusst die Betonungen und Sprachgewohnheiten meiner Umgebung.«

»Sie machen das aber recht gut. Man könnte Sie fast für eine Schweizerin halten. Allerdings wären Sie beim ersten richtigen Dialektausdruck in Schwyzerdütsch entlarvt«, die Wiedemann schmunzelte. »Also Claudia, was die Zwinggeli herausgefunden hat, wird Sie vermutlich enttäuschen. Ihre Freundin hat die Privatklinik bereits vor über einem Monat verlassen. Für Ihre Freundin Susanne ist das sicher erfreulich. Aber aus dem von Ihnen geplanten Spontanbesuch wird wohl nichts werden.«

»Oh! Ich dachte nicht, dass es schon so lange zurückliegt, seit wir miteinander telefoniert haben«, murmelte Claudia verlegen. »Wie es Ihre Frau Zwinggeli trotzdem geschafft hat, das rauszufinden, ist wirklich beeindruckend.«

»Es war gar nicht so einfach, die Klinik zu eruieren. Jedenfalls hat das die Zwinggeli behauptet. Doch der Name von Dr. Blümli hat ihr augenscheinlich weitergeholfen. Denn wie Sie richtig vermutet haben, Claudia, scheut man sich in Privatkliniken, Auskünfte über Patienten zu geben. Die Zwinggeli hat dann ein wenig mit einer Krankenpflegerin geschwatzt. Die dürfte diese Susanne recht gut gekannt haben …« Sie nippte an ihrem Martini, der inzwischen den Kaffee abgelöst hatte. »Claudia, ich muss Ihnen sagen, dass es sich bei dieser Privatklinik um eine psychiatrische Anstalt gehandelt hat, in der Ihre Freundin ein halbes Jahr verbrachte.«

Claudia unterdrückte ein Stöhnen und versenkte ihr Gesicht in den Handflächen. Verdammt! Damit hätte sie eigentlich rechnen müssen. Wenn Susanne monatelang in einer Klapsmühle war, erklärte das so gut wie alles. Vielleicht waren bei ihr von dem Autounfall in Spanien nicht nur Narben am Arm und am Bein zurückgeblieben? Vielleicht war auch ihr Kopf in Mitleidenschaft gezogen worden, und sie litt an einem teilweisen Gedächtnisverlust? Vielleicht war sie aber auch nur schlicht und einfach verrückt?

Nachdenklich lehnte sich Claudia zurück und zündete eine Zigarette an. Im Grunde genommen hatte sie nur beabsichtigt, über die Wiedemann herauszufinden, ob die von Susanne erwähnte Privatklinik in der Schweiz auf orthopädische Probleme spezialisiert war. Denn wenn die angeblich so unkomplizierte Hüftoperation dort offensichtlich nicht durchgeführt werden konnte, hätte das Susanne eindeutig als Lügnerin überführt.

Gleichzeitig verspürte Claudia, wie sie von einer Welle der Erleichterung überflutet wurde. Zum Glück hatte sie – als Marlies getarnt – bei dem Gespräch mit Käfer nicht erwähnt, in der gleichen *Genfer* Klinik als Patientin gewesen zu sein. Vermutlich nahm er deshalb an, sie und Susanne hätten sich in Spanien kennengelernt. Dazu schienen ihre Bemerkungen, den von Susanne empfohlenen Arzt bezüglich des Arms aufzusuchen, wenigstens zu passen.

»Sie sollten das nicht tragisch sehen. Die Pflegerin behauptete, Susanne hätte zwar etwas unter Depressionen gelitten, doch deren Ursachen könnten auch in dem Aufenthalt dort gelegen haben. Sie meinte, Ihre Freundin wäre sehr unglücklich gewesen«, tröstete Carola Wiedemann.

»Susanne hat bei einem Unfall einen nahen Angehörigen verloren. Aber ich hatte ja keine Ahnung, dass die Auswirkungen …« Claudia senkte bedrückt den Kopf. Susanne hatte sehr wohl von Seelenklempnern gesprochen. Wieso hatte sie das einfach ignoriert?

»Ach, das ist aber tragisch«, sagte die Wiedemann teilnahmsvoll. »Dabei handelt es sich vermutlich um den jungen Ehemann der Ärmsten? Als Sie Susanne *Sebenstein* oder möglicherweise *Käfer* aufgeschrieben haben, dachte ich, sie wäre sicher frisch geschieden. Weil man ja nie so genau weiß, von welchem Namen sich die Damen trennen. Ehrlich gestanden vermutete ich insgeheim einen Aufenthalt bei einem Schönheitschirurgen.«

»Na ja, der Unfall liegt bereits zwei Jahre zurück. Ich dachte, Susanne wäre darüber hinweg«, murmelte Claudia zerknirscht.

»Oh, das ist sie wahrscheinlich auch. Laut Zwinggeli deutete die Krankenpflegerin an, es hätte keine Notwendigkeit für die Dauer des Aufenthaltes bestanden. Allerdings gibt man das bei teuren Privatkliniken nicht gerne offen zu. Solange die Angehörigen nur bezahlen. Da heißt es dann, man könne die Therapie nicht mittendrin abbrechen. Oder man müsse erst sicherstellen, ob der erzielte Fortschritt stabil ist.« Carola Wiedemann drückte Claudias Hand. »Machen Sie sich jetzt keine Vorwürfe, dass Sie sich zu wenig um Ihre Freundin gekümmert hätten, Claudia. Das ist ganz sicher ungerechtfertigt. In dem Sanatorium war man darauf bedacht, die Patientin von der Außenwelt abzuschirmen. Das gehörte angeblich zur Therapie. Die Pflegerin hat Ihrer Freundin heimlich ein Handy zugesteckt. Damit wird die Susanne Sie wohl angerufen haben. Aber womöglich hätte man gar nicht zugelassen, dass sie Besuch erhält. Doch jetzt hat Ihre Freundin die Klinik ja verlassen. Es geht ihr sicher bestens. Wahrscheinlich ist sie gerade damit beschäftigt, sich eine neue Garderobe zu kaufen. Nach einem halben Jahr in so einer Klinik braucht man das doch dringend!«

»Ich weiß gar nicht, wie ich mich bei Ihnen bedanken soll, Frau Wiedemann. Und bei Ihrer grandiosen Frau Zwinggeli natürlich auch.« Claudia lächelte gequält.

»Ach, die Zwinggeli ist bereits daran gewöhnt, die ausgefallensten Dinge für mich oder meine Tochter zu erledigen. Sie ist wirklich ein Goldstück. Ich habe einen hübschen Gürtel für sie gekauft. Sie ist ganz verrückt nach ausgefallenen Accessoires. Ich bringe ihr immer eine Kleinigkeit mit. Dafür revanchiert sie sich dann, indem sie mir bereitwillig unangenehme Erledigungen abnimmt. – Aber Sie schulden mir einen Kaffee, Claudia. Was natürlich unfair ist, weil ich immer gewinne, wenn ich auf die Zwinggeli setze.« Sie lächelte verschmitzt.

Als Claudia ihr den Kaffee bestellen wollte, entschied sich die Wiedemann dann doch für einen weiteren Martini. Am liebsten hätte Claudia gleich einen mitgetrunken. Aber vor einem Flugauftrag direkt vor den Passagieren war das nicht angebracht. Dass Susanne in einer psychiatrischen Anstalt gewesen war, lag ihr wie ein Kloß im Magen. Mit Kaffee und Mineralwasser löste er sich nicht auf.

15

Flughafen Wien – Bern – Wien

Während des Fluges mit den Wiedemanns und deren Geschäftspartner nach Bern beschloss Claudia, ein für alle Mal das Kapitel ›Susanne‹ mit einem unwiderruflichen Schlussstrich zu beenden.

Sie fragte sich, wieso sie so naiv gewesen war, dem Mädchen überhaupt etwas zu glauben. Vielleicht hätte sie nicht nur Susannes Verhalten, sondern auch etliche ihrer Aussagen infrage stellen sollen. Die Kollegen des Lufttaxiteams reagierten selbst auf die ›Secondhand-Schilderungen‹ weitaus argwöhnischer. Wahrscheinlich war Susanne nicht nur eine einfallsreiche Märchenerzählerin, sondern auch psychisch gestört.

Nachdem sie ein halbes Jahr in einer psychiatrischen Klinik verbracht hatte, bestätigte das gewissermaßen Joe Gartners Vermutung einer ›gespaltenen Persönlichkeit‹ fast zweifelsfrei.

Als Carola Wiedemann nach der Landung aus der Maschine kletterte, fasste sie Claudia am Arm und zog sie beiseite. »Ich habe darüber nachgedacht, Claudia«, verkündete sie entschieden. »Ist es möglich, dass Ihre Freundin ein kleines Drogenproblem hatte? Das würde nämlich erklären, weshalb man bei ihr jegliche Kontakte zur Außenwelt unterbinden wollte. Bei Depressionen ist es ja eher üblich, für Abwechslung zu sorgen. Die Pflegerin wollte vielleicht unserer Zwinggeli nicht direkt sagen, dass Susanne eine Entzugstherapie machte, und versuchte es zu umschreiben. Deshalb hat sie der Zwinggeli gegenüber angedeutet, dass keine ernsthaften psychischen Störungen vorlagen.« Sie drückte Claudias Arm fester. »Wahrscheinlich war die Susanne medikamentensüchtig. Wenn sie ihren jungen Ehemann durch einen Unfall verloren hat, ist es einfach naheliegend, dass sie anschließend zu Tabletten gegriffen hat. Antidepressiva, Schlafmittel ... Stimmungsaufheller wie Xanax, Prozac ... und dazwischen wieder Valium ... ein entsetzlicher Teufelskreis, von dem man nur schwer wieder loskommt. Da sind schon ein paar Monate in so einer Klinik notwendig!«

Während des Rückflugs nach Wien revidierte Claudia ihren festen Entschluss, das Thema als beendet zu betrachten. Carola Wiedemanns Überlegungen erschienen ihr nicht abwegig. Nach dem Unfall in Spanien erhielt Susanne sicher zwangsläufig schmerzlindernde Mittel. Aufgrund ihrer zahlreichen Verletzungen vermutlich über einen sehr langen Zeitraum. Eine anhaltende Abhängigkeit von den Medikamenten war deshalb durchaus möglich, wahrscheinlich sogar naheliegend. In dem spanischen Sanatorium konnte man das Problem womöglich nicht lösen und verfrachtete sie deshalb in diese Spezialklinik in der Schweiz.

Als Rudi auf Santorin Susanne das Flugzeug steuern ließ, war diese von ihrer Medikamentensucht sicherlich bereits befreit gewesen. Aber vielleicht hatte sie einen Rückfall? Vielleicht hatte Jaromir Käfer dabei ein wenig nachgeholfen? Vielleicht hatte er ihr Tabletten angeboten? Sie wieder in die Abhängigkeit gestürzt? Damit sie phlegmatisch und dadurch unfähig wurde, sich in seine Pläne einzumischen.

Gleich nach der Landung in Wien rief Claudia ihren Kollegen Oliver Tanneg an. »Wie kann ich ein Telefongespräch aufzeichnen, wenn ich dazu weder den Festnetzapparat samt Anrufbeantworter im Büro oder zu Hause benutzen kann? Lässt sich das mit einem Handy machen?« Als Informatiker wusste der ›Bei-Bedarf-einsetzbare-Lufttaxi-Copilot‹ über elektronische Dinge bestens Bescheid. Es ersparte einem gewissermaßen ein mühseliges Selbstnachschlagen, wenn man ihn fragte.

»Mit meinem schon«, äußerte er trocken, »aber dir zu erklären, wie es geht, ist mir zu kompliziert! Sag mir, wann und wo, ich erledige das für dich.«

Er versprach, am nächsten Vormittag spätestens um 9:30 im Lufttaxi-Büro aufzutauchen, um die entsprechenden Vorkehrungen zu treffen.

16

Wien, Döbling – Villa in der Kaasgrabengasse

Jaromir Käfer tigerte durch sein Arbeitszimmer wie eine angespannte Raubkatze im Käfig. Seine Blicke irrten dabei fahrig zwischen dem Mädchen, das an seinem Schreibtisch mit gesenktem Kopf neben dem Telefon saß, und dem Zifferblatt der Wanduhr hin und her. Sandra Käfer lehnte in einer Ecke am Fenster und rauchte hektisch. Es waren genau sechs Minuten vor zehn Uhr.

Käfer unterbrach seine nervöse Wanderung, blieb vor dem Schreibtisch stehen und stützte seine Arme darauf. »Du hältst dich strikt an meine Anweisungen! Ich will keinen falschen Ton hören! Keine Debatten, kein Bedauern! Du ziehst diese Einladung zurück, weil du krank und müde bist! Wenn sie darauf besteht, sich mit dir zu treffen, dann ausschließlich hier. In meiner Gegenwart! Alles andere lehnst du rigoros ab. Du sagst nur das, was wir besprochen haben. Ist das klar?«

»Ja, *Papa*!«

»Jaro, diese Marlies ist eine Freundin von ihr. Sie wird merken, was mit Susanne los ist«, mischte sich Sandra Käfer ein. »Die beiden kennen sich recht gut. Es wird ihr womöglich auffallen, dass …«

»Dein ständiges Jammern ist nervtötend! Halt endlich den Mund!«, fuhr sie Käfer gereizt an. »Dass du nicht imstande warst, deine Stieftochter zweckmäßig zu beeinflussen, ist hinlänglich bekannt. Also halte dich gefälligst aus meiner Strategie heraus!« Er legte seine Hand auf die rechte Schulter des Mädchens und drückte andeutungsweise zu. »Ich achte genau darauf, dass dir kein Fehler unterläuft. Denn das hätte böse Folgen. Hast du mich verstanden, Susanne?«

»Ja, ich habe dich verstanden.« Sie schüttelte unwillig seine Hand ab. »Ich bin ja nicht schwachsinnig. Du hast es mir jetzt oft genug eingetrichtert.«

Sandra dämpfte ihre Zigarette ab und zündete sofort wieder eine neue an. Sie verharrte weiterhin an ihrem Platz am Fenster. Unruhig fixierte sie mehrmals ihre Armbanduhr. In ihrem Gesicht zuckte es. Es war exakt 10:00 Uhr.

Jaromir Käfers Finger trommelten auf die polierte Oberfläche des Schreibtischs. Seine Miene wirkte hart und verschlossen. »Komm schon. Bringen wir es hinter uns«, zischte er das Telefon an. Es blieb stumm.

»Falls diese Marlies direkt hier auftauchen sollte, schützt du Müdigkeit vor und ziehst dich so schnell wie möglich zurück. Du bist krank, Susanne! Du wirst nur das absolut Notwendigste mit ihr reden!« Er fasste sie am Kinn, hob ihr Gesicht, sah ihr in die Augen. »Keine

Details, keine überflüssigen Ausschmückungen, keine Andeutungen!«

»Als ob ich mich bisher nicht wunschgemäß verhalten hätte«, murrte sie gereizt. »Was erwartest du denn noch?«

»Du meinst, sie könnte direkt hierher kommen? Ohne vorher anzurufen?«, fragte Sandra gepresst.

»Damit sollten wir rechnen!« Jaromir Käfer trommelte wieder mit den Fingern auf die Schreibtischplatte. »Diese Marlies scheint mir sehr selbstbewusst und halsstarrig zu sein. Eine junge Dame aus reichem Elternhaus, die gewohnt ist, ihren Willen durchzusetzen. Doch damit werden wir schon fertig. Nicht wahr, Susanne?«

Sie nickte wortlos.

Das Telefon klingelte. Es war vier Minuten nach zehn. »Warte!«, befahl Käfer, als das Mädchen nach dem Hörer greifen wollte. Er stellte den Apparat auf Lautsprecher. »Jetzt!«

»Hallo?«

Aus dem Lautsprecher erklang Claudias von schweizerischem Akzent gefärbte Stimme: »Susanne? Salü! Die Marlies spricht. Schön, dass ich dich endlich persönlich erreiche. Das ist ja anscheinend gar nicht so einfach.«

»Ich habe schon auf deinen Anruf gewartet, Marlies. Wie geht es dir?«

»Wie es *mir* geht? Den Umständen entsprechend, würde ich behaupten. Aber das kannst du dir ja ohnedies denken. Ich wohne im Hotel Marriott, im 1. Bezirk am Parkring. Hast du Zeit? Können wir uns im Hotel oder irgendwo in der Wiener Innenstadt treffen? Jetzt!«

»Nein … ich möchte nicht ausgehen. Aber du könntest zu uns kommen.«

»Also, das möchte ich *nicht*! Ich will mich mit dir *alleine* treffen. Damit wir ungestört schwätzen können.«

»Weißt du, Marlies, ich fühle mich heute nicht so besonders. Jetzt in die Innenstadt zu fahren, würde mich zu sehr anstrengen.« Susannes Stimme klang erschöpft.

»Wir müssen uns ja nicht heute treffen, wenn es dir momentan gesundheitlich nicht gut geht. Vereinbaren wir einfach für morgen oder übermorgen ein Rendezvous.«

Susanne blickte zu Jaromir Käfer. Er schüttelte den Kopf. »Das geht nicht«, sagte sie schleppend. »Wir verreisen morgen. Ich brauche dringend etwas Erholung … Im Wald spazieren gehen. Frische Luft tanken … Ich fühle mich ständig so müde und energielos.«

»Aber du warst doch erst … gestern unterwegs«, sagte Claudia und verschluckte gerade noch rechtzeitig die Worte ›auf Urlaub‹, die ihr beinahe herausgerutscht wären. »Wohin verreist du denn? Ich könnte dich ja auch an deinem Urlaubsort besuchen. Wie du weißt, habe ich ja massenhaft Zeit.«

»Entschuldige, Marlies, aber ich möchte wirklich keine Freunde sehen, die … mich an frühere Zeiten erinnern. Versteh mich bitte nicht falsch, das hat nichts mit dir persönlich zu tun. Ich freue mich über deinen Anruf.«

»So klingt das aber gar nicht. Ich dachte, es gäbe für uns einiges zu besprechen.«

»Ach so, die Sache mit dem Arzt. Weißt du, ich habe mich entschlossen, meine Hüfte nicht von ihm behandeln zu lassen. An dieser Hoffnung habe ich lange genug festgehalten, aber inzwischen musste ich einsehen, dass es sinnlos ist. Er kann mir ja doch nicht helfen.«

»Aber vielleicht kann *ich* dir helfen?«, fragte Claudia hinterhältig.

Susanne lachte gequält: »Hast du neue, unbeschädigte Knochen für mich?«

»Hast du *Angst*? – Vor der Operation?«

»Unsinn! Ich habe nur eingesehen, dass ich einer Illusion nachgelaufen bin! Meine Knochen sind so zersplittert, da kann man kein künstliches Gelenk einsetzen. Was man tun konnte, wurde bereits getan. Ich habe mir nur eingeredet, dieser Arzt könnte mir helfen. Aber inzwischen weiß ich, dass ich nur daran geglaubt habe, weil ich es *glauben wollte*. Das ist alles.« Susanne seufzte verbittert.

»Oh, das ist noch lange nicht alles«, entgegnete Claudia rasch. Sie durfte nicht zulassen, dass Susanne dieses Gespräch jetzt beendete. Womöglich gab es keine zweite Chance mehr dafür. »Erinnerst du dich nicht, was Karl immer gesagt hat?«

»Nicht genau! Was meinst du denn?«

»Was glaubst du denn, was ich meine?«

»Ich weiß nicht … eigentlich möchte ich alles vergessen, was in diesem Sanatorium war. Die Ärzte, die Pfleger, die anderen Patienten … einfach alles. Ich will nicht mehr daran denken.«

»Aber Susanne, es gab doch keinen Karl in der *Klinik*! Ich meine *Karl* – deinen *Bruder*!«

»Meinen Bruder? Aber mein Bruder ist doch tot!«

»Das hat dich aber nicht davon abgehalten, ihn hundertmal zu zitieren! Und jetzt erinnerst du dich nicht einmal mehr daran? Was ist los mit dir, Susanne? Nimmst du Drogen?«

Sandra schlug sich mit der Faust auf die flache Hand. Käfer warf ihr einen erbitterten Blick zu. Sie zündete sich eine neuerliche Zigarette an, rauchte hastig mit bestürztem Gesichtsausdruck.

Käfers Finger krallten sich in Susannes Schulter.

»Nein! Natürlich nicht. Wie kommst du darauf?«, protestierte Susanne. Sie zuckte unruhig, um Käfers Hand abzuschütteln und funkelte ihn wütend an.

»Medikamente?«

»Auch nicht! Sei mir bitte nicht böse … ich bin einfach nur müde und erschöpft …«

»Oh doch! Ich bin äußerst ärgerlich!«, unterbrach sie Claudia. Als Marlies getarnt konnte sie alles Mögliche behaupten und sie hatte nicht die Absicht, dieses Gespräch in einer Sackgasse enden zu lassen. Es galt, einen Punkt zu finden, dem Susanne nicht ausweichen konnte. »Wir haben nächtelang Pläne geschmiedet. Doch jetzt erinnerst du dich anscheinend nicht einmal daran, dass du versprochen hast, gemeinsam mit mir diesen Arzt aufzusuchen. Wahrscheinlich erinnerst du dich auch nicht daran, *weshalb* du es versprochen hast? Du scheinst ja nicht einmal mehr zu wissen, was dein eigener Bruder gesagt hat, obwohl du es ständig wiederholt hast!«

»Doch, natürlich erinnere ich mich. Es ist nur alles so weit weg … liegt so lange zurück. Können wir dieses Gespräch nicht beenden? Ich bin wirklich sehr müde, Marlies.« Susannes Stimme klang schläfrig gedehnt und schwerfällig.

Käfer hatte sie inzwischen losgelassen und nickte beifällig.

»Oh nein! Das können wir nicht«, fauchte Claudia. »Ich will jetzt wissen, wann und wo ich dieses phänomenale Gerät bekomme, von dem du mir die Ohren voll geschwätzt hast! Schließlich bin ich deshalb extra aus Zürich nach Wien gekommen. Falls du dich wenigstens daran erinnerst!«

»Ach so, ja … ich konnte es nirgends auftreiben. Tut

mir leid, Marlies. Ich habe mich wirklich bemüht. Aber es ist mir einfach nicht gelungen, herauszufinden, wo man es bekommt.«

»Das schlägt ja dem Fass den Boden aus! Mir hast du erzählt, dein Bruder hätte es konstruiert! Hat dieses angeblich so phänomenale Gerät eigentlich jemals existiert?«

Susanne blickte zögernd zu Jaromir Käfer. Er schüttelte ärgerlich den Kopf, kritzelte ›NEIN!‹ auf einen Block und schob ihn ihr zu.

»Selbstverständlich«, behauptete sie trotzig. »Aber es war ein Prototyp! Es gibt ihn in der Zwischenzeit nicht mehr. Und nachdem mein Bruder gestorben ist, auch nichts Gleichartiges. Tut mir leid, Marlies …«

»Weißt du, was ich glaube, Susanne? Du bist eine Heuchlerin! Du hast mir schamlos Lügenmärchen aufgetischt. Und ich habe dir geglaubt. Dabei war alles nur Fiktion! Oder?« Marlies-Claudia wirkte nun richtig ungehalten.

»Das stimmt nicht«, protestierte Susanne schwach. »Wie kannst du nur so etwas behaupten? Wir haben viel geredet in dem Sanatorium, dafür hatten wir ja auch genügend Zeit. Du bist mir doch nicht böse, weil ich mir nicht alles gemerkt habe? Mir geht es im Moment gesundheitlich einfach nicht so gut. Ich fühle mich so schlapp. Entschuldige bitte.

Aber du solltest den Arzt wegen deines Arms unbedingt aufsuchen. Er kann dir sicher helfen. Lass dich von mir nicht abhalten. Ich wünsche dir ganz ehrlich viel Erfolg dabei. Du darfst nicht glauben, ich wäre neidisch, weil er dir helfen kann und mir nicht. Und sei bitte nicht böse, dass du nicht bei uns wohnen kannst, aber du weißt ja … ich brauche meine Ruhe. Außerdem verreisen wir doch morgen.« Sie stöhnte verhalten und fügte danach ein wenig bedrückt hinzu: »Machs gut, Marlies.«

»Salü!«, knurrte Claudia verbittert und beendete das Telefongespräch. Ein weiteres Bemühen erschien ihr sinnlos, Susanne ließ sich weder aus der Reserve locken noch zu emotionalen Reaktionen hinreißen.

Susanne sah Jaromir Käfer erwartungsvoll an. »Braves Mädchen«, nickte er und streichelte über ihr Haar.

»Ein paar Mal hatte ich Angst, sie würde umkippen«, verkündete Sandra Käfer und dämpfte ihre Zigarette aufatmend ab.

»Ist sie aber nicht! Unsere liebe Susanne verhält sich genauso, wie wir es von ihr erwarten. Fast könnte man sagen, sie passt sich mit erstaunlicher Perfektion den Gegebenheiten an. Ausgesprochen bemerkenswert.« In seiner Stimme lag unüberhörbarer Sarkasmus. »Dafür hat sie sich eine zusätzliche Belohnung verdient.« Er holte aus einer der Schreibtischladen zwei kleine Plastikpäckchen. In dem einen befand sich ein weißes Pulver, im anderen einige Tabletten.

»Nun? Was hältst du davon, Susanne?«

Sie stieß pfeifend einen Luftschwall aus, presste dann die Lippen fest aufeinander und starrte den in Plastik verpackten Inhalt an. Zögernd streckte sie die Hand danach aus und warf gleichzeitig Jaromir Käfer einen schrägen Blick zu.

»Es gehört dir. Du kannst damit machen, was du willst. Niemand zwingt dich, es für dich zu verwenden«, er lachte spöttisch. »Diesen Bonus hast du dir redlich verdient.«

17

Wien Flughafen – Lufttaxi-Büro

»Das war's dann!« Oliver Tanneg zog das Kabel vom Mobiltelefon ab, klappte seinen Laptop zu und sah Claudia abwägend an: »Oder soll ich dir das Gespräch auf einen USB-Stick überspielen?«

»Das wär super!« Sie nickte zustimmend und streckte dabei ihre Handflächen verlegen nach oben. »Es kann nicht schaden, mir Susannes Antworten sicherheitshalber nochmals anzuhören. Womöglich ist mir ja doch eine winzige Andeutung entgangen? In der Hitze eines Wortgefechts bemerkt man Doppelsinniges oft nicht sofort.«

Aus Olivers Handy röhrten Flugzeug-Motoren, untermalt von einer Stimme, die ›*what a beautiful noise*‹ sang. Er warf einen Blick auf die Display-Anzeige und grinste: »Oh-oh! Da will jemand feststellen, ob diese Marlies nicht mit ihrem Mobiltelefon direkt vor seiner Haustür steht.«

»Hotel Marriott, Breakfastroom! Sie sprechen mit Oliver Twist. Was kann ich für Sie tun?«, meldete er sich mit nasalem, hochmütigem Ton. »Keine Ursache, mein Herr!«

»Falsch verbunden! Wer hätte das gedacht?!« Er lachte hämisch, kramte einen USB-Stick aus der Hosentasche und sah Claudia gleichzeitig anerkennend an. »Du warst übrigens echt gut. Wie du das, ohne aus der Rolle zu fallen, durchgezogen hast. Alle Achtung! Und dabei hast du ihr noch sehr geschickt den Ball zugespielt: Hast du Angst? ... Nimmst du Drogen? ... Medikamente? ... Kann ich dich alleine treffen? ... Kann ich dir helfen? – Aber sie hat nicht einmal mit vagen Anspielungen darauf reagiert. Dabei wäre das gerade bei der Frage nach Medikamenten unverfänglich gewesen. Wenn sie schon behauptet, es ginge ihr gesundheitlich schlecht, dann gibt es doch keine harmlosere Antwort, als zu bestätigen, dagegen ein paar Tabletten genommen zu haben.«

»Und was sagt uns das?«

»Keine Ahnung! Vielleicht, dass du dich nicht einmischen sollst?« Oliver zuckte mit den Schultern.

»Langsam wird mir die Sache richtig unheimlich.« Claudia schüttelte Kopf und Schultern, als ob sie kalte, trübe Gedanken verscheuchen wollte. »Stell dir vor, es ruft dich jemand an und behauptet, er wäre ein guter Freund von dir, den du aus einem bestimmten Grund eingeladen hast. Sagen wir, du leidest an Amnesie, willst es aber nicht zugeben. Würdest du dann nicht versuchen, durch gezielte Fragen herauszufinden, worum es eigentlich geht?«

»Es sei denn, es gibt kein schwarzes Loch in meinem Erinnerungsvermögen.« Oliver grinste anzüglich. »Denn dann wüsste ich nämlich, dass diese Marlies nicht wirklich existiert. Ich würde es als Spiel betrachten, mitspielen, und abwarten, wohin es führt. Meine Freundin Manu liebt derartige Spielchen.« Er rieb nachdenklich über sein Kinn. »Aber ich glaube nicht, dass deine Susanne es auch so gesehen hat. Dazu war ihr Verhalten zu passiv. Sie hat das Spiel nicht vorangetrieben, sondern nur versucht, jeden Spielzug zu parieren. Und das möglichst unauffällig, dafür aber voll konzentriert.«

»Na schön«, nickte Claudia, »nehmen wir an, ihr war völlig klar, dass es sich um eine Erfindung – von wem auch immer – handelt und sie dieser Schweizerin nie wirklich begegnet ist. Trotzdem hat sie so getan, als ob alles stimmen würde, was ich – als Marlies – behauptet habe. Sie hat mich aufgefordert, zu ihr zu kommen, sich aber dagegen gesträubt, das Haus zu verlassen, um sich mit mir irgendwo anders alleine zu treffen. Es muss einen triftigen Grund dafür geben, dass sie sich scheinbar kooperativ verhalten wollte.

Was würde dich dazu veranlassen, auf alles einzugehen? Bedacht darauf, nicht das geringste Misstrauen zu erwecken? – Und zwar nicht beim Anrufer, sondern bei jemandem, der das Gespräch mithört.«

»Hm, wenn du mich so direkt fragst: Wenn ein neugieriger zwei Meter großer Grizzlybär mit einer Winchester in den Pranken hinter mir steht, würde ich jedes Wort, das ich sage, sehr genau abwägen!« Oliver blickte sie mit hochgezogenen Augenbrauen erstaunt an. »Du meinst, sie hat gewusst, wer du bist?«

»Glaube ich nicht! Aber sie hat gewusst, wer ich sicher *nicht* bin! Nämlich die von mir erfundene *Marlies*!«

»Tja, der Grizzly mit der Winchester glaubte, das Spiel zu kontrollieren. Dabei übersah er den Kondensatkern, um den sich ein Wolkengebilde aufbaute«, sinnierte Oliver.

»Dabei fällt mir ein, wenn ich du wäre, würde ich heute Thomas großräumig ausweichen.« Er grinste hinterhältig. »Ich bin ihm nämlich im GAC begegnet, als ich hier ankam. Der Flug, den du ihm so großzügig abgetreten hast, startete um fünf Uhr morgens! Drei kleine Jägerlein und ein großer Hund! Die Jaulerei begann angeblich bereits, als sie in die Maschine einstiegen. Vom Hund! Die Jäger jaulen vermutlich erst beim Rückflug. Je nachdem, wie viele Trophäen sie mitbringen. Du kennst ja Thomas, seine ausgeprägte Aversion gegen Trophäenjäger ist …!«

»Jäger!«, unterbrach ihn Claudia. »Genau! Dr. Jäger!«

Das war der Name auf dem Briefumschlag, den ihr Susanne in Santorin mitgegeben hatte. »Wie hieß er doch gleich mit Vornamen? Bernhard? Berthold? Benjamin? Benedikt? Ich könnte schwören, es war irgendetwas mit ›B‹!« Sie holte sich das elektronische Telefonbuch auf den Bildschirm des Büro-Computers und suchte nach einem Dr. Jäger, Vorname B… im 1. Bezirk. »Na da haben wir ihn ja! Dr. Bertram Jäger! Ein Rechtsanwalt! Wieso ein *Rechtsanwalt*?« Sie hatte angenommen, es würde sich um den Arzt handeln, den Susanne wegen ihrer Hüfte aufsuchen wollte.

»Wieso nicht?« Oliver zuckte die Achseln. »Auch ein Rechtsanwalt kann *Jäger* heißen. Deshalb braucht er noch lange keiner zu sein!«

»Wenn Susanne ihm geschrieben hat, dann bedeutet das doch, dass sie ihm vertraut. Oder nicht?«

»Wer vertraut schon einem Anwalt?« Oliver lachte abfällig.

Claudia starrte die Adresse am Bildschirm grübelnd an. Vielleicht fand sich in den Unterlagen, die Susanne diesem Dr. Jäger geschickt hatte, eine Antwort auf ihr seltsames Verhalten? Vermutlich würde der Rechtsanwalt einer Fremden darüber keine Auskunft erteilen. Andererseits genügte ja auch bereits eine vage Andeutung, aus der man auf Susannes Geisteszustand schließen konnte.

Da Claudia sonst nichts Sinnvolleres einfiel, beschloss sie es einfach mit einem Anruf zu versuchen. Eine Frauenstimme flötete ihr »Kanzlei Dr. Jäger« ins Ohr.

»Mein Name ist Claudia Kalser. Ich möchte gerne Herrn Dr. Bertram Jäger sprechen!«

»In welcher Angelegenheit?«, erkundigte sich seine Sekretärin.

»Oh … das … das würde ich ihm lieber persönlich sagen!«, stotterte Claudia verlegen.

»Ich verstehe!«, behauptete die Dame höflich. »Herr Dr. Bertram Jäger befindet sich leider im Augenblick außer Haus. Wenn Sie möchten, könnten wir einen persönlichen Termin in der Kanzlei vereinbaren.«

»Ja. Aber es … wäre dringend … denke ich!«

»Heute, 16:00 Uhr? Wäre Ihnen das angenehm?«

»Ja, einverstanden!«

»Der Name war Kalser? Ist das richtig? Ich notiere den Termin als Rechtsberatung. Also dann heute um 16:00 Uhr, Frau Kalser. Schönen Tag noch!«

Als Claudia den Hörer auflegte, hatte sie das Gefühl, überrumpelt worden zu sein. »Eigentlich wollte ich ihn ja nur am Telefon sprechen. Aber seine Sekretärin hat mir gleich einen Gesprächstermin in seiner Kanzlei verpasst. Meinst du, das kostet was?«

»Klar, Anwälte verrechnen jeden Furz!« Oliver quiekte vor Lachen. »Frag Andreas!«

»Das tue ich! Und ich frag ihn auch gleich, ob er mitkommt. Schlimmstenfalls schmeißt mich dieser Dr. Jäger ja sofort raus, weil er mich für verrückt hält.«

»Bist du das denn nicht? Hältst du dich etwa für normal?«, ätzte Oliver.

»Das geht nur mich was an!«, erklärte sie ihm überheblich. »Aber wenn Andreas dabei ist, kann mir dieser Anwalt kein Honorar für eine nicht getätigte Rechtsberatung verrechnen!«

18

Wien – Büro Dr. Jäger

»… Sie haben hoffentlich nicht tatsächlich erwartet, dass ich Ihnen vertrauliche Auskünfte über meine Klienten erteile?« Dr. Bertram Jäger betrachtete sein Gegenüber mit konsternierten Blicken. »Frau Kalser, ich denke, wir sollten das Gespräch als beendet betrachten.«

Seine Aussagen überraschten Claudia Kalser nicht wirklich. Schon als sie sein Büro betreten und ihn gesehen hatte, war ihr klar gewesen, dass er ablehnend reagieren würde. Die personifizierte Korrektheit. Um die 40, dunkler Anzug mit zartem Nadelstreif, weinrote Krawatte, Haarschnitt exakt zwei Zentimeter, randlose Brille, die Schuhe auf Hochglanz poliert. Sein Büro wirkte gediegen. Auf dem Schreibtisch aus Kirschholz waren diverse Unterlagen und Gegenstände in pedantischer Anordnung aufgereiht. Akkurat in der Mitte einer Schreibunterlage aus Leder befand sich ein A4-Bock, symmetrisch zum oberen Rand ausgerichtet lag darauf ein Kugelschreiber aus Sterlingssilber.

Er erhob sich andeutungsweise. Claudia blieb demonstrativ sitzen. »Nein, das sollten wir nicht«, versuchte sie es nochmals. »Ich möchte Sie nicht zu Indiskretionen veranlassen, Herr Dr. Jäger. Aber ich mache mir Sorgen um Susanne Sebenstein. Und ich möchte wissen, ob meine Vermutungen grundlos oder berechtigt sind.«

»Bedauere, aber ich fürchte, ich kann Ihnen dabei leider nicht weiterhelfen«, antwortete er distanziert.

»Verstehe! Sie arbeiten also auch für Jaromir Käfer! Das hätte ich mir doch gleich denken können. Vergessen Sie, dass ich überhaupt hergekommen bin. Das war ziemlich dumm von mir«, fauchte sie und sprang auf. Was Dämlicheres, als ihn aufzusuchen, hätte ihr wirklich nicht einfallen können.

Andreas Hartmann blieb gelassen sitzen. Bisher hatte er noch kein Wort gesagt. Er fasste Claudia am Arm und hinderte sie daran, wutschnaubend aus Dr. Jägers Büro zu rauschen.

»Nun, vielleicht könnten wir uns darauf einigen, dass Sie mir die benötigten Informationen zur Verfügung stellen, Herr Kollege«, sagte er und stellte sich vor.

Dr. Jäger zog die Augenbrauen hoch, als Andreas nicht nur seinen, sondern nebenbei auch den Namen seines Vaters erwähnte und dass er in dessen Kanzlei arbeitete.

»Herr Jaromir Käfer zählt übrigens nicht zu meinen Klienten. Fräulein Susanne allerdings auch nicht mehr. Bis auf gewisse Einschränkungen, auf deren spezielle Klärung die junge Dame offenbar keinen Wert mehr legt. Gehe ich richtig in der Annahme, Susanne Sebenstein gehört nun zu Ihren Mandanten, Herr Kollege?«

»Nein!« Andreas lächelte unverbindlich. »Uns interessieren hauptsächlich die Fakten, wodurch sich Susannes Verhalten und ihre Ansichten gravierend geändert haben könnten. Wir haben in einem beunruhigenden Ausmaß eine Veränderung ihrer Persönlichkeit festgestellt. Es ist uns bekannt, dass sich die junge Dame in verschiedenen Sanatorien befand, wobei es sich zumindest bei einem um eine psychiatrische Klinik handelte, in der sie immerhin sechs Monate verbrachte. Falls Susanne an etwas leidet, das man als ›multiple Persönlichkeit‹ bezeichnen könnte, so würde uns das als Erklärung für ihr Verhalten genügen.«

»Nun, nach meinen Informationen besteht nicht der geringste Zweifel am gesunden Geisteszustand der jungen Dame. Ihr Aufenthalt in der von Ihnen erwähnten Klinik schien keinesfalls gerechtfertig. Weder in diesem Ausmaß noch grundsätzlich! Fräulein Sebenstein hat seinerzeit, unter anderem, auch diesbezüglich um meine Unterstützung und Intervention ersucht.« Dr. Jäger rückte nachdenklich seine Brille zurecht. »Allerdings scheint ihr das jetzt – wie so manches andere – entfallen zu sein!«

»Ach? Und Sie verschwenden keinen Gedanken daran, dieses Mädchen könnte womöglich gewaltsam unter Druck gesetzt werden?«, fuhr ihn Claudia wütend an. Sie stand immer noch neben dem Besuchersessel vor seinem Schreibtisch. Andreas klopfte ihr beruhigend auf den Arm. Aber sie war bereits zu sehr in Fahrt. »Da gibt es eine attraktive Stiefmutter, mit der der verstorbene Vater nicht sonderlich lange verheiratet war. Einen ehemaligen Prokuristen, der gefeuert werden sollte, aber jetzt das große Sagen hat. Und wen, bitte, hat dieses Mädchen sonst noch? Einen angeblichen Rechtsbeistand, der ihr aber nicht beisteht, sobald sie Hilfe braucht! Oder habe ich noch etwas vergessen, Herr Anwalt?«

»Setzen Sie sich doch wieder, Frau Kalser, – bitte! Ich gebe zu, ich war über das Verhalten der jungen Dame etwas empört. Offen gestanden war meine Empörung sogar sehr massiv. Doch es steht mir nicht zu, die Launen meiner Klienten zu kritisieren. Möglicherweise, ich betone: *möglicherweise*! ist mir dadurch etwas entgangen, das ich unter anderen Umständen sehr wohl registriert hätte«, gestand er leicht verlegen. »Sie vermuten *ausgeübten Zwang* und gravierende Veränderungen in der Persönlichkeitsstruktur von Fräulein Sebenstein? In welcher Weise hat sich das für Sie dargestellt?«

Claudia setzte sich wieder und blickte den Anwalt forschend an. »Wie gut kennen Sie Susanne, Herr Dr. Jäger?«

»Nun, bis zu ihrem Auftritt vor Kurzem in unserer Kanzlei kannte ich die junge Dame persönlich eher flüchtig. Wir traten vorwiegend schriftlich in Kontakt. Allerdings führten wir im letzten Jahr auch längere Telefonate.« Er räusperte sich und blickte zu Andreas. »Herr Sebenstein, Susannes Vater, zählte zu den langjährigen Mandanten unserer Kanzlei. Obwohl er zur Klientel meines Vaters gehörte, habe ich ihn im Laufe der Jahre selbstverständlich kennengelernt. Mein Herr Papa, – er hat sich im Vorjahr … ähm … teilweise in den Ruhestand zurückgezogen –, war übrigens früher mit der Familie auch auf privater Ebene verbunden.«

»Na schön.« Claudia nickte. Da sie sonst sowieso keine andere Möglichkeit sah, Susanne zu helfen, beschloss sie, Jäger zu vertrauen. Insgeheim hoffte sie dabei inständig, dass er wirklich nicht für Jaromir Käfer arbeitete. »Wenn Susanne nicht schizophren ist oder an Amnesie leidet, wirft das eine Menge unbeantworteter Fragen auf!«

Dr. Jäger sah sie alarmiert an. Endlich erhielt sie seine volle Aufmerksamkeit. »Gehe ich recht in der Annahme, dass Sie einen ungeheuren Verdacht hegen? Doch ein Verdacht alleine ist kein Beweis. Selbst begründete Vermutungen reichen nicht aus, um die Polizei zu informieren.« Er rückte wieder seine Brille zurecht. »Darf ich Sie ersuchen, mir möglichst detailliert zu schildern, worauf sich Ihre Annahme begründet? – Allerdings würde ich zu diesem Gespräch gerne meinen Vater beiziehen. Er war jahrelang mit der Familie Sebenstein bestens vertraut. Es erscheint mir zielführend, – zumal er sich ohnehin zurzeit in der Kanzlei befindet. Außerdem wird es ihn sicher freuen, uns mit seiner kompetenten Meinung zu unterstützen.« Ein verhaltenes Lächeln umspielte seine Lippen, als er zum Telefon griff, um den Senior zu informieren.

Noch bevor Dr. Bertram Jäger den Telefonhörer wieder aufgelegt hatte, stürmte sein Vater bereits schwungvoll in den Raum. Im Gegensatz zu seinem geschniegelten Sohn wirkte Dr. Jäger senior leger und umgänglich. Ende 60, weißes Haar, weißer Schnauzbart, Goldrandbrille, rundliches Gesicht, ein wenig füllig. Sportliches Jackett zur beigefarbenen Hose, offener Hemdkragen, keine Krawatte. Claudia war er sofort sympathisch und sie vertraute ihm auf Anhieb. Nach der Vorstellungsrunde, bei der Andreas erwähnte, dass er bei Bedarf für das Lufttaxi-Unternehmen als Berufspilot flog, meinte der Senior jovial, es ließe sich in der Sitzgruppe ungezwungener plaudern.

Claudia und Andreas wechselten von den Besucherstühlen vor dem Schreibtisch auf die bequeme dunkelbraune Ledergarnitur, die in einer Ecke des Raumes aufgestellt war.

»Helga!«, brüllte der Senior ins Nebenzimmer hinaus, »bringen Sie uns doch bitte Kaffee und Cognac!« Er lächelte seine Gäste Zustimmung heischend an. Bertram Jäger nahm in der Runde ein wenig steif Platz, verschränkte seine Arme und forderte Claudia auf, die fragwürdigen Ereignisse zu schildern. Die Sekretärin stellte rasch ein Tablett mit Kaffee, Cognac und Gläsern am Couchtisch ab und huschte danach wieder wortlos aus dem Raum.

Während Matthias Jäger, der Senior, noch damit beschäftigt war, für alle Cognac einzuschenken, begann Claudia ihren anschaulichen Bericht mit der zufälligen Begegnung auf Santorin, dem nachfolgenden Rundflug, dem Brief an Dr. Jäger, den ihr Susanne mitgegeben hatte, bis hin zum Telefongespräch, bei dem sie sich als Susannes Freundin Marlies ausgegeben hatte.

»Und dir ist an dem Mädel nichts aufgefallen, Bertram?«, brummte Matthias Jäger. »Hat es denn überhaupt keinen Verdacht in dir erweckt, als sie mit ihrer Stiefmutter, Jaromir Käfer und deren Anwälten hier aufkreuzte, um unserer Kanzlei sämtliche Vollmachten zu entziehen?«

»Nun, unsere Treuhandschaft bezüglich des Erbes ihrer Mutter wäre mit Susannes 23. Geburtstag abgeschlossen gewesen. Da sich der Unfall kurz vorher ereignete, war es naheliegend, dass sie uns die Vollmachten nicht entzog, während sie sich in der spanischen Klinik befand, sondern uns bis zu ihrer Genesung nach wie vor als Vermögensverwalter einsetzte. Es bestand keinerlei Hinderungsgrund, dass sie nun nicht frei darüber verfügen könnte«, rechtfertigte sich Dr. Bertram Jäger. »Mit ihrem 25. Geburtstag erhielt sie vereinbarungsgemäß den für sie festgelegten Stammaktien-Anteil der *Shelter Aid* einschließlich der Aktien aus dem Erbe ihres Bruders und ihres Vaters. Abgesehen von den Aktien wäre sie über ihr gesamtes Erbe längst verfügungsberechtigt gewesen. Vermutlich hat sie es nur deshalb eingeschränkt wahrgenommen, weil sie sich durch die Klinikaufenthalte beeinträchtigt fühlte.«

»Dir ist nicht in den Sinn gekommen, dieser Käfer könnte versuchen, dem Mädel das Vermögen abzuknöpfen?«, höhnte der Senior erzürnt.

»Es bestand keinerlei rechtliche Handhabe, den Wünschen Susanne Sebensteins nicht zu entsprechen. Die junge Dame hat eindeutig klargestellt, dass sie auf jeglichen weiteren Beistand unserer Kanzlei verzichte. Sie hat sich dabei ausnehmend klar und für meine Begriffe unangebracht hochmütig ausgedrückt.« Leicht indigniert fügte Bertram Jäger hinzu: »Die Anwälte der Käfers ließen keinerlei Zweifel offen, dass auch unsere Funktionen im Aufsichtsrat der *Shelter Aid AG* demnächst als beendet zu betrachten wären!«

Der Senior verschränkte mit finsterer Miene die Arme und wandte sich erklärend an Andreas: »Die Aktien der *Shelter Aid* werden nicht an der Börse gehandelt, sondern befinden sich ausschließlich im Familienbesitz. Bertrams und meine Funktionen im Aufsichtsrat waren formal. Der Großvater hinterließ seinen beiden Enkelkindern je fünf Prozent der Aktien, worüber sie nach ihrer Großjährigkeit frei verfügen durften. Zusätzlich wurden jeweils weitere 20 Prozent der Aktienanteile Karl und Susanne überschrieben, jedoch mit der Klausel, dass sie erst mit ihren 25. Geburtstagen darüber verfügungsberechtigt wären. Bis dahin fungierte Herr Sebenstein als Kurator.

Nun, Karl hat seinen 25. Geburtstag leider nicht mehr erlebt, sondern ist zwei Tage zuvor gestorben. Dennoch hat er seinen Vater um einige Stunden überlebt, ihn somit rechtlich auch beerbt, und sein gesamtes Vermögen ging danach auf seine einzige Schwester Susanne über. Von den Aktien der *Shelter Aid* erbte Sandra letztlich nur 15 Prozent. Doch solange Susanne weder verfügungsberechtigt war noch an den Hauptversammlungen teilnehmen konnte, war Sandra die Einzige aus der Familie Sebenstein mit Aktienanteilen.«

»Und damit gelang es ihr, Jaromir Käfer in die von ihm angestrebte Position zu hieven?«, platzte Claudia bestürzt mit ihrem Verdacht heraus. »Haben Sie dabei denn überhaupt keine Bedenken gehabt?«

»Tja«, Bertram Jäger räusperte sich verlegen, »vermutlich

erweist es sich nun als Fehler. Doch aus unserer Sicht gab es formal keine Einwände, sich den Wünschen und Argumenten von Sandra, damals noch Sebenstein, anzuschließen. Sie betonte, die optimalen Voraussetzungen zur Weiterführung der *Shelter Aid* schaffen zu wollen, und Herr Käfer war ja bereits seit einigen Jahren Prokurist im Unternehmen.«

Claudia grinste hinterhältig: »Da frage ich mich doch glatt, was dieser Käfer unternimmt, damit Susanne ihn nicht rauswirft, wo sie doch jetzt das große Sagen hat. Und vor allem, wieso sie auf den langjährigen Rechtsbeistand Ihrer Kanzlei verzichtet und es vorzieht, sich den Anwälten von Jaromir Käfer anzuvertrauen?«

»Nun, ich muss gestehen, dass diese Entscheidungen auf mich äußerst willkürlich wirkten und tiefe Betroffenheit auslösten. Zumal Fräulein Susanne geraume Zeit zuvor einige Verfügungen getroffen hatte, die sie freilich mit keinem Wort erwähnte. Gemäß ihrem seinerzeitigen Ersuchen, diese Angelegenheit diskret zu behandeln, vermied auch ich ein direktes Ansprechen des Kasus'. Allerdings empfand ich es einigermaßen befremdlich, dass sie sich nicht noch nachträglich mit mir darüber in Verbindung setzte. Immerhin wäre das in ihrem eigenen Interesse gewesen.« Er rückte verlegen an seiner Brille. »Offen gestanden empfand ich das eigenwillige Verhalten der jungen Dame als Affront! Nach all den langen Telefonaten, in denen sie ihre Wünsche ausführlich erörterte und ersuchte, die Erfüllung derselben umgehend zu veranlassen, hätte ich mir zumindest etwas weniger Arroganz von ihrer Seite erwartet.«

»Verdammt! Ist dein Hirn total vernagelt, Bertram? Das stinkt doch alles zum Himmel. Hast du das denn nicht gerochen? – Helga!«, brüllte der Senior, »rufen Sie Achie an. Egal, wo er sich gerade befindet, er soll seinen Arsch sofort hierher bewegen!«

Die Sekretärin steckte den Kopf ins Büro und antwortete pikiert: »Ich werde es Herrn Achleitner ausrichten. *Wortwörtlich*, Herr Dr. Jäger!«

»Ja tun Sie das, Helga. Sagen Sie ihm, es ginge um eine Sache auf Leben und Tod. Das bringt ihn auf Trab.« Der Senior zwinkerte den beiden Besuchern zu und schmunzelte: »Man kann sie so herrlich schockieren. Ach, wie ich das vermisse.«

»Achim Achleitner führt für unsere Kanzlei öfters Ermittlungen durch«, erklärte Dr. Bertram Jäger. »Ich gebe meinem Vater recht, dass in diesem Fall die Hilfe eines Fachmanns vermutlich angebracht wäre. Herr Achleitner ist ein äußerst fähiger Privatdetektiv.«

Erschrocken griff Claudia nach Andreas' Arm und blickte ihn hilfesuchend an. Die Angelegenheit entwickelte sich plötzlich in eine Richtung, die ihre Erwartungen gewaltig überschritt. Was, wenn sie sich irrte?

»Es ist zu befürchten, dass Jaromir Käfer Susanne dazu bringen könnte, ihm die Aktienanteile zu übertragen. Dabei handelt es sich ganz sicher um beachtliche Vermögenswerte. Und ob das im Sinne von Susanne ist, bleibt fraglich«, raunte ihr Andreas leise zu.

Die Sekretärin verkündete, sie habe Herrn Achleitner im Auto erreicht, und er befände sich nun bereits auf dem Weg zur Kanzlei. Der Senior nahm einen kräftigen Schluck von dem Cognac und stopfte sich zufrieden eine Pfeife. Da Claudia vor Achim Achleitner ohnehin den gesamten Sachverhalt wiederholen musste, plauderten sie inzwischen über allgemeine Dinge. Über Andreas' umfassende juristische Ausbildung, die Kanzlei seines Vaters und vor allem über das kleine Bedarfsflugunternehmen namens ›Lufttaxi‹ und dessen Flugzeug.

19

Wien, Kanzlei Dr. Jäger

Als schließlich Achie, der Privatdetektiv, hereinstürmte, betrachtete ihn Claudia enttäuscht. Sie hatte eine Art ›Thomas Magnum‹ erwartet. Zumindest einen dieser knallharten ›Einsamer-Wolf-Typen‹, wie sie in den 50ern von Dashiell Hammett oder Raymond Chandler beschrieben wurden. Achie wirkte drahtig, war mittelgroß und bewegte sich locker auf die 50 zu.

»Wo brennt es? Was brennt? Und vor allem: Ich hoffe doch stark, es brennt tatsächlich gehörig! Ich habe nämlich soeben die Verabredung mit einer ausgesprochen tollen Rothaarigen platzen lassen! Ich würde es niemandem verzeihen …«, mit dem gekünstelten Versuch eines charmanten Lächelns wandte er sich an Claudia: »Nehmen Sie es nicht persönlich. Ich bin«, er streckte ihr seine Hand entgegen, »Achim Achleitner. Nennen Sie mich Achie! Und auf keinen Fall *Achleitner*! Ich nehme an, Sie sind meine Auftraggeberin?«

»Falsch! Ich bin dein Auftraggeber! Und ich nehme es

sehr wohl persönlich!«, berichtigte ihn Matthias Jäger mit dröhnendem Poltern in der Stimme und einem Hieb seiner Faust auf den Tisch.

»Schade.« Achie zuckte bedauernd die Achseln. »Also? Was liegt an?«

Der Senior umriss die Sachlage kurz aus seiner Sicht. Claudia berichtete etwas ausführlicher. Die Sekretärin stellte einen weiteren Cognacschwenker vor Achie. Dabei erklärte sie ihre Absicht, falls die Herren keine weiteren Wünsche hätten, für heute Schluss zu machen.

»Ja, tun Sie das, Frau Rumpold. Vielen Dank und schönen Abend noch«, Dr. Bertram Jäger nickte ihr mit freundlichem Lächeln zu.

»Nein, warten Sie, Helga! Ich brauche die Privat- und die Firmenadresse von diesem Jaromir Käfer.«

»Wie Sie wünschen, Herr *Achleitner*«, sagte sie. »Ich sehe in unserer Kartei nach.«

Verblüfft fragte sich Claudia, ob er womöglich vorhatte, Susanne oder die Käfers zu beschatten. Aber Achie ließ sie diesen Gedanken gar nicht erst weiter spinnen, sondern zückte einen kleinen Block und schoss eine Menge Fragen wie Maschinengewehrfeuer auf sie ab.

Ob sie wirklich mit absoluter Bestimmtheit sagen könnte, es wäre tatsächlich Susanne gewesen, die mit ihrem Lufttaxi-Unternehmen von Santorin zurückgeflogen war. Welche gravierenden Unterschiede Claudia in Susannes Verhalten aufgefallen wären. Worin die Widersprüche in ihren Aussagen lagen. Und ob sie den ungefähren Wortlaut des Telefonats wiederholen könnte, bei dem sie sich als Schweizer Freundin ausgegeben hatte.

Claudia zog Olivers USB-Stick, auf dem er das Telefongespräch gespeichert hatte, aus der Tasche. Um Achies andere Fragen zu beantworten, brauchte sie keine Sekunde nachzudenken, die hatte sie sich schließlich schon oft genug selbst gestellt. Dr. Jäger überspielte die Datei mit dem Telefonat auf seinen Computer. Als Claudia ihre Stimme mit dem schweizerischen Akzent hörte, wurde ihr die Sache plötzlich peinlich. Verlegen griff sie nach ihrem Cognacglas. Den ausgezeichneten alten Cognac als Beruhigungsmaßnahme zu missbrauchen, erschien ihr fast ein wenig blasphemisch. Die anderen Anwesenden folgten dem aufgezeichneten Gespräch aufmerksam und gespannt.

»Bemerkenswert clever gemacht.« Achie grinste. »Wie ich das so sehe, kann ich von Ihnen noch einiges lernen. Trotzdem nochmals: Sind Sie wirklich 100-prozentig sicher, dass es am Rückflug zweifelsfrei Susanne war?«

»Absolut!« Claudia nickte nachdrücklich. Schließlich hatte sie deren eigenwilliges Verhalten dermaßen irritiert, dass sie Susanne die meiste Zeit beobachtete. »Ich habe irgendeine Reaktion von ihr erwartet. Einen heimlichen Blick. Eine versteckte Geste. Wenigstens ein Augenzwinkern, aus dem hervorging, dass sie nicht uns, sondern Jaromir Käfer dieses Theater vorspielte. Aber sie hat die Show mit einer fast bizarren Perfektion an Desinteresse durchgezogen. Warum?«

Claudia dachte an den Hinflug nach Santorin. Susannes versteinerte Miene, während sie das Cockpit überwachte. Ihr starrer Blick, als sie die Instrumente fixierte. Es sah nach Flugangst aus. In Erwartung einer möglichen Panikattacke studierte Claudia Susannes Gesichtszüge deshalb sehr aufmerksam. Und dann der Flug mit Rudi! Die freudige Begeisterung, die sich in Susannes Gesicht abzeichnete. Der goldschimmernde Glanz in ihren Augen. Was war in der Zwischenzeit geschehen? »Ich möchte wissen, was in den drei Wochen mit Susanne passiert ist«, murmelte Claudia.

»Genau das werden wir herausfinden! Das bin ich Gabriella schuldig«, behauptete Dr. Jäger senior mit einem bedrohlich wirkenden Knurren in der Stimme.

»Und wer ist diese *Gabriella*, wenn ich fragen darf?«, erkundigte sich Achie.

»Das ist, oder bedauerlicherweise *war* Susannes Mutter. Eine äußerst fähige Juristin. Und ich habe ihr alles beigebracht! Sagen wir, ich war einige Zeit ihr Mentor. Bis sie flügge wurde und ihre eigenen Wege ging«, sagte der Senior und fügte kopfschüttelnd hinzu: »Gabriella hat immer Wert darauf gelegt, dass ihre Kinder eigenständige Entscheidungen treffen. Die Tochter *dieser* Frau würde sich keinesfalls freiwillig devot verhalten!«

Achie nickte. »Verstehe. Du hast ein persönliches Interesse an der Angelegenheit.«

»Und ob! Ich werde dem Kerl den Arsch aufreißen. – Sobald du herausgefunden hast, welche Schweinereien er mit der Kleinen gemacht hat!« Ostentativ klopfte er seine Pfeife im Aschenbecher laut aus.

»Wer beerbt eigentlich Susanne … falls ihr etwas zustößt?«, fragte Achie.

»Jedenfalls nicht Sandra Käfer! Sie ist keine Blutsverwandte. Genaugenommen würde ihr Susannes Tod mehr schaden als nutzen. Nach dem Ableben ihrer Mutter gehörten die Häuser und Grundstücke in Wien und Spanien bereits zur Hälfte den Kindern, sie waren in den Grundbüchern eingetragen. Sandra hat nunmehr vom Rest geringe Anteile sowie das Nutzungsrecht geerbt. Folglich müsste sie sich sogar diesbezüglich mit Erben einer entfernteren Parentel von Susanne auseinandersetzen. Es sei denn …«, der Senior starrte Achie entsetzt an, »es gelingt den Käfers, das Mädel so gefügig zu machen, dass sie ein entsprechendes Testament aufsetzt. Verflucht!« Er knallte die Faust auf den kleinen Glastisch. Jägers Pfeife und die Cognacschwenker hüpften hoch und landeten klirrend wieder auf der Glasplatte. Die Pfeife hinterließ eine dunkle Spur verbrannten Tabaks. Er griff danach, drehte am Mundstück, als ob er die Pfeife würgen wolle, und schnaubte wütend: »Dann zerquetsche ich diesen Käfer eigenhändig!«

Bertram Jäger räusperte sich. »Nun, Fräulein Sebenstein hat bereits eine entsprechende Verfügung bei mir hinterlegt. Und ich darf behaupten, sie scheint mir unanfechtbar zu sein. Selbst wenn sie tatsächlich danach andere testamentarische Verfügungen getroffen haben sollte. Die mir vorliegende ›Schenkung im Todesfall‹ bleibt rechtsgültig und wird durch ein nachfolgendes Testament nicht aufgehoben.«

»Du weißt also, was drinnen steht? Raus damit, Bertram! Und wage es ja nicht, zu beteuern, du hättest zugelassen, dass den Käfers alles zufällt, weil das deinem Verständnis nach korrekt wäre«, zeterte der Senior.

»Nun, ja … also ich weiß nicht … ob …«, stotterte Dr. Jäger junior.

»Bertram!!!!«

»Der Begünstigte ist … Susannes Sohn Manuel!«

»*Was*? Wieso? Wie sollte denn das Mädel zu einem Kind gekommen sein? Und vor allem *wann*? Verdammt, Bertram! Lass dir gefälligst nicht die Würmer aus der Nase ziehen!«, brüllte der Senior aufgebracht. »Also? Raus damit!«

»Meine Verschwiegenheitspflicht …«

»Die kannst du dir sonst wohin stecken! Dieses Mädchen befindet sich vielleicht in größter Gefahr! Gabriella würde sich im Grab umdrehen, wenn ich ihrer Tochter nicht helfe, nur weil mein Herr Sohn auf seine unantastbare Anwaltsehre pocht«, knurrte ihn der Senior an.

»Soll ich hinausgehen, damit Sie alleine ungestört reden können?«, bot Claudia halbherzig an.

»Unsinn!«, fauchte der Senior, »Sie bleiben hier! Wir brauchen jede Hilfe, die wir kriegen können. An diesem Fall arbeiten wir gemeinsam. Wir können nicht genug Informationen zusammentragen, um ein klares Bild vor uns zu sehen. Und jetzt erzählst du uns gefälligst alles, was du weißt, Bertram!«

Bertram Jäger fingerte leicht nervös an seiner Brille herum. Räusperte sich mehrmals verlegen. Schließlich entschied er sich dann doch dafür, sein Wissen den Anwesenden nicht vorzuenthalten.

20

Spanien, Marbella, zweieinhalb Jahre zuvor

Als der Wagen in einer Kurve über die Klippen hinausschoss, wurde Susanne gleich beim ersten Aufprall hinausgeschleudert. Trotz zahlreicher zerschmetterter Knochen und innerer Verletzungen überlebte sie. Man brachte sie in eine spanische Privatklinik und hielt sie dort einige Zeit in künstlichem Koma. Als sie daraus erwachte, war sie fast völlig eingegipst und musste über zwei Monate ruhig liegen. Anschließend unterzog sie sich einer Physiotherapie, um die Oberarme zu kräftigen, damit sie sich mittels Krücken bewegen konnte. Ihr Unterschenkelknochen war falsch zusammengewachsen und musste nochmals gebrochen werden. Nach dessen Ausheilung sollte ihre Hüfte operiert werden.

Nachdem man Susanne schonend beigebracht hatte, sowohl ihr Vater als auch ihr Bruder wären bei dem Unfall getötet worden, versank sie in eine Depression. Ihre Spanischkenntnisse waren anfangs eher dürftig. Die Stiefmutter war längst abgereist. Susanne fühlte sich sehr einsam und verlassen.

Ein junger spanischer Arzt bemühte sich, sie aus ihrem seelischen Tief herauszuführen. Er sprach einigermaßen gut Deutsch, versorgte sie mit Büchern und vor allem DVDs von Spielfilmen mit Sprachauswahl, um ihr das Spanischlernen zu erleichtern.

Allmählich wurden ihre Gespräche länger und vertraulicher. Er gab ihr Halt und Trost. Nach all den bedrückenden Monaten zeichnete sich für Susanne nicht nur ein gesundheitlicher Lichtblick ab. Allerdings kamen sich die beiden menschlich weit näher, als es das Verhältnis Arzt und Patientin erlaubt hätte. Keine sonderlich überraschende Entwicklung: Ein Mädchen, das gerade seine Familie verloren hat, monatelang in der Fremde in einem Krankenhaus liegt, verliebt sich in seinen gut aussehenden Arzt. Die Zuneigung beruhte freilich auf Gegenseitigkeit und schien anfänglich auch unkompliziert zu sein.

Doch dann wurde Susanne schwanger. Miguel, der junge Arzt, war verheiratet, der Klinikvorstand sein Onkel. Nun hätte man das Problem selbst in einer spanischen Privatklinik unauffällig lösen können. Aber Susanne wollte das Kind unter allen Umständen. Sie freute sich darauf, etwas zu haben, das zu ihr gehörte. Es ging ihr nicht darum, den Vater des Kindes mit einzubeziehen, sondern sie wollte es ausschließlich für sich alleine haben.

Es gab lange Diskussionen, in die letztlich auch der Klinikvorstand einbezogen wurde. »Dieser Skandal! In meiner Klinik! Dios! Wie konntest du mir das antun, Miguel?«, regte sich der Onkel maßlos empört auf.

Letztlich einigten sich die Beteiligten. Susanne solle bis nach der Geburt im Sanatorium bleiben. Die notwendige Hüftoperation musste allerdings wegen der Schwangerschaft verschoben werden.

Der junge Arzt war entzückt, Vater zu werden, und kümmerte sich rührend um Susanne. Seine Frau Teresa konnte keine Kinder bekommen, und Miguel Corantez fühlte sich schuldig daran.

21

Spanien, Marbella, zwanzig Jahre zuvor

Sie waren damals beide 15 gewesen und schlenderten Hand in Hand durch das kleine Pinienwäldchen. Als Nachbarskinder praktisch miteinander aufgewachsen hatten sie in all den Jahren oft dort gespielt, doch an diesem Tag hatte sich etwas verändert. Flirrende Lichtstreifen fielen durch die Baumkronen und verzauberten das Wäldchen in einen magisch anmutenden Ort. Der Wind wisperte in den Bäumen, und Teresa summte verträumt vor sich hin. Miguel, mitten in der Pubertät, streifte seine Kindheit ab und ergriff den sich bietenden romantischen Moment im Bewusstsein seiner aufkeimenden Männlichkeit. Er blieb stehen, zog Teresa an sich und drückte seine Lippen sanft auf ihren Mund. Es war für beide der erste Kuss! Teresa reagierte darauf scheu und verwirrt. Röte stieg in ihrem Gesicht hoch, verschämt senkte sie die Augen, löste sich von ihm und huschte verspielt zwischen den Bäumen herum. Doch es war kein ängstliches Davonlaufen, das Lächeln auf ihrem Gesicht sagte ›fang mich doch!‹, und sie blickte sich ständig um, ob er ihr auch wirklich folgte. Sie trug ein weißes mit kleinen blauen Margeriten gemustertes Kleid. Der schwingende Rock verfing sich im Geäst. Teresa zerrte daran, und jedes Mal, bevor Miguel sie einholte, entwischte sie ihm wieder. Verschmitzt lächelnd lief sie rasch weiter. Die Augen auf Miguel gerichtet, mit den Händen den Stoff ihres Kleides schützend, damit sie nicht irgendwo hängen blieb, stolperte sie über eine Wurzel und stürzte auf einen Baumstumpf, aus dem seitlich das Fragment eines spitzen Astes ragte. Das Holz bohrte sich wie eine Pfeilspitze in ihren Bauch. Teresa schrie. Zappelte wie ein aufgespießter Käfer. Miguel rannte zu ihr, wollte sie wegziehen, ihr aufhelfen. Teresa strampelte schreiend mit Armen und Beinen. Der Ast brach. Teresa landete bäuchlings auf dem Erdboden, und Miguel fiel auf sie. Der abgebrochene Ast bohrte sich noch tiefer in ihre Eingeweide.

Miguel drehte Teresa vorsichtig auf den Rücken. Ihr

Gesicht war weiß wie Milch. Ihre mit Tränen gefüllten Augen blickten ihn hilfeheischend an. Er konnte nicht erkennen, wie tief das Holz in ihrem Fleisch steckte, starrte nur entsetzt auf das herausragende Aststück. Sie wimmerte leise.

Miguel strich ihr sanft über die Wangen, streichelte ihr Haar. Er hatte keine Ahnung, was er tun sollte. »Bleib ganz ruhig liegen, ich hole Hilfe«, sagte er schließlich.

»Nein!«, kreischte Teresa, »du darfst mich nicht alleine lassen!« Ihre Finger krallten sich an seinem Hemd fest. »Bitte, bitte, geh nicht weg! Lass mich hier nicht alleine zurück! Du musst bei mir bleiben! Bitte! Versprich mir, nicht wegzugehen!!!«

Er nickte hilflos. Sie waren beide gleich groß, er konnte sie nicht auf den Armen tragen, sie war viel zu schwer für ihn. Und mit dem Aststück in ihrem Bauch würde sie nicht laufen können, selbst wenn sie sich auf ihn stützte. Fieberhaft überlegte er, was er tun könnte. Teresa war mittlerweile ganz ruhig geworden, ihre Augen starrten ihn glasig an, ihre Finger klammerten sich immer noch verkrampft an ihm fest. Er hatte entsetzliche Angst um sie und fühlte sich armselig, weil er nicht wusste, wie er ihr helfen könnte. Aber er musste etwas unternehmen, und zwar rasch.

Vielleicht steckte dieser vermaledeite Ast ja nicht sehr fest in ihr drinnen? Wenn er ihn herauszog, konnte sie mit seiner Hilfe sicherlich aufstehen. Jedenfalls würde sich das Holz dann nicht mehr tiefer ins Fleisch bohren, wenn sie sich bewegte. Ohne herausragendes Aststück gelang es ihm wahrscheinlich sogar, sie zu schleppen. Sie konnte sich dann an seinen Rücken lehnen und an seinen Schultern festhalten.

»Du musst die Zähne zusammenbeißen, ich ziehe den Ast raus. Danach kannst du vielleicht auf meinem Rücken gestützt ganz langsam gehen.«

Sie nickte. Ihre festgekrallten Finger glitten von seinem Hemd. Er drückte ihre Hände, sie waren eiskalt. Sie blickte ihn ängstlich an, die Lippen fest aufeinander gepresst.

Er holte tief Luft und riss kurzentschlossen den Ast mit einem kräftigen Ruck aus ihrem Bauch. Er war bei Weitem länger, als er angenommen hatte. Teresa schrie verzweifelt und versuchte, sich aufzurichten. Es gelang ihr nicht. Stöhnend sank sie zurück auf die Erde, krümmte sich vor Schmerz. Über das weiße Kleid mit den Blümchen breitete sich ein dunkles Rot mit erschreckender Geschwindigkeit aus. Miguel versuchte, den Rock des Kleides über die Wunde zu knüpfen. Sagte ihr, sie solle die Hände fest darauf pressen. Während er ununterbrochen beruhigend auf sie einredete, suchte er nach zwei langen Ästen. Dann zog er seine Hosen und sein Hemd aus, steckte die Äste durch die Hosenbeine und Hemdärmel und bettete Teresa auf die provisorische Tragbahre. Etwas Ähnliches hatte er einmal in einem Film gesehen, als Indianer ihre Verwundeten hinter sich her zogen.

Nur mit Unterhose, Socken und Schuhen bekleidet schleifte er Teresa auf der Trage zum Haus seines Onkels. Der war Arzt, der konnte helfen. Teresa weinte. Vor dem Haus des Onkels brach Miguel erschöpft zusammen.

Zu diesem Zeitpunkt beschloss Miguel, ebenfalls Arzt zu werden. Das alles lag nunmehr fast 20 Jahre zurück. Doch die Schuldgefühle quälten ihn immer noch. Er hätte damals den Ast nicht aus Teresas Bauch ziehen dürfen! Nur dadurch waren ihre Gebärmutter und die Eierstöcke zerstört worden. Teresa träumte bereits als kleines Mädchen von einer eigenen kinderreichen Familie. Es war seine Schuld, dass sich ihr Traum nie erfüllen würde. Und jedes Mal, wenn er die hässliche Narbe auf ihrem Bauch sah, wurde er daran erinnert.

Teresa machte Miguel keine Vorwürfe. »Du hast versucht, mir zu helfen, und geglaubt, das Richtige zu tun. Ich hatte so schreckliche Angst, dass du mich alleine lässt, um Hilfe zu holen! Ich wollte nicht, dass du wegläufst. Du hast doch den Ast nur herausgezogen, weil du geglaubt hast, mich dann tragen zu können.« Wenn ihm die Idee mit der provisorischen Tragbahre auch nur eine Minute früher eingefallen wäre, hätte dies vermutlich die verheerenden Folgen verhindert. Doch Teresa sprach diesen Gedanken niemals laut aus.

In seinen Augen war es der Kuss, der damals alles ausgelöst hatte. Als er Teresa später heiratete, lag der Grund zwar nicht ausschließlich, jedoch hauptsächlich in seinen Schuldgefühlen. Sie waren seit ihrer Kindheit miteinander vertraut und verstanden sich gut; wenn auch auf einer eher freundschaftlichen Ebene. Irgendwann würden sie Kinder adoptieren. Das hatten sie gemeinsam beschlossen. Sie wünschten es sich beide. Ein unbewusstes Zögern ließ sie den Zeitpunkt dafür immer wieder verschieben. Insgeheim hatte auch Teresa davor Angst, dass adoptierte Kinder sie nie vergessen lassen würden, weshalb sie keine eigenen haben konnten.

22

Spanien, Marbella, etwa ein Jahr zuvor

Als Susanne ihre Schwangerschaft feststellte, tobte in Miguel ein Gefühlssturm, den er kaum unterdrücken konnte. Er freute sich auf das Kind und war überglücklich, Vater zu werden. Gleichzeitig war ihm bewusst, wenn er Teresa deshalb verließ, würde er ihr das Herz brechen. Sie in einen gefühlsmäßigen Abgrund stoßen. Auf seine Weise liebte er Teresa. Er konnte ihr das nicht antun.

Miguel sprach mit Susanne ehrlich und ausführlich darüber. Er war froh, dass sie sich nicht für eine Abtreibung entschieden hatte. Gleichzeitig stand er seinen Emotionen völlig hilflos gegenüber. Susanne streichelte seine Wange. »Miguel, ich möchte dieses Kind einfach nur für mich! Du brauchst keine Angst zu haben, ich werde dich nicht als Vater angeben. Aber ich werde versuchen, möglichst viel Zeit in Spanien zu verbringen. Ich verspreche dir, du kannst das Kind sehen, so oft du willst. Du bist einfach Onkel Miguel.«

»Nein, ich bestehe darauf, dass du mich als *Vater* angibst!« Der Ultraschall hatte bereits gezeigt, dass es ein Junge war. »Du darfst mich meinem *hijo*, meinem *Sohn*, nicht verheimlichen! Niemals!«

»Na schön, wenn du das willst«, sagte Susanne, »dann soll unser Sohn wissen, wer sein Vater ist. Alle anderen geht es nichts an.«

Eine Patientin, die sich bereits seit Monaten im Sanatorium befand, nie Besuch erhielt und dennoch plötzlich schwanger war, gab natürlich Anlass zu vielfältigen Gerüchten und Vermutungen. Aber das Personal war verschwiegen, nichts davon würde nach außen dringen. Niemand wollte dem guten Ruf der Privatklinik schaden.

Als Manuel zur Welt kam, schenkte Miguel Susanne ein wunderschönes Armband mit Türkisen. Er war von seinem Sohn völlig hingerissen. Und selbstverständlich auch bei der Geburt dabei.

Susanne beschloss, den Aufenthalt im Sanatorium so lange wie möglich hinauszuzögern. Die fällige Hüftoperation konnte ohnedies nicht durchgeführt werden, solange sie ihr Baby stillte. Und eine bessere Betreuung für sich und das Neugeborene würde sie nirgends finden.

Doch dann tauchte plötzlich Sandra unangemeldet auf. Eine der Krankenschwestern stürzte aufgeregt in Susannes Zimmer, um zu berichten, dass die Stiefmutter sich im Büro des Klinikvorstandes befände. Inzwischen sprach Susanne bereits sehr gut Spanisch. Sie schärfte der Schwester ein, beim Baby zu bleiben und unter keinen Umständen Sandra in ihr Zimmer zu lassen. Danach beeilte sie sich, ihre Stiefmutter abzufangen. Sie dachte daran, Sandra die Sache mit ihrem Sohn schonend beizubringen. Immerhin war Sandra ja jetzt gewissermaßen Großmutter geworden. In ihrem überschwänglichen Mutterglück glaubte Susanne, ihre Stiefmutter würde sich darüber freuen.

Doch es kam völlig anders.

Als Susanne das Büro des Klinikvorstandes betrat, überschüttete Sandra diesen gerade mit Vorwürfen. Susannes Aufenthalt erstreckte sich nun bereits über fast 17 Monate. Sandra erschien dies weit überzogen. Miguels Onkel wand sich verlegen. Er sprach über Diagnosen, Heilprozesse, Physiotherapie, Depressionen und die noch ausstehende Hüftoperation durch einen Spezialisten.

Sandra herrschte ihn unwillig an. »Ich bezahle hier ein Vermögen, aber Sie haben es bisher offensichtlich nicht geschafft, diesen Spezialisten früher beizuziehen. Wie ich sehe, geht es meiner Tochter gesundheitlich immer noch nicht gut.« Sie wies auf Susanne, die, auf eine Krücke gestützt, völlig perplex vor ihr stand. »Ich habe die Absicht, Susanne woanders unterzubringen. In einem Sanatorium, in dem man ihr auch helfen kann!«

»Du wirst das nicht bestimmen, Sandra!«, fauchte Susanne wütend. »Ich fühle mich hier überaus wohl! Und bisher hat man mir hier auch sehr geholfen. Du hast dich bis jetzt nicht um mich gekümmert, was soll also deine plötzliche Fürsorge? Ich kann sehr gut selbst entscheiden, was für mich sinnvoll ist.«

»Da irrst du dich! Solange dein Klinikaufenthalt von der Firma deines Vaters bezahlt wird, wirst du dich nach meinen Entscheidungen richten«, erklärte ihr Sandra ungerührt.

»Lassen Sie Susanne noch etwas Zeit. Ihre inneren Verletzungen und Knochenbrüche sind zwar großteils ausgeheilt, doch der Unfall hat auch noch andere Narben hinterlassen. In der Seele. Ich teile Susannes Befürchtungen, dass sich ihre Depressionen verstärken könnten, sobald sie in der vertrauten häuslichen Umgebung wieder mit all den tragischen Erinnerungen konfrontiert wird. Mein Vorschlag wäre, sie sollte noch zwei bis drei Monate bei uns in der Klinik bleiben. Danach wäre ein ebenso langer Erholungsurlaub angebracht.« Er lächelte Susanne verschwörerisch zu. Diese Aussage war gut gemeint von ihm, um ihr einen gangbaren Weg zu ebnen. Nur leider ein fataler Fehler, wie sich später herausstellte.

»Höchstens einen Monat«, entschied Sandra und rauschte grußlos hinaus.

Susanne folgte ihr entrüstet. »Wir sollten miteinander reden, Sandra! Es steht dir nicht zu, Entscheidungen über meinen Kopf hinweg zu treffen. Ich kann den Aufenthalt hier selber bezahlen.«

»Das wirst du auch müssen«, meinte Sandra anzüglich.

Susanne führte Sandra in einen der Aufenthaltsräume für Besucher. Sie hatte jetzt nicht mehr die Absicht, ihrer Stiefmutter von ihrem Sohn zu erzählen.

Sandra setzte sich, zündete eine Zigarette an und begann völlig übergangslos: »Ich beabsichtige, das Haus in Marbella zu verkaufen!« Sie knallte einige Formulare vor Susanne auf den Tisch und schnaubte: »Unterschreib das hier!«

Susanne lachte und warf die Schriftstücke in den nächsten Abfalleimer. »Schlag dir das lieber gleich aus dem Kopf, Sandra. Das Haus gehört dir nicht. *Du* kannst es nicht verkaufen! Und ich habe nicht die Absicht, mich davon zu trennen.«

»Du verstehst mich anscheinend nicht, Susanne«, Sandra lächelte sarkastisch, »dein Aufenthalt in dieser Klinik hat bereits ein Vermögen verschlungen. Wir können uns das alles nicht mehr leisten!«

»Die Firma wirft genug für dich ab. Du kannst dich nicht beklagen, Sandra. Der Lehmann ist ein äußerst fähiger Geschäftsführer.«

»Ich habe veranlasst, dass Jaromir Käfer Mitglied des Vorstands wird, und man ihm den Vorsitz überträgt.«

»Du musst verrückt sein! Der ist doch eine komplette Niete«, empörte sich Susanne.

»Ich trage mich mit dem Gedanken, ihn zu heiraten«, erklärte Sandra überheblich.

Susanne lachte: »Dann bist du noch verrückter, als ich angenommen habe.«

»Hör mir gut zu, meine Liebe: Ich frage dich nicht nach deiner Meinung. Ich informiere dich lediglich über Tatsachen.« Sandra lehnte sich angriffslustig zurück und lächelte süffisant: »Du hast dich im letzten Jahr herzlich wenig um das Unternehmen deines Vaters gekümmert. Für mich ist die *Shelter Aid* jedoch eine Existenzfrage. Jaromir Käfer ist an meiner Seite gestanden, als ich Hilfe benötigte. Während du vermutlich keinen Gedanken daran verschwendet hast, welche Unsummen dein Aufenthalt hier verschlingt.«

Susanne senkte schuldbewusst den Kopf. Sie war tatsächlich vorwiegend mit ihren eigenen Problemen beschäftigt gewesen. Zwar hatte sie einige Male mit Lehmann, dem Geschäftsführer der *Shelter Aid*, telefoniert, doch das letzte Gespräch lag bereits vor Manuels Geburt.

Sandra verabschiedete sich, ohne sich mit einem einzigen Wort nach Susannes tatsächlichem Gesundheitszustand zu erkundigen. Susanne blickte ihr nachdenklich nach, als sie die Klinik verließ. Sandra hatte sie in der ganzen Zeit nicht besucht und nur anfangs mehrmals angerufen, als es Susanne noch sehr schlecht ging. Andererseits hatte sich auch Susanne nicht bei ihr gemeldet. Vermutlich fühlte sich Sandra mit all den Problemen allein gelassen und überfordert. Aber sich ausgerechnet an Jaromir Käfer zu wenden, war wohl das Dümmste, was sie tun konnte.

23

Spanien, Marbella

Susanne rief Dr. Bertram Jäger an. Seit ihrem 23. Geburtstag konnte sie ohnehin bereits frei über das von ihrer Mutter hinterlassene Vermögen einschließlich des Anteils aus deren beachtlicher Lebensversicherung verfügen. Bisher hatte sie nur einmal kurz mit Dr. Jäger telefoniert, um ihm mitzuteilen, sie wolle die rechtlichen Regelungen erst treffen, nachdem sie aus der spanischen Klinik entlassen und wieder in Wien war. Vorläufig sollte er weiterhin als ihr Treuhänder fungieren.

Nun erzählte sie ihm alles sehr ausführlich und bat, das Honorar für das Sanatorium von dem Treuhandkonto zu begleichen, falls die *Shelter Aid* die Zahlungen tatsächlich einstellen sollte. Immer noch wegen Sandras kühlem Auftritt beunruhigt, wies Susanne Dr. Jäger darauf hin, dass, falls ihr etwas zustoßen sollte und ihr Vermögen an Manuel überginge, es ihr ausdrücklicher Wunsch wäre, dass auch in diesem Fall Dr. Jäger als Kurator fungiere.

Bertram Jäger riet ihr, sich mit einem spanischen Notar in Verbindung zu setzen, testamentarisch die Wünsche festzulegen und ihm danach eine beglaubigte Übersetzung zukommen zu lassen. Gleichzeitig gab er Susanne auch den Ratschlag, teilweise die Klauseln aus den Verfügungen ihrer Eltern zu übernehmen. Obwohl der Sohn automatisch ihr Rechtsnachfolger war, durfte man nicht ausschließen, dass ihre Stiefmutter bezüglich des Nachlasses von Susannes Vater alles anfechten würde. Entsprechende

Schriftstücke, auch bezüglich seiner weiteren Vollmachten, wollte er ihr in die Klinik schicken.

Susanne dachte an ihre Mutter. Gabriella hatte ihre Kinder rechtzeitig abgesichert. Und genau so würde sie es jetzt auch handhaben. Ihr Vater und ihr Bruder waren so plötzlich umgekommen. Derartiges durfte man nicht ausschließen. Und Manuel stünde dann völlig alleine da. Auf Sandra konnte man nicht zählen. Miguel würde sich um Manuel sicher kümmern, aber es war besser, Dr. Jäger die Aufsicht darüber zu übertragen.

Es war nicht so, dass Susanne Miguel misstraute. Er würde seinen Sohn immer lieben. Doch Susanne kannte seine Frau Teresa nicht. Vielleicht hasste sie das Kind?

Aus einem plötzlichen Impuls heraus verfasste Susanne ein Schreiben, in dem sie alle Verfügungen festhielt. Sie versiegelte das Kuvert und beschriftete es mit ›*nur nach meinem Ableben zu öffnen*‹. Danach schickte sie es mit einem Begleitbrief an Dr. Jäger. Ihre Mutter hatte Matthias Jäger vertraut. Ihr Vater hatte ihm vertraut. Obwohl es sich jetzt um Bertram Jäger, den Sohn, handelte, vertraute Susanne ihm ebenfalls. Sein Rat bezüglich des spanischen Notars erschien ihr sinnvoll. Sie beriet sich mit Miguels Onkel, und er empfahl ihr einen Notar, der sie unmittelbar darauf in der Klinik aufsuchte.

24

Spanien, Marbella

Knapp drei Wochen später erhielt Susanne die Nachricht, Sandra habe veranlasst, sie in der nächsten Woche in eine Spezialklinik in die Schweiz zu verlegen. Der Klinikvorstand raufte sich die Haare: »Sobald Susanne mit dem Baby in ein anderes Sanatorium überstellt wird, ist der Skandal nicht mehr zu verhindern!«

»Ich weigere mich einfach, Sandras Wünschen zu entsprechen. Von meiner Stiefmutter lasse ich mich doch nicht dazu zwingen, in eine andere Klinik zu gehen.«

»Man wird uns vorwerfen, die Angelegenheit vertuscht und Ihren Aufenthalt bei uns aus reiner Profitgier verzögert zu haben. Tatsächlich bestand in den letzten Monaten keine medizinische Notwendigkeit dafür.« Aufgeregt rannte er in seinem Büro auf und ab, blieb vor Susanne stehen und flehte sie an: »Ich bitte Sie, finden Sie eine Lösung, die dem Renommee meiner Klinik nicht schadet.«

Miguel beruhigte seinen Onkel und schlug Susanne vor, den kleinen Manuel vorübergehend in Spanien zu lassen und sich nicht dagegen zu wehren, in die Schweizer Spezialklinik überstellt zu werden. Schließlich konnte sie sich während der Vorbereitungen und kurz nach der Operation ohnehin nicht selbst um das Kind kümmern. Nach zwei, höchstens drei Wochen wäre die Sache erledigt. Susanne könnte zu einem längeren Erholungsurlaub nach Marbella zurückkommen, ihren Manuel in die Arme nehmen, um unbeschwert mit ihm herumzutollen. Und der hilfsbereite Klinikvorstand brauchte keine wie immer gearteten Repressalien zu befürchten.

Bedrückt stimmte Susanne dem Vorschlag zu.

Miguel fand eine reizende Pflegefamilie. »Sie haben zwei entzückende Kinder. Ein Mädchen mit acht Jahren und einen Jungen mit zehn! Sie werden Manuel lieben, ihm vorsingen und mit ihm spielen! Es wird ihm gut gehen. Ich verspreche es. Glaubst du, ich würde zulassen, dass mein Sohn in schlechte Hände kommt? Ich werde ihn, so oft es geht, besuchen. Yo soy padrino! Ich bin sein Patenonkel! – Offiziell!«, tröstete er Susanne.

Susanne rief wieder Dr. Jäger an. Sie bat ihn, ein eigenes großzügiges Konto für Manuel einzurichten. Davon sollte er die Zahlungen an die Pflegefamilie überweisen. Und was immer Manuel brauche, vom Spielzeug über mögliche Arztkosten bis hin zu Flügen einer Begleitperson mit dem Baby nach Wien, falls dies nötig sein sollte. Die entsprechenden schriftlichen Anweisungen faxte sie ihm. Eindringlich bat sie ihn nochmals, dies ihrer Stiefmutter gegenüber keinesfalls zu erwähnen.

Miguel schüttelte nur lachend den Kopf. »Du bist doch in spätestens drei Wochen wieder hier, Suzana! Und wenn Manuel etwas braucht, wird er es von mir bekommen!«

»Es ist nur so ein dummes Gefühl. Als ob ich Angst hätte«, meinte Susanne zerknirscht.

»Die Hüftoperation ist wirklich nicht sehr kompliziert. Du brauchst keine Angst davor zu haben. Du weißt doch, weshalb wir sie bisher nicht durchführen konnten, und jetzt ist es leider zu spät, sie nachzuholen, ohne Aufsehen zu erregen und Erklärungen abzugeben. Es ist einfach unproblematischer, wenn die Operation in einer anderen Klinik durchgeführt wird. Danach kannst du wieder laufen, Suzana! Und Manuel braucht eine Mutter, die mit ihm herumtollen kann.« Er legte ihr sämtliche Befunde und Röntgenbilder vor.

Wie sehr sie sich alle täuschten, stellte sich knapp eine Woche später heraus. Susanne wurde mit der Ärzteflugambulanz nach Genf gebracht, am Flughafen von Sanitätern abgeholt, die sie auftragsgemäß im Rettungswagen in das Schweizer Sanatorium führten, das Sandra Käfer für Susanne ausgesucht hatte. Doch es handelte sich nicht um eine orthopädische Spezialklinik, wie sie angenommen hatte. Die Sanitäter brachten sie in eine psychiatrische Anstalt.

Susanne war entsetzt. Man ließ sie weder telefonieren noch sonst Kontakt zur Außenwelt aufnehmen. Ihre *Eltern* hatten das so verfügt. Susanne regte sich schrecklich darüber auf. Sie randalierte. Man spritzte ihr Beruhigungsmittel.

Dr. Blümli, ihr Therapeut, war nett, verständnisvoll, doch sie konnte ihm unmöglich den wahren Grund ihrer Verzweiflung nennen. Er stellte massive Depressionen fest. Und die hatte sie ja auch.

Erst als sie sich wieder halbwegs beruhigte, gelang es ihr, das Vertrauen einer der Pflegerinnen zu gewinnen. Die steckte ihr dann heimlich ein Mobiltelefon zu. Susanne wandte sich wieder an Dr. Jäger. »Holen Sie mich um Gottes willen hier raus!«, stöhnte sie verzweifelt.

Bertram Jäger setzte sich mit Dr. Blümli in Verbindung. Der Therapeut meinte, dass er zwar bereits Susannes Depressionen lindern konnte, doch sie würde zeitweise immer noch in ein seelisches Tief verfallen, für das er keine Erklärung fand. Den Unfall an sich hätte sie gut verarbeitet. Auch der Verlust ihres Vaters und des Bruders schien seiner Meinung nach in eine völlig natürliche Trauer übergegangen zu sein. Was ihm Sorgen bereitete, war, dass die Patientin oft unmotiviert in Tränen ausbrach. Seiner Ansicht nach sprach zwar nichts dagegen, Susanne aus der Klinik zu entlassen, doch ihre Eltern bestünden darauf, ihr Zustand müsse zuvor uneingeschränkt stabil sein. Sie befürchteten, durch einen vorzeitigen Abbruch der Therapie könnten Komplikationen entstehen. Außerdem bestanden sie auch darauf, dass man Susanne von der Außenwelt abschirmte, damit sie keinesfalls mit belastenden Erinnerungen konfrontiert werden könnte. Er wolle sich dem nicht widersetzen. »Aber Ihre Bedenken in Ihrer Funktion als Vermögensverwalter sind natürlich berechtigt. Wenn die Kosten für den Aufenthalt in unserer Klinik das vorgesehene Budget überschreiten sollten, bestehen von meiner Seite aus keinerlei Einwände, weshalb Fräulein Susanne nicht in ihrer Heimatstadt die Therapie fortsetzen könnte. Ich denke, zweimal wöchentlich einen Therapeuten aufzusuchen, wäre völlig ausreichend. Es gibt keinen Grund, sie stationär zu behandeln. – Außer den Bedenken ihrer Eltern«, meinte Dr. Blümli. Damit umschrieb er vorsichtig, der Aufenthalt in der teuren Privatklinik wäre ungerechtfertigt, aber solange das Honorar dafür ohne Rückfragen bezahlt wurde, würde man sich seitens der Klinik nicht dagegen sträuben.

Dr. Jäger nahm Kontakt mit Sandra auf. Sie hatte inzwischen Jaromir Käfer geheiratet und verwies ihn an ihren Mann.

Jaromir Käfer behauptete, von den Ärzten erfahren zu haben, Susannes psychischer Zustand wäre als äußerst labil zu betrachten. Er wollte dem Mädchen die Chance geben, sich in der Klinik in Ruhe von den Depressionen zu lösen. Susanne erst dann nach Hause holen, wenn gewährleistet wäre, dass die von Erinnerungen angereicherte Umgebung sie nicht mehr belasten und einen Rückfall verursachen könnte.

»Susanne ist großjährig. Sie sind weder ihr Vater noch ihr Vormund, Herr Käfer«, belehrte ihn Bertram Jäger. »Sie müssen der jungen Dame die Entscheidung selbst überlassen.«

»Nun, Susanne wird bald 25. Wie Ihnen bekannt sein dürfte, wird sie danach Hauptaktionärin der *Shelter Aid* AG sein. Meine Befürchtungen, dass sich Susanne – obwohl sie derzeit psychisch dazu nicht in der Lage ist –, trotzdem in die Geschäftsführung einzumischen gedenkt, sind nicht unbegründet. Sie glaubt, es ihrem Vater schuldig zu sein. Ich möchte einfach sicherstellen, dass sie als vollständig geheilt entlassen wird.«

»Sie wissen, Herr Käfer, dass ich zwischenzeitlich als Kurator fungiere, und sollte Susanne Sebenstein nach ihrem 25. Geburtstag, aus welchen Gründen auch immer, nicht in der Lage sein, den Bestimmungen nachzukommen, das auch weiterhin bleiben werde?«, entgegnete Dr. Jäger.

»Meine Frau hat mir etwas in der Art angedeutet. Ich verstehe nicht, weshalb Sandra nicht berechtigt ist, dieses Amt zu übernehmen.«

»Weil Herr Sebenstein die entsprechenden Verfügungen getroffen hat! Ich gehe davon aus, er hatte seine Gründe dafür«, sagte Dr. Jäger. »In meiner Eigenschaft als Vermögensverwalter sowohl von Susanne Sebensteins Privatvermögen als auch dem Erbe ihres Vaters erscheint mir der stationäre Aufenthalt in dieser Schweizer Privatklinik ungerechtfertigt. Ich würde vorschlagen, dass Sie die Entscheidung, ob die junge Dame es nicht vorziehen würde, einen Therapeuten in Wien zu besuchen, ihr überlassen.«

Danach setzte sich Susanne mit Dr. Jäger nur noch einmal schriftlich in Verbindung. In dem Kuvert, das sie Claudia auf Santorin mitgegeben hatte, befanden sich alle Unterlagen und Dokumente, die Manuel betrafen, sowie sämtliche Fotos, die in Spanien während ihres Aufenthalts im Sanatorium aufgenommen wurden. In dem beigefügten Brief schrieb sie, sie befürchte, die Käfers könnten ihre persönlichen Sachen durchsuchen und wolle vermeiden, dass diese etwas über ihren Sohn erfuhren. Sie bat Dr. Jäger, die Unterlagen vorübergehend für sie aufzubewahren und außerdem Erkundigungen über Manuels Wohlergehen einzuziehen. Möglichst an Ort und Stelle mit Fotos.

Ohne die Hintergründe zu nennen, beauftragte Bertram Jäger Achie, nach Marbella zu fliegen. Achie stellte fest, dass sich der kleine Manuel prächtig entwickelte, und dokumentierte das mit entsprechenden Aufnahmen, die nun in Dr. Jägers Schreibtisch lagen. Susanne hatte sich bei ihrem Besuch in der Kanzlei mit keinem Wort danach erkundigt. Was vermutlich daran lag, dass sie von Sandra, Jaromir Käfer und deren Anwälten begleitet wurde.

Susanne wirkte weder depressiv noch labil. Nach Erledigung der Formalitäten war sie wahrscheinlich sofort nach Spanien gereist, um ihren Sohn endlich wieder in die Arme zu nehmen. Jedenfalls vermutete das Dr. Jäger, nachdem sie sich nicht wieder mit ihm in Verbindung gesetzt hatte.

Nach der ausführlichen Berichterstattung seines Sohnes stopfte sich Matthias Jäger nachdenklich eine Pfeife. Wortlos blickte er in die über das Gehörte betroffen schweigende Runde. Plötzlich erhob er sich ruckartig, stapfte zum Schreibtisch, knurrte: »Wo sind die Unterlagen?«, und wühlte verbissen in den Schriftstücken, die ihm Bertram Jäger überreichte, bis er fand, wonach er suchte.

Ohne weiteren Kommentar rief er in dem spanischen Sanatorium an und verlangte Dr. Miguel Corantez.

25

Wien, Döbling

Achie beobachtete vom Auto aus die Villa in der Kaasgrabengasse, in der die Käfers wohnten. Jaromir Käfer hatte um 8:35 Uhr das Haus verlassen, vermutlich, um in die Firma zu fahren. Um 9:00 Uhr tauchte eine korpulente Frau Mitte 40 auf, die mit einem eigenen Hausschlüssel aufsperrte und danach im Hausinneren verschwand. Kurz nach 10:00 Uhr verließ Sandra Käfer – auffallend schick gekleidet und offensichtlich in Eile – das Haus. In der Garage standen zwei Autos. Mit dem Mercedes war Jaromir, mit dem Porsche Sandra weggefahren. Von

Susanne keinerlei Anzeichen. Die Frau mit dem Hausschlüssel putzte eines der Fenster im oberen Stockwerk.

Achie beschloss, zu Plan ›B‹ überzugehen. ›B‹ wie besuchen, belügen, befragen. Er holte einen großen Blumenstrauß aus dem Kofferraum, setzte eine Baseballmütze auf, zwängte ein Klemmbrett mit darauf befestigten Formularen unter den Arm und ging zur Haustür, die sich, durch zwei Stufen erhöht, am Ende des Zugangswegs befand. Achie fischte eine Tube aus der Jackentasche, bückte sich unauffällig und verschmierte etwas vom Inhalt auf die oberste Marmorstufe, direkt vor die Tür. Dann läutete er. Die Putzfrau öffnete.

»Ich soll die Blumen hier abgeben!«, sagte Achie und streckte ihr den Strauß entgegen. Die Frau trat einen Schritt nach vor auf die oberste Stufe, rutschte aus und ruderte hilflos mit den Armen durch die Luft, ohne Halt zu finden. Achie ließ den Blumenstrauß fallen und versuchte hilfsbereit, die Frau abzufangen. Ihr gut gepolsterter Hintern landete genau auf den Blumen. Verdutzt blickte sie Achie vom Boden her an. Er half ihr auf. Bestürzt betrachteten beide den zerquetschten Blumenstrauß.

»Vielleicht kann ich das ja noch halbwegs in Ordnung bringen«, überlegte Achie. Die Frau sagte nichts, starrte nur auf die zerdrückten Blumen. Achie wischte mit einem Papiertaschentuch über die Stufe. »Ist nicht nass! Haben Sie etwas an den Schuhen?«

Die Putzfrau beäugte die Sohlen ihrer Gesundheitspantoffeln und schüttelte den Kopf. Achie streckte ihr das Klemmbrett mit den Lieferscheinen und einen Kugelschreiber entgegen. »Sie müssen die Übernahme bitte hier bestätigen.« Die Frau begutachtete stirnrunzelnd die flachgedrückten Blumen.

»Ich könnte alles neu arrangieren und die Pflanzen mit den geknickten Stielen ein wenig kürzen. Eventuell hilft das sogar, den Schaden gänzlich zu vertuschen.«

Sie nickte wortlos und ließ ihn ins Haus. Er folgte ihr in die Küche. Als er die Blumen neu anzuordnen begann, sagte sie verlegen: »Ich habe gerade Kaffee aufgesetzt. Trinken Sie eine Tasse mit?«

»Aber gern«, er schenkte ihr ein strahlendes Lächeln. »Die Blumen sind für eine Susanne Sebenstein. Vielleicht können wir ihr ja erklären, was passiert ist. Wahrscheinlich lacht sie darüber.«

»Susanne? Aber die Susi ist ja gar nicht hier. Die hab ich schon lang nicht mehr gesehen«, meinte sie verwundert.

Achie zog eine weiße Karte aus dem Strauß und studierte die handgeschriebenen Zeilen. »Von einer Marlies. Anscheinend eine Freundin. Sie entschuldigt sich, weil sie am Telefon so ungeduldig und ungehalten war. Und wünscht Susanne baldige Besserung.«

Die Putzfrau stellte zwei Tassen Kaffee auf den Küchentisch. Sie hieß Klara. Nach drei Minuten hatte Achie sie in ein angeregtes Gespräch verwickelt.

Klara putzte bereits seit 27 Jahren in dem Haus. Täglich vier Stunden am Vormittag. Aber jetzt hatten sie die Käfers mit Monatsende gekündigt. Sie machte keinen Hehl aus ihrer Verärgerung. »Ja die Frau Gabriella Sebenstein, die war halt eine richtige Dame. Aber sie ist leider an Leukämie gestorben. Damals war die Susi erst 15. Das arme Mädel!

Schrecklich, was mit ihrem Vater und dem Karli passiert ist. Der Karli war ja so ein lieber Bub. Und so tüchtig. Der konnte alles reparieren. Und dann hat er auch noch so lustige Dinge erfunden. Einmal, da hat er aus einer Coladose für mich ein Geburtstagsgeschenk gebastelt!« Sie lachte.

»Also das war vielleicht ein Ding. Die Dose ist am Tisch herumgehopst und hat ein Lied gesungen. Und wenn man sie angegriffen hat, dann sind buntleuchtende Röhrchen rausgekommen, – Glasfaser, hat der Karli gesagt, – wie ein Blumenstrauß. Nur durchs Angreifen. Man musste auf keinen Knopf drücken oder so. Ich hab das Ding noch. ›*Klaras Geheimnis*‹ hat er drauf gemalt. Man müsste nur neue Batterien reingeben, dann funktioniert es immer noch. Dabei war der Karli damals erst zwölf … Ist auch schon wieder eine Ewigkeit her.«

»Und was ist mit dieser Susanne, für die diese Blumen sind?«, fragte Achie und deutete auf den Strauß.

»Ich weiß nicht.« Klara zuckte die Schultern. »Sie war sehr lange im Krankenhaus nach diesem Unfall in Spanien. Bevor die Käfers mit ihr dann auf Urlaub gefahren sind, haben wir noch ein bisschen miteinander geplaudert. Es ging ihr ganz gut. Seitdem hab ich sie nur einmal kurz gesehen, da hat sie mir aber nur zugenickt und nichts mit mir geredet. Ich hab gar keine Gelegenheit gehabt, sie zu fragen, wie der Urlaub war. Jetzt wohnt sie ja nicht mehr hier.«

»Sind Sie sicher?«, erkundigte sich Achie überrascht. »Ich meine, diese Freundin hat die Blumen hierher geschickt, um sich zu entschuldigen. Wenn die beiden miteinander telefoniert haben – wie es auf der Karte steht –, dann müsste es diese Marlies doch eigentlich wissen, wenn das die falsche Adresse ist.«

»Ich *putze* hier!«, sagte Klara leicht empört. »Glauben Sie, ich merk nicht, ob ein Zimmer benutzt wird oder nicht?! … Die Frau Sandra hat nur gesagt, die Susanne wäre jetzt wieder in Behandlung. Ich hätte sie ja besucht, wenn sie in einem Krankenhaus in Wien liegt. Aber die

Frau Sandra hat behauptet, die Susanne braucht Ruhe und darf nicht gestört werden! Dabei hätt sich die Susi sicher über meinen Besuch gefreut. Ich kenn das Mädel doch schon, seit es auf die Welt gekommen ist.

Dass der Sebenstein diese Sandra geheiratet hat, hat er sicher bereut. Aber das geht mich ja nix an. Die Frau Gabriella, die Mutter von der Susi, die war ganz anders. Die hatte Klasse. Wie sie mich eingestellt hat, war ich noch ganz jung. Ich bin mit meinen zwei kleinen Kindern alleine dagestanden. Mein Alter war angeblich selber schuld, dass ihm auf der Baustelle ein Pfosten auf die Birne geknallt ist und ihn erschlagen hat. Zu viel Bier, haben sie gesagt. Aber die Frau Gabriella war ja eine super Anwältin und hat für mich von der Versicherung doch noch was rausgeholt.« Sie zwinkerte Achie verschmitzt zu. »Jetzt bin ich wieder verheiratet, und die Kinder sind auch schon erwachsen. Ich brauch das Geld nicht mehr so dringend wie damals. Aber dass mir die Käfers nach so langer Zeit einfach grundlos kündigen, finde ich schon ziemlich mies.«

Achie verlängerte sein Gespräch mit ihr noch um eine zweite Tasse Kaffee. Sie einigten sich, die beschädigten Blumen samt der Karte einfach verschwinden zu lassen. Wenn Susanne ohnehin nicht im Haus wohnte, würde sie von dem Missgeschick nichts erfahren. Und die Käfers brauchten es nicht zu wissen. Achie nahm die Blumen einfach wieder mit, um sie anderswo zu entsorgen. Die Bestätigung für den Botendienst, dass er sie abgeliefert hätte, hatte er ja.

26

Wien

Einige Zeit später saß Achie mit Iris Wallner in einer kleinen rustikal eingerichteten Pizzeria. Iris war etwa 35, mollig, ihr kurz geschnittenes Haar umrahmte in einem Schwall aschblonder Löckchen ihr rundes Gesicht. Achie hatte seine sportliche Freizeitjacke gegen ein Sakko getauscht. Vor beiden standen Teller mit Pizza-Resten und ein Glas Rotwein. Iris hatte Mittagspause.

»... also ehrlich gestanden kannte ich seine Harley Davidson wahrscheinlich weit besser als ihn selbst. Ein unglaublich heißes Eisen! Iris, glauben Sie, die Schwester vom Karl hat das Motorrad bereits verkauft?«

»Glaube ich eigentlich nicht.« Iris schüttelte nachdenklich ihre aschblonden Löckchen. »Ein paar Monate nach dem Unfall hat sie mit meinem Chef telefoniert. Damals hat sie behauptet, sie wolle Karls Harley behalten, um später selber damit zu fahren. Ich habe Zulassung und Versicherung auf sie ändern lassen. Aber ich glaube nicht, dass sie jetzt noch Ambitionen zum Motorradfahren hat. Ihre Knochenbrüche scheinen nämlich nicht so gut verheilt zu sein, wie sie es sich gewünscht hat. Wahrscheinlich befindet sich das Motorrad noch in Spanien, und sie hat darauf längst vergessen. Wir übrigens auch.«

»Dann besteht vielleicht die Möglichkeit, dass sie mir die Harley verkauft? Ich hätte diese Maschine wahnsinnig gerne. Was meinen Sie, Iris, lässt sich das arrangieren?«

»Ich weiß nicht, … irgendwie sieht es so aus, als ob Herr Käfer jetzt alle Entscheidungen trifft«, meinte Iris verlegen.

»Aber doch nicht über ihr *persönliches* Eigentum? Die Schwester hat Karls Harley Davidson doch geerbt!«

Iris seufzte: »Wissen Sie, Achie, eigentlich habe ich den Eindruck, sie scheint jetzt generell keine eigenen Entscheidungen mehr zu treffen. Anfangs hat sie ja noch öfters mit Herrn Lehmann, meinem Chef, telefoniert. Er ist immer noch Geschäftsführer, … allerdings hat er jetzt nicht mehr sehr viel im Unternehmen zu sagen. Wahrscheinlich redet die Susanne Sebenstein deshalb nicht mehr mit ihm. Im letzten dreiviertel Jahr hat sie ihn jedenfalls nicht mehr angerufen. Irgendwie scheint sie jegliches Interesse an der Firma verloren zu haben. Der Unfall hat ihr halt schwer zu schaffen gemacht.« Sie säbelte verbissen ein Stück ihrer Pizza ab. »Vor Kurzem war sie einmal in der Firma. Wir haben uns alle sehr gefreut. Wissen Sie, Susanne und Karl waren früher recht beliebt. Karl hat ja im Unternehmen als Konstrukteur gearbeitet. Mit seinen umwerfenden Einfällen hat er uns immer zum Lachen gebracht! Und Susanne hat neben ihrem Studium auch in der Firma mitgearbeitet. Technisch hatte sie ordentlich was drauf. Die kannte sich gleich mit allem aus.« Verlegen schob sie das Pizzastück auf ihrem Teller herum. »Aber als uns Susanne letztens besucht hat, ist sie nur desinteressiert auf ihren Krücken herumgehumpelt. Sie hat sich allen gegenüber reserviert verhalten. Sogar jenen, mit denen sie früher auch privaten Kontakt gehabt hat, ist sie distanziert begegnet.« Iris stopfte das aufgespießte Stück ihrer Pizza in sich hinein, spülte es mit einem Schluck Rotwein hinunter und sah Achie grübelnd an. »Im Grunde genommen hat sie mit niemandem ein persönliches Wort gewechselt. Eigentlich demonstrierte sie nur, dass sie Herrn Käfer in allen Belangen völlig vertraut.

Den Lehmann hat das natürlich maßlos geärgert. Der war ganz schön sauer. Irgendwie verständlich, der hat sich ja schmählich hintergangen gefühlt. Mir passt das auch nicht. Wenn der Chef abgesägt wird, schrumpft gleichzeitig der Status seiner Sekretärin. Ich hab echt befürchtet, der Lehmann könnte alles hinhauen. Aber er arbeitet bereits seit 20 Jahren in der *Shelter Aid*, da wäre es ziemlich bescheuert, selber zu kündigen.«

Sie plauderten noch ein wenig über das Unternehmen an sich. Iris meinte, seit Karl Sebenstein nicht mehr da war, würde der Bereich ›Forschung und Entwicklung‹ auffällig vernachlässigt. Lehmann hätte zwar versucht, ein paar fähige Konstrukteure anzuwerben, aber Jaromir Käfers neue Firmenstrategie schmälerte das Budget für diesen Bereich gewaltig. Einige der besten Konstrukteure hatten das Unternehmen bereits verlassen. »Wir haben zwar weltweit auf unserem Spezialgebiet eher wenig Konkurrenz, aber eine ausgereifte Technologie auf dem neuesten Stand der Technik bildet einfach die Basis für die Zukunft! Behauptet jedenfalls Herr Lehmann. Und das war auch die Ansicht von den Sebensteins! Aber der Herr Direktor Käfer sieht das halt völlig anders«, seufzte Iris. Sie blickte auf die Uhr. »Huch, ich hab meine Mittagspause schon überzogen!«

»Gehen Sie nur, Iris. Und betrachten Sie das hier als Einladung.« Achie wies auf ihren leeren Pizzateller. »Die Sache mit der Harley Davidson können wir, glaube ich, vergessen. Wenn sich die Maschine noch in Spanien befindet, übersteigt das kostenmäßig ein bisschen meine Vorstellungen. Ich müsste sie mir ja erst ansehen, ob sie noch im selben Zustand ist wie das letzte Mal, als ich Karl getroffen habe.

Dieser Käfer wird wahrscheinlich den Preis in die Höhe treiben, wenn er merkt, wie gerne ich das Motorrad kaufen möchte. Und dann kommen noch die Überstellungskosten dazu. Ich fürchte, das wird mir etwas zu teuer.«

27

Wien

Nach dem Telefongespräch mit Dr. Jäger sen. hatte Miguel Corantez beschlossen, umgehend mit einer Linienmaschine nach Wien zu fliegen und den Jungen mitzubringen. Als Claudia die beiden in der Ankunftshalle am Flughafen Wien erwartete, gelang es ihr mühelos, sie unter den anderen eintreffenden Passagieren zu erkennen. Dazu brauchte sie kein Namens-Täfelchen hochzuhalten.

Der gut aussehende schwarzhaarige Mann im hellen Anzug mit dem etwa einjährigen Kind auf dem Arm stach ihr sofort ins Auge. Vor allem Manuel war ja nicht zu übersehen. Mit seinen großen dunklen Augen musterte er neugierig die Umgebung. Er steckte in einer dunkelblauen Latzhose mit einem hellblau aufgesticktem ›M‹, trug ein blau-weiß gestreiftes Hemd und schwarze Schuhe. Ein süßer Junge. Dichtes schwarzes Haar, sonnengebräunt.

»Dr. Corantez? Miguel Corantez?«, fragte Claudia.

»Si«, er nickte bestätigend.

»Ich bin Claudia. Dr. Jäger hat mich gebeten, Sie abzuholen und zu ihm zu bringen.« Er nickte wieder, diesmal wortlos. Auf einem Arm trug er Manuel, in der anderen Hand hielt er den Griff eines kleinen Koffers und einen dunklen Rucksack aus dem der Kopf eines Teddybären lugte. Claudia beschloss, ihm etwas abnehmen. Nachdem er den Jungen fest an sich gepresst hielt, ergriff sie den Rucksack mit dem Teddy und führte die beiden zu ihrem Wagen.

»Ich verstehe das alles nicht! Abogado Jäger sagte, Suzana wäre in Schwierigkeiten. Manuel könnte sein in Gefahr. Was ist passiert mit Suzana?«

»Wir wissen es nicht. Sie hat sich verändert. – In ihrer Persönlichkeit. Wir vermuten, sie wird gewaltsam unter Druck gesetzt. Mit Drogen … Medikamenten, … oder psychisch … auf welche Weise auch immer.« Claudia verstaute sein Gepäck im Auto. Er schob sich und Manuel auf die hinteren Sitze des dunkelblauen Mazda und nahm den Kleinen auf den Schoß.

»Susannes Stiefmutter hat wieder geheiratet, und ihr Mann, Jaromir Käfer, leitet jetzt die Firma von Susannes Vater. Dass Susanne dem freiwillig zugestimmt hat, ist unwahrscheinlich«, setzte Claudia mit den Erklärungen fort. »Dr. Jäger meint, ein naheliegendes Druckmittel, um Susanne zu erpressen und sie zu etwas zu zwingen, könnte Manuel sein. Sie hätten nicht extra nach Wien kommen müssen, Dr. Corantez. Es hätte vollauf genügt, gut auf ihn aufzupassen und den Pflegeeltern einzuschärfen, den Jungen niemand anderem auszuhändigen außer Susanne persönlich. Selbst wenn jemand Vollmachten oder was auch immer vorweisen sollte!«

Im Rückspiegel sah sie, wie Corantez sein Gesicht im dichten Haar seines Sprösslings vergrub. »Si! Ich weiß«, sagte er leise, »aber ich habe meine Gründe! Und bitte sagen Sie Miguel! Dr. Corantez ist … reserviert … für Patienten!«

Claudia war erleichtert, dass er so gut Deutsch sprach. Das vereinfachte es, ihm die Fakten darzulegen. Allerdings stellte sie später fest, wie rasch sich sein deutscher Wortschatz verflüchtigte, sobald er aufgeregt war.

Bei der ersten Kreuzung, an der sie anhalten musste, fischte sie aus einer Papiertüte den Ball, den sie Manuel mitgebracht hatte. Die Plastikkugel war durchsichtig; im Inneren purzelten drei blaue Fische und gelbe Kugeln bei jeder Bewegung herum. Der Kleine griff sofort entzückt danach. Sogar Miguel Corantez entlockte es ein Lächeln. Im Allgemeinen wirkte er bisher sehr ernst und verschlossen.

Als sie in der Kanzlei von Dr. Jäger ankamen, führte sie Helga, die Sekretärin, sofort ins Büro des Seniors. Sein Arbeitszimmer war ähnlich eingerichtet wie das seines Sohnes, nur herrschte darin keine so pedantische Ordnung. Auch erweckte der Raum nicht den Anschein, als ob er sich tatsächlich von seiner Tätigkeit gänzlich zurückgezogen hätte, um seinen Ruhestand zu genießen. Er schien hier immer noch sehr viel Zeit zu verbringen.

Achie und Jäger senior erwarteten Corantez bereits offensichtlich voller Ungeduld. Nachdem Miguel Corantez darauf bestanden hatte, mit dem kleinen Manuel nach Wien zu kommen, schmiedeten die beiden sofort einen äußerst durchtriebenen Plan. Jetzt mussten sie Corantez nur noch einweihen und hoffen, dass er sich bereit erklärte, mitzuspielen.

Miguel Corantez hörte sich das Anliegen von Matthias Jäger mit ernster Miene an.

»Vielleicht ist es ja unnötig, Dr. Corantez, aber wir wollen nicht das geringste Risiko eingehen. Die Geschichte muss fundiert sein und glaubwürdig klingen«, sagte Achie abschließend. »Sie müssen sich nicht darauf einlassen. Aber wir glauben, dass man dadurch Susanne zu einer Reaktion zwingen könnte. In unserer Gegenwart wird sie sich sicher fühlen.«

»Si, si, claro! ... Ich werde schreiben diesen Brief. Eso no me gusta ... mir gefällt das nicht! ... normalmente Suzana hat nicht Angst!«

»Genau das ist der Grund, weshalb wir herausfinden müssen, was mit ihr passiert ist. Sobald sie feststellt, dass man sie nicht mehr mit ihrem Sohn erpressen kann, wird sie sich aller Voraussicht nach klar deklarieren. Doch sollte dies nicht der Fall sein, müssen wir uns absichern«, erklärte der Senior.

»Ich verstehe! Sie sind abogado, Señor Jäger, Sie wollen haben ... Sicherheit. Aber Sie müssen auch verstehen mich ... soy español ... ich bin Spanier! Ich bin der Papa von Manuel. Ich kann nicht begreifen Suzanas Verhalten. Sie hat Manuel bei fremden Menschen gelassen zurück und nur zweimal telefoniert, um zu fragen wie geht es ihm?! In acht Monaten! Ella es ... sie ist ... die Mutter. Yo soy ... der Vater. Wenn Suzana ihren niño nicht mehr will haben, dann *ich* nehme Manuel sofort zu mir. Warum sie sagt nicht ein Wort zu *mir*?«

Er hob den auf seinem Schoß sitzenden Jungen plötzlich hoch. »Du stinkst«, sagte er verwundert, aber liebevoll. Dabei streckte er Manuel mit beiden Armen von sich. Der Kleine sah sich ungewohnt hoch über den Boden schwebend und strampelte und jauchzte vergnügt. Gleichzeitig schwenkte er Claudias Plastikball mit den blauen Fischen zwischen seinen kleinen Händen.

Corantez befürchtete offensichtlich ein drohendes Missgeschick durch den Ball, senkte Manuel vorsichtig Richtung Boden und wies mit dem Kinn auf seinen neben Achie stehenden Rucksack. »Darin befindet sich eine Tasche. Könnten Sie mir bitte herausnehmen die Windeln?«

Achie holte die mit Pampers, Reinigungstüchern und Cremen angefüllte durchsichtige Plastiktasche aus dem Rucksack. Interessiert beäugte er den Inhalt. »Können Sie denn damit umgehen, Corantez?«, erkundigte er sich grinsend.

»No!« Corantez zuckte mit verlegenem Lächeln die Schultern. »Im Flugzeug, als Manuel war nass, hat mir geholfen eine Stewardess. Als Manuel noch war kleines Baby, er ist geblieben ruhig liegen. No problem! Wechseln von Windeln. – Jetzt er will nicht halten still.«

»Wie steht es mit Ihnen, Claudia? Haben Sie Erfahrung damit?«, fragte Dr. Jäger.

»Na ja, ich hab schon zugeschaut. Kann ja nicht so schwierig sein«, vermutete sie.

In diesem Augenblick kam Jägers Sekretärin mit einer Packung Kekse in den Raum. Sie roch das Problem: »Vielleicht sollten Sie das mir überlassen?«

Achie schmunzelte. »Sie können das? Helga, Sie entpuppen sich als Allroundgenie.«

»Ich bin Großmutter. Das jüngste meiner drei Enkelkinder ist ungefähr so alt wie Manuel.« Sie nahm Corantez den Jungen ab und streichelte über seine Wangen. Der Kleine lachte sie sofort an. Er schien überhaupt ein sehr fröhliches Kind zu sein. Bisher hatte er noch kein einziges

Mal das Gesicht zu einem Weinen verzogen. »Na du?«, Helga lächelte und stupste ihn an der Nase. Seine kleinen Händchen griffen ihr ebenfalls an die Nase. Er kicherte dabei quietschvergnügt. Sie trug ihn hinaus.

Corantez folgte. »Ich muss lernen«, erklärte er verlegen.

Als die drei wieder zufrieden zurückkamen, setzte Helga den Kleinen auf den Boden und bot ihm einen Keks an. Er griff sofort zu. »Magst du Kakao?«, fragte ihn Helga und wandte sich an Corantez: »Haben Sie ein Fläschchen mit? Oder trinkt er schon aus einem Becher?«

»Ich habe mit Trinkflasche«, meinte Corantez, »aber Kakao? Ich weiß nicht. Ich habe mitgenommen Tee für Manuel.«

»Ach, alle Kinder in dem Alter mögen heiße Schokolade«, behauptete Helga. »Falls er sie nicht mag, kann ich ihm immer noch Tee kochen.«

Manuel mochte Helgas heiße Schokolade. Danach wurde er müde. Helga scheuchte Achie aus seinem Fauteuil hoch, schob einen zweiten dazu und bettete Manuel darauf. Corantez legte ihm noch einen Pullover als provisorisches Kopfpolster unter und setzte den Teddybären daneben. Manuel umklammerte ihn und schlief praktisch sofort ein.

»Pues, … empezar a trabajar … fangen wir an zu arbeiten! Ich werde jetzt schreiben diesen Brief. Was wünschen Sie, soll stehen darin?«, erkundigte sich Corantez.

»Also wir haben uns gemeinsam folgende Geschichte ausgedacht«, erklärte Achie: »Während ihres Aufenthaltes in dem spanischen Sanatorium hat Susanne eine junge Krankenschwester – wir nennen sie Rosa – davon abgehalten aus dem Fenster zu springen. Rosa war schwanger. Vom Kindesvater verlassen. Sie selbst eine Waise. Susanne bewahrt die junge Frau davor, Dummheiten zu machen, übernimmt später die Patenschaft für das Kind und sorgt finanziell für beide. – Wir nehmen an, das passt zu Susannes Wesen.«

»Si, si, das sie würde tun«, bestätigte Corantez.

»Gut. Damit erklären wir gleichzeitig die Überweisungen an Manuels Pflegeeltern. Falls das erforderlich sein sollte.« Dr. Jäger notierte stichwortartige Bemerkungen auf einem Block und warf Achie einen auffordernden Blick zu, weiterzureden.

»Nun fehlt uns noch ein glaubwürdiger Grund, weshalb sich unsere Rosa von ihrem Sohn trennen musste. Sagen wir, die Ärmste hätte einen Unfall gehabt. Das scheint zweckmäßiger, als sie an einer Krankheit dahinsiechen zu lassen«, erklärte Achie den Plan. »Rosa hat keine Verwandten, an die sie sich wenden könnte, folglich bittet sie Dr. Corantez, einen Brief an Susanne zu schreiben und ihr Manuel zu übergeben. Der letzte Wunsch einer Sterbenden.«

»Ich werde schreiben diesen Brief so, dass bei Suzana werden die Tränen fließen«, Corantez nickte zuversichtlich. »Sie versteht genug Spanisch, um … wie sagt man? … zwischen Zeilen zu lesen! – Ich … tambien … werde sagen, ich habe Rosa geschworen auf Totenbett, Manuel persönlich bringen zu Suzana!«

»Jaromir Käfer dürfte es schwerfallen, Argumente dagegen zu finden«, meinte Jäger senior. »Selbst wenn er es bisher boykottiert haben sollte, dass sie mit jemandem diesbezüglich Kontakt aufnimmt, kann er nichts mehr dagegen unternehmen.

Wir bieten Susanne einfach die Möglichkeit, zwischen zwei Varianten zu wählen: Falls die Käfers bereits über

Manuel Bescheid wissen, hat Susanne die Gelegenheit, offiziell zu ihrem Sohn zu stehen. Sollte sie das jedoch – aus welchen Gründen auch immer – nicht wollen, bleibt ihr immer noch die Chance, sich auf unsere erfundene Version zu stützen. Zum Schein könnte sie sogar die Kanzlei beauftragen, die nötigen Formalitäten zu erledigen. Sobald Susanne in unserer Gegenwart erklärt, dass sie Manuel zu sich nehmen will, haben die Käfers keinerlei Handhabe, das zu verhindern. Eine Erpressung mit dem Jungen wird dadurch illusorisch, egal, für welche Variante sich Susanne letztlich entscheidet.«

Achie räusperte sich. »Falls es unvermeidlich sein sollte, können wir eine entsprechend modifizierte Kopie von Manuels Geburtsurkunde vorlegen. Ich habe mir erlaubt, einige Kleinigkeiten darin zu ändern. In den anderen Kopien seriös und offiziell wirkender Formulare habe ich ebenfalls Susannes Name durch den unserer fiktiven Rosa ersetzt. Die Computertechnik macht es so einfach! Aber da sämtliche Papiere auf Spanisch abgefasst sind, war ich mir bei einigen nicht sicher, worum es sich tatsächlich handelt.« Er reichte Corantez die Kopien. Der Spanier betrachtete jede einzelne nachdenklich. Eine der Kopien legte er mit verklärtem Lächeln vor Achie auf den Tisch, die restlichen schob er zu einem kleinen Stapel zusammen.

»Muy bien! Dieses Dokument … ist von Manuels Taufe. Yo soy … ich bin … *padrino*! Sie haben jetzt eingesetzt Susanne als Patin. Muy bien! Das zeigt, es ist keine … mentira … Lüge, zu behaupten, Rosa hätte keine Verwandten.« Er gab die zusammengeschobenen Papiere an Achie zurück. »Die Papiere sind … vale … in Ordnung. Zertifikate … Atteste von Impfungen, Blutgruppe … und so.« Corantez wandte sich ernst an Dr. Jäger: »Senor Jäger, sprechen wir ehrlich: Sie wissen, ich bin Manuels Vater. Estoy casado … ich bin verheiratet. Teresa, mi‹ esposa, kann keine eigenen Kinder bekommen. Ich werde respektieren jede Entscheidung von Suzana. Solamente, sie will nicht nehmen ihren Sohn zu sich, dann wir treffen acuerdo … Vereinbarung: Sie müssen mir helfen, zu bekommen das Recht, für Manuel sorgen zu dürfen. Por favor!«

»Und was sagt Ihre Frau dazu, Miguel?«, mischte sich Claudia ein.

»Teresa, pues … sie ist einverstanden. Ich habe alles … gestanden. Teresa ist verständnisvolle Frau. Wir schon als Kinder waren befreundet. Teresa sagt, es würde sie machen glücklich, wenn mein Sohn bei uns aufwächst. Wir werden noch adoptieren anderes Kind. Damit Manuel hat einen Bruder zum Spielen. Ich schwöre, Manuel wird bei mir mit viel Liebe aufwachsen!«

»Einverstanden, Dr. Corantez«, sagte Matthias Jäger. »Falls Susanne es tatsächlich ablehnen sollte, Manuel zu sich zu nehmen – was ich allerdings stark bezweifle – dann verspreche ich Ihnen, ich werde alles in meiner Macht Stehende unternehmen, damit *Sie* das Sorgerecht für ihn bekommen. Ich werde keinesfalls zulassen, dass Manuel bei Fremden aufwächst. Das bin ich Gabriellas Enkel schuldig! Und ich werde persönlich sein Wohlergehen überwachen. Verlassen Sie sich drauf!«

»Si, si, de acuerdo!«, sichtlich erleichtert nickte der Spanier Dr. Jäger zu.

Über Claudias Gesicht huschte ein wissendes Lächeln. Das also war der Grund, warum Corantez nach Wien gekommen war. Er wollte das Sorgerecht für Manuel. Die Aussagen vom alten Jäger waren vielleicht etwas voreilig. Bei seinem Sohn Bertram lag ja ein versiegeltes Schreiben, in dem Susanne vermutlich verfügt hatte, was mit Manuel geschehen sollte. Allerdings erst nach ihrem Ableben. Aber sie war ja nicht tot. Bertram Jäger durfte also dieses Kuvert nicht öffnen. Die Frage war, was passierte, falls sie wirklich geistig verwirrt war, egal wodurch, und den Jungen nicht mehr haben wollte? Wonach richtete man sich dann? Claudia wischte den Gedanken beiseite. Susanne würde vermutlich wie eine Löwin um ihren kleinen Jungen kämpfen.

Nachdem Miguel Corantez bekannt gegeben hatte, wann er in Wien eintreffen würde, hatte Dr. Bertram Jäger versucht, Susanne zu erreichen, um einen Termin mit ihr zu vereinbaren. Das war ihm allerdings nicht gelungen. Aber er hatte Jaromir Käfer kompromisslos erklärt, ein derart wichtiges Ereignis wäre eingetreten, das es unumgänglich mache, Susanne persönlich am nächsten Tag um 10:00 Uhr in seiner Kanzlei zu sprechen. Käfer versuchte einige vage Ausflüchte. Dr. Jäger ließ sie nicht gelten. Wenn es nicht möglich sein sollte, persönlich mit Susanne Sebenstein zu sprechen, müsste er diesbezüglich rechtliche Schritte einleiten. Jäger informierte Käfer nicht, worum es sich handelte. Eine äußerst vertrauliche Angelegenheit, nur für Susanne bestimmt. Käfer sagte zu, dass seine Stieftochter zum vorgegebenen Termin in der Kanzlei erscheinen würde.

28

Wien, Kanzlei Dr. Jäger

Pünktlich um 10:00 Uhr trafen Sandra und Jaromir Käfer mit Susanne in der Kanzlei ein. Bertram Jäger erwartete sie gemeinsam mit seinem Vater.

Jaromir Käfer gab sich ungehalten. Sandra wirkte gereizt und nervös. Susanne verhielt sich erstaunlich still und in sich gekehrt. Sie setzte sich mit Käfers Unterstützung auf den mittleren der drei Besucherstühle vor Dr. Jägers Schreibtisch und lehnte ihre Krücken in einem zeremonienhaft wirkenden Vorgang seitlich an den Stuhl. Während sie Bertram Jäger ein unverbindliches Lächeln schenkte, betrachtete sie Matthias Jäger mit höflichem Desinteresse.

»Eigentlich wollten wir mit Susanne Sebenstein alleine sprechen«, sagte der Senior.

»Kommt nicht infrage!«, entfuhr es Sandra etwas zu heftig. Sie bemerkte es und korrigierte sich sofort: »Meine Tochter hat uns gebeten, dabei zu sein! Oder willst du mit den Herren alleine sprechen, Susanne?«

»Nein! Nein, natürlich nicht!« Susanne lächelte den Rechtsanwalt geziert an: »Ich habe meine Eltern extra ersucht, mich zu begleiten. Sie mussten dafür andere Termine kurzfristig verschieben. Ich kann mir auch gar nicht vorstellen, wozu es gut sein soll, mit mir alleine zu sprechen.«

»Wie Sie wünschen«, meinte Dr. Bertram Jäger kühl. Mit wenigen prägnanten Worten umriss er die Szenerie in der spanischen Klinik, als Susanne angeblich der fiktiven lebensmüden Rosa beistand. Sowie ihre Veranlassung, die junge Frau und das Kind finanziell zu unterstützen. »Sie erinnern sich doch noch an diese Tragödie, Susanne?«, schloss er seinen Bericht.

Flüchtig mischte sich Erstaunen in Susannes verschwörerisch wirkendes Mienenspiel. Ihr unergründliches Lächeln verstärkte sich zunehmend während Jägers Ausführungen. »Selbstverständlich erinnere ich mich an den Vorfall. Die junge Frau hat mir einfach leidgetan. Sie finanziell zu unterstützen, erschien mir damals als die einzige Möglichkeit, ihr zu helfen!« Susanne warf Jaromir Käfer einen scheuen Blick zu. Er nickte wohlwollend. »Entschuldige, Papa, dass ich dir nichts davon erzählt habe. Es ist mir einfach entfallen, dass ich seinerzeit diese regelmäßigen Zahlungen veranlasst habe. Die ganze Angelegenheit liegt ja bereits lange zurück.«

»Ist schon in Ordnung, Kleines. Du hast damals spontan und völlig richtig gehandelt.« Jaromir tätschelte ihre Hand. »Allerdings sehe ich keine Veranlassung mehr, diese Zahlungen fortzusetzen. Oder bist du anderer Meinung, Susanne?«

»Also ich finde auch, Rosa müsste nun endlich in der Lage sein, für sich und ihr Kind selbst zu sorgen«, stimmte ihm Susanne zu.

»Man erwartet doch hoffentlich nicht von meiner Tochter, diese fremden Menschen bis an ihr Lebensende zu unterstützen?«, äußerte Jaromir Käfer unwirsch. »Oder gibt es in dieser Hinsicht eine schriftliche Vereinbarung, von der ich nichts weiß? Mir ist immer noch nicht klar, weshalb Sie uns hergebeten haben, Herr Dr. Jäger!«

»Ich bin sicher, Sie werden die gesamte Tragweite der

Sachlage gleich verstehen«, erklärte Jäger senior. Er öffnete die Tür des Arbeitszimmers und winkte nach draußen. Miguel Corantez hielt den Jungen mit beiden Armen fest an sich gepresst und betrat mit ernstem, verschlossenem Gesicht den Raum. Achie folgte den beiden in kaum einem Meter Abstand.

Manuel trug nun ein enges, verwaschenes T-Shirt und eine verschlissene Hose, die ihm viel zu groß und an den Beinen aufgekrempelt war, sodass seine kleinen nackten Füße wie Zahnstocher daraus hervor lugten.

Helga, Dr. Jägers Sekretärin, hatte ihm ausrangierte Kleidungsstücke ihrer Enkelkinder angezogen. Nach Achies Anweisung. »Der Kleine muss herzergreifend jämmerlich wirken. Seine eigenen Sachen sind viel zu hübsch. Helga, es darf ihm nichts richtig passen. Alles muss nach abgelegten Almosen aussehen«, hatte er erklärt. In den Armen des elegant gekleideten Corantez wirkte der Junge übertrieben ärmlich.

Sandra und Jaromir Käfer starrten die Eintretenden überrascht an. Susannes Blicke huschten flüchtig über das Kind und blieben wachsam am Gesichtsausdruck des gut aussehenden Spaniers hängen.

»Rosa, die Mutter dieses Jungen, ist bedauerlicherweise nach einem tragischen Unfall verstorben«, erläuterte Dr. Jäger.

»Und was haben wir damit zu tun?«, erkundigte sich Jaromir Käfer schroff.

»Nun, da Rosa keine Angehörigen hatte, wollte sie sich in ihrer letzten Verzweiflung an Susanne wenden. Kurz vor ihrem Tod hat sie Herrn Dr. Corantez das Versprechen abgerungen, den kleinen Manuel persönlich Susanne zu übergeben. Damit diese alle weiteren Entscheidungen treffen sollte.« Matthias Jäger beobachtete Susanne aufmerksam. An ihrer Miene ließ sich vorwiegend Verblüffung ablesen, doch dazwischen huschten Schatten über ihr Gesicht, als ob sie die verschwörerische Taktik der Anwälte amüsiere. Allerdings schien ihr das unmittelbar darauf bewusst zu werden. Rasch senkte sie den Kopf, um die verräterischen Anzeichen zu verbergen.

»Ich nehme an, das lässt sich alles beweisen und belegen?«, konterte Jaromir Käfer ungehalten.

»Selbstverständlich!« Dr. Bertram Jäger schlug eine Mappe auf und entnahm ihr einige Schriftstücke. Er verteilte sie so am Schreibtisch, dass sowohl Käfer als auch Susanne einen Blick darauf werfen konnten. Im Zentrum platzierte er zwei Fotos, auf denen Susanne mit dem Baby zu sehen war. Danach übergab er ihr einen handgeschriebenen Brief. Sie warf einen neugierigen Blick darauf, reichte ihn dann sofort an Jaromir Käfer weiter. Der schüttelte verständnislos den Kopf und legte das Schreiben auf den Schreibtisch zurück.

»Möchten Sie nicht wissen, was Rosa Ihnen mitteilen wollte?«, erkundigte sich Dr. Jäger mit pikiert klingender Stimme.

»Der Brief ist auf Spanisch geschrieben«, Susanne bedachte ihn mit einem leicht belustigten Blick, »ich kann ihn leider nicht lesen.«

»Ich übersetze den Brief gerne für Sie«, erbot sich Corantez. Er drängte sich dabei zwischen die Stühle von Jaromir Käfer und Susanne. Beide wurden dadurch gezwungen, ein wenig von Jägers Schreibtisch wegzurücken. Corantez, immer noch mit Manuel auf dem Arm, ergriff den Brief. Er stand dabei mit dem Rücken zu Käfer und schirmte Susanne von ihm ab. Manuel versuchte, ebenfalls nach dem Brief zu greifen. Er quietschte dabei vergnügt und zeigte seine vier Zähne.

Corantez drückte Susanne den Jungen in die Arme. Verdutzt betrachtete sie das Kind auf ihren Knien. Unbeholfen hielt sie den Kleinen fest, damit er nicht hinunterrutschte. Ihre Augen waren dabei auf Corantez gerichtet. Manuel strampelte und versuchte, sich zu befreien. Susanne betrachtete ihn hilflos und hielt ihn mit beiden Händen wie eine zerbrechliche Puppe. Corantez sah Susanne voller Abscheu an. Wie es ihr gelang, mit dem eigenen Kind in den Armen eine derartige Gefühlskälte vorzutäuschen, machte ihn kurzzeitig sprachlos. Sie wirkte nicht lethargisch, aber etwas in ihr musste völlig abgestumpft sein. Im Grunde genommen glich sie einer Marionette, die von Käfer an unsichtbaren Fäden gesteuert wurde. Weshalb unternahm sie nicht wenigstens den Versuch, sich zu befreien? Manuel saß auf ihrem Schoß. Niemand würde ihn ihr jetzt entreißen können. Oder gab es eine andere Bedrohung, die sie zwang, keine Reaktionen zu zeigen? War Susanne einfach nur darauf bedacht, ihren Sohn zu beschützen?

Corantez besann sich auf den Brief, den er übersetzen wollte. Er hoffte, der Inhalt würde Susanne hinreichend erschüttern, um mit diesem ganzen Theater endlich aufzuhören. Den Brief hatte er so abgefasst, dass sie verstehen musste, was er ihr dabei andeutete. Er hob ihn hoch, wollte zu lesen beginnen.

»Ich denke, das können wir uns ersparen«, stoppte Käfer das Vorhaben brüsk. »Wie auch immer die Wünsche dieser Frau sein mögen, für uns sind sie irrelevant! Mit keinerlei Verpflichtungen verbunden.«

»Und was, wenn ich mir die Frage erlauben darf, ist relevant für Sie?«, erkundigte sich Dr. Jäger kühl.

Jaromir Käfer betrachtete die am Schreibtisch verstreuten Papiere. Er griff nach der Kopie der von Achie manipulierten Geburtsurkunde und begutachtete sie nachdenklich. Bertram Jäger drehte sich abrupt vom Tisch weg und warf Achie einen konsternierten Blick zu. Käfer legte Manuels gefälschte Geburtsurkunde achtlos wieder zurück. Achie grinste.

Jäger senior stellte sich seitlich neben Käfer und verschränkte die Arme. »Nun, die Entscheidung, was mit dem Jungen weiter passieren soll, obliegt einzig und allein Fräulein Susanne. Die junge Dame ist großjährig und verfügt über eigenes Vermögen.«

Käfer lächelte süffisant. »Nun, Susanne, was schlägst du vor?«

»Ich weiß nicht …!« Manuel zappelte unruhig auf ihrem Schoß. Sie zog den kleinen Körper näher an sich, damit er nicht hinunterpurzelte, rückte ihn dann zurecht und starrte dabei nachdenklich auf sein dichtes schwarzes Haar. Ihre Blicke wanderten zu Corantez, und ein diffuses Lächeln zuckte um ihre Mundwinkel: »Also ich würde vorschlagen, du stellst einen Scheck aus, um die Unkosten von Herrn Dr. Corantez abzudecken«, sagte sie entschieden. »Seine Bemühungen, das Versprechen, das er Rosa gegeben hat, einzulösen, halte ich für bewundernswert. Außerdem hat er das Flugticket sicher aus eigener Tasche bezahlt.« Sie biss sich auf die Lippen und warf einen abschätzenden Blick auf Käfer. »Ja, und dann finde ich, du solltest auch für den kleinen Manuel eine gewisse Summe hinzufügen. Schließlich wollen wir ihn doch nicht gänzlich unversorgt lassen. Was meinst du, Papa?«, erkundigte sie sich unsicher.

»Das scheint mir ein akzeptabler Vorschlag. Ich hatte ähnliche Absichten.« Käfer griff gelassen nach seinem

Scheckbuch. »Da es sich bei dem Jungen um einen spanischen Staatsbürger handelt, wäre es rechtlich vermutlich sehr schwierig, ihn hier zur Adoption freizugeben. Ich schlage vor, Sie veranlassen alles Nötige in Spanien, Dr. Corantez. Die entstehenden Unkosten übernehmen wir, … kulanterweise!«

Corantez wurde blass. Seine Hände ballten sich zu Fäusten. »Sie möchten Manuel nicht behalten?«, fragte er mit gepresster Stimme.

Manuel streckte seine Ärmchen nach ihm aus. Er zappelte jetzt noch stärker und rutschte dabei fast von Susannes Knien. Achie drängte sich von der anderen Seite zwischen die Stühle von Sandra Käfer und Susanne. Susanne war nun von beiden Seiten von den Käfers abgeschirmt. Einerseits von Corantez, andererseits von Achie. Manuel saß auf ihrem Schoß. Die beiden Anwälte befanden sich ebenfalls in ihrer unmittelbaren Nähe. Sie hätte sich sicher fühlen können. Diese optimale Gelegenheit ließ sich kaum mehr überbieten.

»Nein! Natürlich nicht! Was soll ich mit einem Kind? Ich fühle mich viel zu jung für eine derartige Verantwortung. Abgesehen davon wissen Sie doch, dass ich nicht gesund bin! Ein fremdes Kind würde für mich eine zusätzliche Belastung bedeuten. Ich fühle mich dem einfach nicht gewachsen. Das verstehen Sie doch hoffentlich«, stieß Susanne mit einem Anflug von Empörung hervor.

Achie nahm ihr den zappelnden Manuel ab. Sie schenkte ihm dafür ein dankbares Lächeln.

Corantez beugte sich ganz nahe zu Susanne und schrie ihr wütend ins Gesicht: »Sabes muy bien que necesito tu acuerdo escrito para obtener los derechos al niño. ¿Porque te negas? ¿Porque?«

[<Du weißt genau, dass ich dein schriftliches Einverständnis benötige, um Rechtsansprüche auf den kleinen Jungen zu bekommen. Warum verweigerst du mir diese Möglichkeit? Warum?>]

Susanne sah ihn erschrocken und verwirrt an. »Ich … ich verstehe Sie nicht … Ich spreche nicht Spanisch«, stotterte sie und drehte danach demonstrativ den Kopf zur Seite.

Corantez umfasste blitzartig ihre Handgelenke und riss diese nach oben, um sie zu zwingen, ihn anzusehen. Ihre Augen wirkten klar. Keinerlei Anzeichen von Angst. Sie blickte ihn leicht erheitert an. Glich es für sie einer virtuosen Darbietung, die sie bravourös durchzog, genau, wie Käfer es von ihr erwartete?

In Corantez Innerem tobte ein Tornado. »¿No hablas español? ¿Desde hace cuando? *[<Du sprichst nicht Spanisch? Seit wann?>]*«, zischte er. »Sie verstehen kein Spanisch? Wie lange Sie waren in España? Ein Jahr? Länger? Aber Sie sprechen kein Wort Spanisch?« Er schüttelte ihre Arme. Versuchte, sie näher an sich zu ziehen. Seine schwarzen Augen funkelten sie zornig an.

Susanne trug einen hellen Hosenanzug. Beide Ärmel des Jacketts rutschten hoch. Sie versuchte, Corantez abzuschütteln. Es gelang ihr nicht. Er hielt sie zu fest.

»Sie tun mir weh!«, kreischte sie empört.

Jaromir Käfer packte Corantez an den Schultern. »Lassen Sie meine Tochter sofort los! Es ist doch wohl verständlich, dass sie alles verdrängt hat. Die Erinnerungen an ihren Aufenthalt in Spanien sind schließlich sehr unangenehm für sie.«

Corantez ließ Susannes Arme los. Sie zupfte die hochgerutschten Ärmel zurecht und rieb sich die Handgelenke. Corantez hatte das silberne Armband mit den Türkisen, das sie trug, so fest in ihre Haut gepresst, dass sich rote Abdrücke abzeichneten.

»Es hat uns ein Vermögen gekostet, das Mädchen von den Depressionen zu befreien. Sie hat dieses Trauma nun endlich verarbeitet. Wagen Sie also ja nicht, alles nochmals heraufzubeschwören!«, tobte Käfer.

Corantez streckte beide Handflächen entschuldigend hoch. Seine Stimme klang atemlos und krächzend: »Verzeihen Sie mein Temperament ... dispense usted, perdone ...! Aber ich habe ... Rosa auf dem Totenbett geschworen ...«

Matthias Jäger klopfte Corantez beruhigend auf den Oberarm. »Das war nicht leicht für Sie, Dr. Corantez. Wir verstehen das völlig. Sie konnten Ihr Versprechen nicht einlösen und fühlen sich dadurch in Ihrer Ehre verletzt.« Er wandte sich an Käfer. »Dr. Corantez hat sich wirklich sehr bemüht, sein Versprechen einzulösen. Über die monatlichen Zuwendungen ist es ihm gelungen, unsere Kanzlei ausfindig zu machen. Danach hat er sich mit mir telefonisch in Verbindung gesetzt. Und wir haben selbstverständlich unsere Hilfe angeboten. Schließlich hat uns Fräulein Susanne ja mitgeteilt, wie sehr ihr dieser Junge am Herzen lag. Anscheinend aber nur damals, als sie die Anweisungen veranlasste.«

Die Schließe von Susannes Armband hatte sich geöffnet, es glitt zu Boden. Corantez bückte sich, hob es auf und betrachtete es mit versteinertem Gesicht. »Ein sehr schönes Schmuckstück«, sagte er leise.

»Ja, es ist wirklich recht hübsch. Papa hat es mir in Santorin gekauft. Als Geburtstagsgeschenk.« Susanne lächelte verzückt.

Corantez blickte sie grüblerisch an. »Sie sollten es Manuel schenken.«

»Aber der ist doch noch viel zu klein für so etwas.

Außerdem ist er ein Junge. Was sollte er damit anfangen?«, meinte Susanne.

»Es als Erinnerung an Sie behalten. Manuel wird Sie nie wieder sehen. Sie sind seine Taufpatin! Bei uns ist üblich, Pate überlässt Kind etwas, was es kann bewahren ganzes Leben als Erinnerung an Pate.«

Susanne verzog unwillig den Mund und warf einen hilfeheischenden Blick zu Jaromir Käfer. Er nickte.

»Na gut!« Susanne zuckte die Schultern und reichte Manuel das Armband. Er griff sofort danach und schüttelte es. Es klirrte leise. »Das gefällt dir, weil es so hübsch glitzert«, Susanne schmunzelte, »aber mach es nicht kaputt! Es wäre schade drum.«

»Können wir das Gespräch jetzt als beendet betrachten?«, erkundigte sich Käfer überheblich und begann einen Scheck auszustellen.

»Si! Selbstverständlich«, Corantez nickte. »Ich werde veranlassen alles Nötige. Scheint es hat gegeben eine große Missverständnis …«

»Nein, nein! Sie haben im guten Glauben gehandelt, Dr. Corantez. Rosa hat sich einfach zu viel erwartet. Aber aus ihrer Situation heraus betrachtet ist das verständlich«, sagte Susanne und lächelte Corantez an.

»Diese Frau war unverschämt!«, schnaubte Käfer.

»Aber Papa! Wenn eine Mutter, die im Sterben liegt, versucht, das Beste für ihr Kind zu tun, darf man ihr das doch nicht übel nehmen!« Susannes Blicke wanderten über die am Schreibtisch verteilten Fotos, um ihren Mund lag dabei ein trotziger Zug.

Mit einer abfälligen Geste überreichte Jaromir Käfer Corantez den Scheck. Ohne einen Blick darauf zu werfen, legte ihn Corantez mit undurchdringlicher Miene auf

Jägers Schreibtisch. Bertram Jäger ordnete die Kopien von Manuels gefälschten Papieren und heftete den Scheck mit einer Klammer zuoberst auf den Stapel. Danach verstaute er alles in der daneben liegenden Mappe. »Wir werden Herrn Dr. Corantez in dieser Angelegenheit selbstverständlich behilflich sein.«

»Unentgeltlich?«, erkundigte sich Käfer ironisch.

»Nun, dazu sehen wir uns gewissermaßen verpflichtet. Da Fräulein Susanne Sebenstein bereits zu einem Zeitpunkt in die Sachlage involviert wurde, als unsere Kanzlei noch als ihr Treuhänder fungierte«, sagte Jäger senior und wandte sich an Susanne. »Wie Sie wissen, war ich mit Ihrer Frau Mama langjährig befreundet. Gabriella würde es nicht billigen, dass sich ihre Tochter einer eingegangenen Verpflichtung willkürlich entzieht. Selbst wenn sich diese als spontan und unüberlegt erweisen sollte. Sie erinnern sich doch hoffentlich an die Einstellung Ihrer Mutter, Susanne?«

»Kaum!«, sie zuckte ratlos die Schultern. »Ich war schließlich noch ein kleines Kind, als sie starb.«

»Falls mich mein Gedächtnis nicht im Stich lässt, waren Sie damals bereits 15 Jahre alt. Ich würde eine 15-Jährige nicht als *kleines Kind* bezeichnen!«

»Es ist immerhin schon lange her«, entgegnete Susanne aufsässig. »In der Klinik in Genf hat man mir geraten, alle Erinnerungen aus der Vergangenheit von mir zu schieben und nur noch in die Zukunft zu blicken.«

»Wir betrachten die leidige Angelegenheit jedenfalls als beendet und wünschen, damit nicht mehr behelligt zu werden!« Jaromir Käfer half Susanne beim Aufstehen, streichelte ihr übers Haar und reichte ihr die Krücken.

Während sie hinaus humpelte, lächelte Susanne Corantez zu. In ihrem Blick lag kein vertrautes Wiedererkennen. Sie schenkte ihm genau jene Aufmerksamkeit, die eine junge Frau beim Betrachten eines attraktiven fremden Mannes empfand.

29

Wien

Nachdem die Käfers Claudia unter keinen Umständen bemerken durften, hockte sie im Arbeitszimmer von Matthias Jäger wie auf heißen Kohlen. Angestrengt versuchte sie, wenigstens einen Hauch der Ereignisse mitzubekommen. Sie war zwar relativ nahe am Ort des Geschehens, blieb jedoch für die Allgemeinheit unsichtbar, denn das Sekretariat lag zwischen den Büros der beiden Anwälte.

Gemeinsam mit Jägers Sekretärin hatte Claudia bereits drei Schalen Kaffee getrunken, eine halbe Packung Zigaretten geraucht und war mehrmals nervös auf und ab gelaufen. Helga Rumpold schlich fallweise zu Bertram Jägers Bürotür, um zu lauschen. Leider ließ sich nicht das Geringste durchhören. Die Tür war auf altmodische Art mit einer schalldichten Polsterung unterhalb einer Lederbespannung versehen.

Letztlich vergriffen sich die beiden zur Beruhigung an Dr. Jägers Cognac. Eine unumgängliche Notfallmaßnahme, völlig gerechtfertigt, schließlich mussten sie gegen eine überdimensionale innere Unruhe heldenhaft ankämpfen.

Als sie endlich hörten, wie die Tür von Bertram Jägers Büro geöffnet wurde, hielten sie gleichzeitig den Atem an. Helga Rumpold stellte ihren Cognacschwenker ab, um ins Sekretariat zu eilen. Alleine zurückgeblieben konzentrierte sich Claudia auf die Tatsache, dass sie sich höchstens noch ein paar Minuten gedulden musste. Rein gefühlsmäßig dauerte es nicht Minuten, sondern Stunden, bis sie endlich offiziell in Erscheinung treten durfte. Freilich benötigte man ihre Anwesenheit so gut wie überhaupt nicht, doch sie wollte sich die Sache um nichts in der Welt entgehen lassen! Zu sehen, wie Susanne ihren kleinen Sohn glücklich im Arm hielt, war es wert, sich eine Zeit lang im Hintergrund versteckt und ruhig zu verhalten. Insgeheim fühlte sich Claudia ein klein wenig heldenhaft. Immerhin hatte sie ja dazu beigetragen, Manuel mit seiner Mutter wieder zusammenzubringen.

Als sie kurz darauf feststellen musste, welch erschreckendem Irrtum sie alle erlegen waren, hatte sie den Eindruck, mit einem Schwall Eis-Wasser übergossen zu werden.

Nachdem sich die Käfers und Susanne verabschiedet hatten, betrat Corantez bleich und erschüttert den Büroraum von Matthias Jäger. Wortlos ließ er sich in einen Fauteuil der Sitzgruppe fallen, vergrub sein Gesicht in den Händen und schluchzte. Zwischen seinen Fingern baumelte das silberne Armband mit den Türkisen, das Susanne auf Santorin getragen und von dem sie behauptet hatte, es würde ihr sehr viel bedeuten.

Claudia zwang sich heroisch, ihn nicht sofort mit Fragen zu bombardieren, sondern ließ ihn alleine, damit er sich ungestört beruhigen konnte. In der Verfassung, in der er sich befand, hätte er ihr wahrscheinlich ohnehin nicht geantwortet. Helga Rumpold stand inzwischen in der Mitte ihres eigenen Büros, nahm Achie den kleinen Manuel ab und blickte alarmiert in die fassungslosen Mienen der beiden Anwälte. Bis auf den kleinen Jungen wirkten alle Anwesenden bestürzt und sprachlos. Manuel kümmerte das herzlich wenig, er zerzauste übermütig kichernd Helgas Haare.

»Es war nicht Susanne«, informierte Achie mit einer seltsam heiseren Stimme Claudia und Helga, »sondern ein fast perfektes Double von ihr! Es ist ihr sogar gelungen, Corantez zu täuschen. Jedenfalls bevor ihr ein paar wesentliche Fehler unterlaufen sind.«

»In mir stieg bereits Übelkeit auf, als sie die Käfers als ihre *Eltern* bezeichnete! Ihr eigener Vater verstarb erst vor zwei Jahren, und sie nennt den Mann ihrer Stiefmutter *Papa*! Und dennoch glaubte ich, Susanne Sebenstein vor mir zu haben. Mir erschien es naheliegend, dass sie an Amnesie leidet und bestrebt war, das möglichst geschickt zu verbergen. Zumal auch Corantez – der sie von uns allen persönlich am besten kannte –, vorerst nicht bezweifelte, mit Susanne zu sprechen!« Dr. Jäger der Ältere schüttelte ungläubig den Kopf und stapfte bedrückt in sein Büro. Claudia folgte ihm wortlos. Achie sprach mit Bertram. Helga beschäftigte sich mit Manuel. Der Senior ließ die Tür seines Arbeitszimmers weit offen stehen, während er auf die Sitzgruppe zusteuerte, um sich mit erschöpftem Stöhnen zu Corantez zu setzen. Dabei starrte er die fingerbreit gefüllten Cognacschwenker auf dem Tischchen vor ihm an und trank schließlich gedankenverloren die Reste des Cognacs aus Claudias Glas und dem seiner ehemaligen Sekretärin.

»… und ich bin immer noch der Ansicht, wir hätten die Polizei sofort einschalten sollen!«, verkündete Bertram Jäger ungehalten, »selbst auf die Gefahr hin, dass Käfer behauptet, es wäre ein Bosheitsakt, weil Susanne unserer Kanzlei sämtliche Vollmachten entzogen hat.«

»Diese Doppelgängerin spielt ihre Rolle sehr überzeugend. Es dürfte sich äußerst schwierig und langwierig gestalten, eine diesbezügliche Untersuchung zu erzwingen. Abgesehen davon hilft es uns nicht, die *echte* Susanne zu finden«, behauptete Achie.

»Wir könnten auf einer DNS-Analyse bestehen!«

Achie schüttelte bedauernd den Kopf. »Ohne Vergleichswerte? Susannes Eltern und ihr Bruder sind tot! Um eine Exhumierung zu beantragen, bedarf es stichhaltiger Beweise, ein vager Verdacht ist dafür zu wenig. Und mit dem Einverständnis eines Familienmitgliedes können wir nicht rechnen. Außerdem haben wir uns mit der Behauptung, Manuel wäre *Rosas* Sohn, sozusagen selbst ein Kuckucksei ins Nest gelegt! – Die Käfers haben sich sämtliche Unterlagen und Röntgenbilder der spanischen Klinik aushändigen lassen, als Susanne von dort in das Sanatorium in der Schweiz überstellt wurde. Angeblich für weitere Maßnahmen. Möglicherweise existieren noch Kopien, anhand derer sich zumindest die fehlenden Narbenverläufe bei dem Double beweisen lassen. Doch ich fürchte, mit offiziellen Nachforschungen dieser Art bringen wir vermutlich sowohl die falsche als auch die echte Susanne in Lebensgefahr.«

»Ich bin nicht bereit, diese Sauerei tatenlos hinzunehmen!«, brüllte Jäger senior und donnerte seine Faust auf den Tisch.

Corantez hob den Kopf: »Ich möchte mich entschuldigen! … bei Ihnen allen. Ich war … verblendet. Meine Enttäuschung ... über Verhalten von Suzana ... meine Gefühle für Manuel ... Es hat sich gebildet sehr viel Hass in meinem Herzen. Ich schäme mich! Dios!«

»Es besteht kein Grund, sich in Selbstvorwürfen zu ergehen, Corantez. Dazu haben wir auch keine Zeit. Wenn wir Susanne, – der richtigen Susanne – helfen wollen, müssen wir schnell handeln.« Der Senior stellte energisch weitere Cognacschwenker und die Flasche auf den Tisch.

»Dazu ist es ... más tarde ... zu spät. Dios!« Corantez schluchzte trocken.

»Ich glaube nicht, dass Susanne tot ist«, behauptete Claudia entschieden.

»¿Porque? Intuition?«, stöhnte Corantez.

»Ich glaube es auch nicht«, verkündete Achie. »Es liegt keine Logik darin. Ich bin sicher, Käfer hat diese Doppelgängerin von Susanne nur für kurze Auftritte engagiert. Um Dr. Jäger zu täuschen. Die Mitarbeiter der *Shelter Aid*. Die Putzfrau und vermutlich noch ein paar andere ... die später alle bezeugen, sie gesehen oder mit ihr gesprochen zu haben. Aber das Double spielt Susannes Rolle nicht permanent. Ich gehe davon aus, dass man die echte Susanne irgendwo versteckt, gefangen hält, um ...«

»Um dann was zu machen mit ihr?« Corantez schluchzte trocken. »Sie umbringen?«

»Tja, wenn etwas Gras über die Sache gewachsen ist ... wäre ein Unfall oder Selbstmord vermutlich zweckdienlich.« Achie nickte abwägend. »Jetzt wäre der Zeitpunkt allerdings noch zu früh. Wenn wir davon ausgehen, dass Susanne den Käfers ihr gesamtes Vermögen überschrieben hat, würde es auffallen und zu entsprechenden Ermittlungen führen, wenn sie kurz danach für geisteskrank erklärt und entmündigt wird, sich umbringt oder einem mysteriösen Unfall zum Opfer fällt.« Achie kratzte sich nachdenklich am Kinn. »Ich schätze, dass der Austausch der beiden während des Aufenthalts auf Santorin stattgefunden hat. Deshalb sollten wir dort mit Nachforschungen beginnen.«

»Vielleicht wurde Suzana dort bereits ermordet?«, überlegte Corantez. In seiner Stimme schwang ein verzweifeltes Stöhnen, das in einem trockenen Schluchzen verebbte.

»Dass Käfer es riskiert haben könnte, die echte Susanne endgültig verschwinden zu lassen, halte ich für unwahrscheinlich. Er braucht sie noch. Zur zweifelsfreien Identifizierung nützt ihm die Vorzeige-Susanne wenig«, meinte Achie. »Diese Doppelgängerin, wer auch immer sie sein mag, spielt diese Rolle ja nur fallweise. Vermutlich wird sie dafür bezahlt. Sie wohnt nicht bei den Käfers. Folglich führt sie – neben ihren Auftritten als Susanne Sebenstein – ihr eigenes Leben. Und wie wir feststellen konnten, ist dieses Mädchen ganz sicher nicht dumm. Dieses Double weiß genau, auf welch gefährliches Spiel es sich eingelassen hat, und wird sich abgesichert haben. Auch die falsche Susanne hat Eltern, Verwandte oder zumindest Freunde. Käfer kann sie nicht anstelle der richtigen Susanne umbringen oder in eine Klapsmühle sperren! Denn dann müsste er mit Nachforschungen wegen *zwei* vermisster Mädchen, die sich äußerlich gleichen, rechnen! Trotzdem werde ich natürlich versuchen, mich zu erkundigen, ob es auf Santorin eine nicht identifizierte Frauenleiche gegeben hat. Obwohl das vermutlich nicht so einfach herauszufinden sein dürfte.«

Einen Moment lang fühlte sich Claudia von Achies Andeutungen wie gelähmt, dann fiel ihr Kommissar Manosakis ein, den sie auf Kreta kennengelernt hatte. Die Inseln lagen zwar weit entfernt voneinander, aber Griechenland war Griechenland. Und ein griechischer Polizeikommissar kam vermutlich wesentlich rascher an die Informationen. Sie rief ihn einfach an. Schließlich hatte er ihr gegenüber behauptet, es wäre immer gut, wenn man jemandem einen Gefallen schulde, da sich derjenige gleichzeitig verpflichtet fühle, sich bei der nächsten Gelegenheit zu revanchieren.

Kaum 20 Minuten später erhielt sie die Antwort. In den letzten Monaten wurden keine Leichen entdeckt, die nicht identifiziert werden konnten. Weder auf Santorin noch auf den im Umkreis befindlichen Kykladeninseln. Außer einem Engländer, der nach einem Hitzekollaps einem Herzversagen erlag, gab es in den letzten drei Monaten auf den Kykladen niemanden, der am Strand, im Wasser oder sonstwo außerhalb eines Krankenhauses verstorben wäre.

»Achie, wir fliegen nach Santorin«, entschied Jäger senior. »Und wenn wir die ganze Insel umgraben müssen, um eine Spur von Susanne zu finden. Das bin ich Gabriella schuldig!«

»Ich werde Sie begleiten!« Corantez erhob sich, straffte seinen Körper zu einer fast militärischen Haltung und reckte sein Kinn entschlossen vor.

»Das ist nicht nötig, Dr. Corantez. Es genügt, wenn Sie sich um den Jungen kümmern«, meinte der Senior.

»Es sich handelt um die Mutter meines Sohnes! Und … Dios mio, … ich schwöre, es wird nicht ungesühnt bleiben, wenn dieser Mann …«

»Dafür werde *ich* schon sorgen, Corantez!«, schnaubte Matthias Jäger. »Sobald wir das winzigste Indiz finden, zertrete ich diesen Käfer höchstpersönlich! – Helga!«, brüllte er, »buchen Sie für uns den nächstmöglichen Flug nach Santorin!«

»Taxi gefällig?«, mischte sich Claudia ein. »Ich will bei der Suche nämlich auch mithelfen. Außerdem fliegen von Wien aus die regulären Verkehrsmaschinen Santorin nicht direkt an; nur Charter- und Inlandsflüge. Sie müssten in Athen das Flugzeug wechseln oder ein Fährschiff von Piräus aus nehmen. Damit sind Sie allerdings einige Zeit unterwegs.«

»Schon erledigt, Helga. Wir fliegen mit Claudia und ihrem Lufttaxi. Eine blendende Idee übrigens.« Jäger rieb nachdenklich über sein Kinn. »Aber was machen wir mit Manuel? Es wird schwierig sein, den Kleinen bei der Suche nach seiner Mutter überall hin mitzuschleppen.«

»Sie könnten ihn bei mir beziehungsweise bci meiner Tochter lassen«, bot Helga an.

»No, no! Ich werde mich nicht trennen von meinem niño!«, erklärte Corantez entschieden. »¿Porque? Manuel kann kommen mit. Wenn wir finden Suzana, es ist wichtig, ihr niño ist da. Ich werde suchen Kindermädchen, was kann passen auf. Aber ich will haben Manuel in meiner Nähe.«

Claudia fischte schmunzelnd ihr Handy aus der Tasche. Wie war das mit den Gefälligkeiten? Manosakis Bruder – der mit dem griechischen Restaurant in Wien –, konnte ihr vermutlich einen Tipp geben, wie sie auf Santorin am schnellsten zu einem Kindermädchen kamen.

»Fragen Sie am besten die Einheimischen im Hotel danach, … in der Rezeption, Kellner, Putzfrauen. Alle haben Verwandte. Sie werden sehen, Claudia, jeder empfiehlt Ihnen sofort ein tüchtiges Mädchen … Erinnern Sie sich übrigens an Maria? Die junge Krankenschwester, die im Frühjahr Frau Mertens begleitet hat. Sie ist wieder gekommen. Es hat ihr in Wien so gut gefallen, dass sie sich jetzt hier einen Job im Krankenhaus suchen möchte. In der Zwischenzeit arbeitet sie in meinem Restaurant ... Oh! Maria könnte eigentlich auch als Kindermädchen arbeiten. Sie hat vier jüngere Geschwister. Und sie spricht nicht nur Griechisch, sondern mittlerweile auch gut Deutsch. Was meinen Sie, Claudia? Soll ich sie fragen?« Er wartete ihre Antwort gar nicht erst ab. »Maria!«, brüllte er. Den Rest konnte Claudia nicht verstehen. Kurz darauf erklärte er, Maria wäre entzückt, als Kindermädchen zu fungieren. In seiner Küche Gemüse zu putzen, gefiel ihr ohnedies nicht besonders.

Claudia erinnerte sich noch recht gut daran, wie begeistert die junge Griechin war, als sie vom Krankenhaus engagiert wurde, Frau Mertens im Lufttaxi von Kreta nach Wien zu begleiten. Da Maria mit den Manosakis irgendwie verwandt oder verschwägert war, hatten sie die Piloten in Wien im Restaurant ›Eurydike‹ bei Georgos Manosakis abgeliefert. Den Rückflug mit einer Linienmaschine hatten sie für einen Tag später gebucht, damit Maria die Gelegenheit nutzen und die Stadt ein wenig besichtigen konnte. Der kleine Manuel würde dieses fröhliche Mädchen sicher mögen.

Da ein fremdes Flugzeug ohne genauere Zeitvorgaben umständlich zu chartern war, rief Claudia im Büro an, um sicherzustellen, dass sie das Lufttaxi benutzen konnte. Insgeheim hatte sie bereits beschlossen, die Maschine notfalls wie ein Pirat zu kapern. Papa Fellner, der ihren Bürodienst übernommen hatte, behauptete, Rudi und Thomas würden in spätestens vier Stunden zurück sein. Danach war die Cessna frei. Claudia erklärte Rudis Vater, dass sie das Flugzeug auf unbestimmte Zeit beschlagnahmen würde, bat ihn, den Bürodienst auch weiterhin zu übernehmen und für Buchungen in den nächsten Tagen Ersatzmaschinen aufzutreiben. Dann erkundigte sie sich bei Andreas, ob er als Co mitfliegen wollte. Santorin, mit ungewisser Aufenthaltsdauer. Als Andreas hörte, worum es ging, erklärte er sich sofort einverstanden und wollte sich ebenfalls an der Suche nach Susanne beteiligen.

Corantez führte ein langes Gespräch mit seinem Onkel in der Klinik und ein weit kürzeres mit seiner Frau.

Sie beschlossen, gemeinsam in Georgos Manosakis' griechischem Restaurant zu essen. Achie fand das praktisch, weil sie anschließend das neue Kindermädchen gleich mitnehmen konnten. Matthias Jäger lud auch seine ehemalige Sekretärin zum Essen ein. Er sagte Helga Rumpold, sie hätte sich das redlich verdient, zumal sie bereits Manuels Windeln gewechselt und ihn umgezogen hatte. Nur Bertram Jäger blieb zurück, weil er noch einen wichtigen Termin wahrnehmen musste.

»Ist kein gutes Omen! Maria ist Krankenschwester, – wie wir erfunden haben bei Rosa!«, meinte Corantez.

»Maria ist Griechin«, beruhigte ihn Claudia, »und sie ist nicht erfunden! Manuel wird sie mögen. Sie ist noch sehr jung und ein fröhliches Mädchen!«

Manuel mochte Maria tatsächlich auf Anhieb. Sie schloss ihn sofort in die Arme. Lief mit ihm durchs Restaurant, ließ ihn alles ansehen und angreifen. Helga Rumpold wirkte ein wenig enttäuscht. »Normalerweise gehen Kinder in diesem Alter Fremden nicht so rasch zu.«

»Manuel ist nicht scheu. Bei Pflegefamilie es gab viele Verwandte. Onkeln und Tanten. Viele Kinder.« Corantez lächelte versonnen. »Manuel ist gewöhnt, dass ihn alle immer herumtragen und spielen mit ihm.«

Während Matthias Jäger und Achie rasch einige Sachen für die Reise einpackten, hatte Corantez mit Helga Rumpolds Hilfe sicherheitshalber eine Liste für die allernötigsten Einkäufe erstellt. Schließlich wussten sie nicht, wie lange die Suche nach Susanne dauern würde. Natürlich konnte er für Manuel auch alles in Santorin besorgen, doch Helgas Ratschläge basierten auf den fundierten Erfahrungen einer Großmutter und standen ihm später nicht mehr zur Verfügung.

30

Flughafen Wien – General Aviation Center

Andreas wartete bereits gemeinsam mit Rudi und Thomas im GAC auf Claudia. Alle drei lauerten neugierig auf eine ausführliche Berichterstattung über die vorangegangenen Ereignisse. Doch als sie ihnen schilderte, was tatsächlich geschehen war, starrten sie Claudia nur wortlos und völlig perplex an.

Rudi senkte bestürzt den Kopf. Auch er war felsenfest davon überzeugt gewesen, auf sämtlichen Flügen mit dem Lufttaxi Susanne vor sich gehabt zu haben. Nun schämte er sich für seine Unterstellung, das Mädchen wäre eine launenhafte, hinterhältige Lügnerin. Der Plan, auf Santorin mit der Suche nach der echten Susanne zu beginnen, erschien auch ihm zweckmäßig. Und wie Claudia sich dabei engagierte, fand er schlicht beeindruckend. »Soll ich mitkommen?«, erkundigte er sich anteilnehmend.

Soweit Claudia sich erinnerte, kam es äußerst selten vor, dass er nicht zuerst an sein Unternehmen dachte. Sie schüttelte den Kopf. »Nicht nötig. Andreas macht das schon. Und du musst dich schließlich hier um unsere Charteraufträge kümmern. Wenn ich schon das Lufttaxi auf unbestimmte Zeit entführe.«

Rudi nickte. »Aber halte mich zumindest telefonisch ständig auf dem Laufenden.« Er drückte sie fest an sich. »Du und dein Dickkopf, Claudia! Wenn du dich nicht so in die Sache verbissen hättest, wäre das nie raus gekommen. Ich wette, ihr findet Susanne, so hartnäckig, wie du bist, gibst du sowieso nicht auf, bevor ihr sie nicht gefunden habt. Und ich bin echt froh darüber – dass du so bist, wie du bist!« Er küsste sie.

Bis Manuel auf Marias Arm zu zappeln anfing und kreischte: »Manu – besar!« Was das hieß, erfuhr Claudia unmittelbar darauf. Er streckte seine Ärmchen nach ihr aus, klammerte sich fest und schmatzte sie ziemlich feucht ab.

»Also das darf Susanne auf keinen Fall entgehen.« Rudi schmunzelte. »Schon deshalb müsst ihr sie rasch finden!«

31

Flug Wien – Santorin

Als das Lufttaxi am Flughafen Wien zur Piste rollte, breitete sich der Optimismus an Bord bereits wie ansteckendes Lachen aus. Nach dem Start zeigten sich alle zuversichtlich und davon überzeugt, ihr Vorhaben würde erfolgreich verlaufen. Die Nachwirkungen der beklemmenden Feststellung, dass Susanne Sebenstein durch eine Doppelgängerin ersetzt wurde, verebbten zusehends. In der gesamten ›Suchmannschaft‹ erwachte ein enthusiastischer Tatendrang. Es war naheliegend, dass der Austausch der Mädchen auf der Insel Santorin stattgefunden hatte. Und genau dorthin waren sie jetzt unterwegs.

»Wir finden deine Mama«, verkündete Matthias Jäger dem kleinen Manuel. Der Junge lachte den alten Rechtsanwalt fröhlich an – ohne den Sinn des Gesagten zu verstehen – während er vergnügt auf Maria, seinem neuen Kindermädchen, herumturnte. Dafür wirkten die Worte auf Corantez beruhigend und entlockten ihm ein zustimmendes Nicken.

Achie begann unverzüglich damit, Planungsstrategien zu entwerfen. »Gehen wir vorerst davon aus, dass Susanne und die Käfers in der Ortschaft Thira gewohnt haben. Schließlich hat die echte Susanne dort die Piloten getroffen, als sie unterwegs war, den Brief an Dr. Jäger abzuschicken. In größeren Hotels übernimmt so etwas die Rezeption. Aber vermutlich hat Susanne Bedenken gehabt, dass die Käfers im Hotel zufällig davon erfahren könnten, und wollte deshalb die Unterlagen persönlich aufgeben. Dazu ist es jedoch nicht notwendig, allzu weit zu gehen.

Ich schlage vor, wir beginnen damit, in Thira das Hotel zu eruieren, in dem die Käfers und Susanne gewohnt haben. Von dort ausgehend starten wir eine Suche nach weiteren Hinweisen.«

»Aber vielleicht haben sie gemietet ein Haus oder eine Ferienwohnung?«, unterbrach Corantez die Überlegungen.

Achie schüttelte den Kopf: »Das glaube ich nicht. Später vermutlich zusätzlich, doch ganz sicher nicht gleich am Anfang des Urlaubs. Zuerst haben sie – und zwar keinesfalls unauffällig – als Pseudo-Familie in einem großen Hotel gewohnt. Schon allein deshalb, damit sie von möglichst vielen Leuten bemerkt werden. Die dann natürlich alle bei Bedarf bezeugen könnten, Susanne bis zu ihrer Abreise gesehen zu haben!«

Das Lufttaxi befand sich mittlerweile in der vorgegebenen Reiseflughöhe. Andreas wechselte von seinem Copiloten-Platz in den Passagierraum, um seine Ansichten mit den anderen auszutauschen. Claudia blieb zwar im Cockpit, überließ aber die Steuerung dem Autopiloten und hörte den Gesprächen im Hintergrund mit einem Ohr zu, während das andere vom Kopfhörer bedeckt blieb.

Andreas stimmte mit Achies Überlegungen überein, vom ausgeforschten Hotel ausgehend nach Anhaltspunkten zu suchen. Wichtig war, herauszufinden, mit wem Käfer gesprochen und welche Orte er aufgesucht hatte. Dass er erst auf der Insel direkt ein Haus gemietet und Bewacher engagiert hatte, die Susanne nun vermutlich gefangen hielten, war einfach naheliegend. Ein Objekt auf Santorin bereits von Österreich aus über eine

Agentur oder das Internet anzumieten, hinterließ eine zu leicht nachvollziehbare Spur. Dieses Risiko war Jaromir Käfer sicher nicht eingegangen. Schließlich reichte eine Zeitspanne von drei Wochen aus, um etwas Geeignetes auf der Insel zu finden. Die Dinge persönlich vor Ort zu regeln, hatte den Vorteil, dass es nur wenige Mitwisser gab. Mit Bargeld ließ sich vieles, auch Schweigen, erkaufen.

Nach der Landung auf der griechischen Insel erklärten sich alle mit Achies detailliertem Konzept für den Ablauf der Suche nach Susanne einverstanden. Es klang einfach und einleuchtend. Dr. Jäger und Andreas hatten – wie zwei gegnerische Anwälte – die verschiedensten Aspekte angeführt, um alle Eventualitäten zu berücksichtigen. Letztlich waren sie überzeugt, bei ihrem Vorhaben auf alles vorbereitet zu sein und nichts übersehen zu haben.

Es war Ende September und die Touristensaison am Ausklingen. Im Ort Thira und in dem Hotel, in dem Claudia damals mit Rudi übernachtet hatte – vor Beginn der ›Causa Susanne‹, wie Andreas es bezeichnete –, fanden sie vier nebeneinanderliegende Doppelzimmer. Jedes davon verfügte über eine meerseitig gelegene Terrasse, bestückt mit Tisch, Stühlen, Sonnenschirm und Campingliegen. Da niemand woanders untergebracht sein sollte, entschieden sie sich dafür, die Zimmer untereinander aufzuteilen, und die Terrassen, die hauptsächlich durch aufgestellte Pflanzen in Tontöpfen getrennt waren, miteinander zu verbinden.

Corantez und Andreas schoben die Pflanzen auseinander, um Durchgänge zu erhalten und auf der Terrasse, vor dem Zimmer, das sich Matthias Jäger und Achie teilten, eine Art Kommandozentrale zu errichten. Wobei sie sämtliche Tische, Stühle und Sonnenschirme zusammenstellten und auch gleich mit ein paar Campingliegen für Manuel eine Spielecke einrichteten.

Ursprünglich sollten Corantez und Andreas, Maria und Manuel gemeinsam und Claudia alleine ein Zimmer benutzen. Gleich am ersten Abend war allerdings Corantez bei seinem Sohn eingeschlafen, als er ihn zu Bett brachte. Daraufhin wanderte Maria in Corantez Zimmer, und Andreas übersiedelte kurzerhand zu Claudia. Manuel schlief danach zu seiner Freude abwechselnd bei Maria oder seinem Vater.

Aus den Fotos, die Susanne mit dem Baby zeigten, hatte Achie ihr Gesicht herauskopiert und vergrößert. Mit den Abzügen durchkämmten sie den Ort Thira, eruierten das Hotel, in dem die Käfers mit Susanne drei Wochen verbracht hatten, sprachen mit dem gesamten Hotelpersonal. Erkundigten sich in den umliegenden Restaurants, Tavernen und Bars. Danach verlegten sie ihre Nachforschungen an die Strände und deren Umgebung. Nichts half ihnen weiter. Sie fanden einfach nicht die geringste Spur, die auf Susannes gegenwärtigen Aufenthaltsort hinwies. Achie entwarf immer neue Strategien. Sie waren alle gut, nur leider ergebnislos. Die Einsatzzentrale war mittlerweile bestens ausgestattet mit Handys und iPhones, Laptops, Achies Drucker, Listen, Einsatzplänen, Aufzeichnungen über die einzelnen Abschnitte, Ergebnisse der durchgeführten Befragungen.

Andreas traute den Satellitenbildern, die Google Earth lieferte, nur eingeschränkt. Außerdem waren sie auch nicht sonderlich scharf. Achies Digitalkamera war mit einem beachtlichen Teleobjektiv ausgestattet, deshalb beschlossen sie, eigene Luftbildaufnahmen anzufertigen, und flogen kreuz und quer über die Insel, um jeden Teil davon zu fotografieren. Andreas vergrößerte auf seinem Laptop zusätzlich die einzelnen Abschnitte, damit ihnen keine abseits gelegenen Häuser entgingen. Anhand einer Straßenkarte von Santorin teilte Achie alles in Sektoren, und mit zwei Leihautos fuhren sie die gesamte Insel ab.

Sie redeten mit Kellnern, Putzfrauen, Verkäufern, Anbietern von Leihwägen, Vermietern von Privatzimmern. Fast alle sprachen Deutsch oder Englisch. Santorin lebte vom Tourismus. Doch als sie abends geschafft zurückkehrten, konnte keiner von ihnen mit einem konkreten Hinweis oder wenigstens einer vagen Andeutungen auftrumpfen.

Am dritten Abend war der alte Jäger fix und fertig. Völlig erschöpft ließ er sich auf eine der auf der Terrasse aufgestellten Campingliegen fallen. »Verdammt, ich bin einfach zu alt dafür«, stöhnte er. »Um hier herum zu laufen, braucht man die Kondition einer Bergziege!«

Ein Großteil der Orte lag oben auf dem Plateau der Insel und zog sich, ins Vulkangestein gebaut, zum Meer hinunter. In diesen Bereichen gab es keine befahrbaren Straßen. Sie alle waren bereits über Tausende von Stufen geklettert.

Maria bot ihre Hilfe an. Das erschien für den Suchtrupp zwar sinnvoll, weil sie mit den Einheimischen griechisch reden konnte, aber Manuel dabei mitzuschleppen, konnte man ihr nicht zumuten. Dr. Jäger erklärte bereitwillig, die Aufsicht des Kleinen inzwischen zu übernehmen. Er schnappte die beiden Bilderbücher, die Maria besorgt hatte, warf einen Blick hinein und runzelte die Stirne. Die Texte unterhalb der Tierbilder waren auf Griechisch abgefasst. Da Manuel nicht lesen konnte, war das unwichtig, Hauptsache, die abgebildeten Tiere waren niedlich und bunt. Jäger lachte verschmitzt: »Wer von euch wagt, zu behaupten, ein alter Anwalt wäre nicht in der Lage, Geschichten zu erfinden?«

Sämtliche Bedenken von Maria und Corantez erwiesen sich als unbegründet. Der Senior kaufte ein aufblasbares Planschbecken, für Wasser geeignetes Plastikspielzeug, einen roten Topf für kleine Jungs und ergänzte damit die Spielecke auf der Terrasse. Ein Alarmsignal seines Handys erinnerte ihn, Manuel stündlich auf den Topf zu setzen. Es funktionierte bestens. Das bei dem quicklebendigen Manuel nicht gerade einfache Windelwechseln beschränkte sich dadurch nur mehr auf die Nacht und die Essenszeiten im Restaurant.

Sie waren meistens in Teams zu zweit unterwegs. Abends setzten sie sich gemeinsam auf der Terrasse, in der provisorischen Einsatzzentrale, zusammen und verglichen die kümmerlichen Ergebnisse. Der anfängliche Enthusiasmus verblasste allmählich, die Zuversicht schrumpfte.

»Es muss eine Spur geben«, beharrte Achie, »vielleicht haben wir sie bisher übersehen?«

Aber so groß war die Insel nicht. Und auf den Luftbildaufnahmen ließ sich jedes noch so abgelegene Haus erkennen. Wenn Susanne irgendwo auf Santorin festgehalten wurde, dann musste es Leute geben, die für sie sorgten, auf sie aufpassten. Und da sich das bereits über einen Zeitraum von mehr als einem Monat erstreckte, konnte es nicht völlig unbemerkt geblieben sein. Es schien einfach unwahrscheinlich, dass absolut niemand etwas darüber erfahren haben sollte. Zumindest Vermutungen musste es geben; doch sie fanden niemanden, der sie äußerte. Es war zum Verzweifeln.

»Vielleicht stimmt Theorie von Achie nicht ... und Suzana ist doch nicht mehr am Leben?«, murmelte Corantez.

»Das glaubst du aber nicht wirklich?«, fuhr ihn Claudia an.

Er zuckte bedrückt die Schultern. »Ich weiß nicht ...« Eine einzelne Träne verlor sich auf seiner Wange.

Dr. Jäger verschränkte die Arme und blickte kämpferisch in die Runde: »Wer glaubt, dass wir Susanne finden?«

Claudias Arm schnellte hoch. Von der Crew des Lufttaxis war sie Abstimmungen gewohnt; genau wie Andreas, der sofort wissend grinste: »Und wie begründest du deine Vermutung? Oder ist es ein reines Bauchgefühl?«

Natürlich kannte Andreas ihre Ansichten, schließlich teilten sie sich ein Zimmer. Und eines ihrer Gesprächsthemen vor dem Einschlafen drehte sich darum, ob die Suche nach Susanne wirklich sinnvoll war. Die Gründe, weshalb sie ihre Nachforschungen noch nicht abbrechen sollten, hatten sie bereits mehrmals durchgekaut.

Demnach bezweckte Andreas mit seiner Frage offensichtlich, Dr. Jägers Zuversicht zu unterstützen und durch Auflistung aller Pros und Contras womöglich auf neue Anhaltspunkte zu stoßen.

»Na ja, natürlich sagt mir das auch meine innere Stimme. Trotzdem glaube ich nicht, dass es auf reinem Wunschdenken beruht.« Jaromir Käfer musste den Austausch der Mädchen auf Santorin sowie dessen Ablauf langfristig und detailliert geplant haben. Er hatte dreimal im Lufttaxi-Büro nachgefragt, ob der Flugauftrag akkurat wie gebucht ablaufen würde. Bei früheren Flügen zu geschäftlichen Terminen hatte ihn das nie interessiert. Deshalb ging Claudia davon aus, dass es bei ihm nicht an einer Kontrollsucht im Allgemeinen lag, sondern er in diesem speziellen Fall auf

Absicherung bedacht war. Alles sollte exakt nach seiner Planung verlaufen. Keine Überraschungen. »Worauf Käfer nämlich strikt zu achten schien, war, dass nichts Unvorhersehbares seine Pläne durchkreuzte.«

»Genau«, unterbrach Jäger die Überlegungen, »und das zufällige Auftauchen einer Leiche, die sich als Susanne entpuppt, würde seine gesamte Konzeption vernichten! Zumal der ungefähre Todeszeitpunkt dann nämlich bereits vor ihrem Besuch in unserer Kanzlei liegt.«

»Was etliche Fragen aufwerfen dürfte«, mischte sich Achie ein. »Für endgültige Maßnahmen, die sich weder vertuschen noch rückgängig machen lassen, ist es einfach noch zu früh. Ich schätze, das Double wird zuvor einige Aktionen setzen, die ankündigen, wie labil und unberechenbar Susannes Geisteszustand ist. Allerdings darf dies keinesfalls zu rasch nach den vorherigen rechtskräftigen Übertragungen an die Käfers passieren. Sonst könnten berechtigte Zweifel an deren Legalität auftreten.«

Corantez starrte Achie an und flüsterte gepresst: »Verstehe ich richtig: Wir gehen davon aus, Käfer verbirgt Suzana, um sie später umzubringen … risikolos?«

»Nicht zwangsläufig!« Andreas schüttelte nachdrücklich den Kopf: »Auch eine verwirrte Susanne, von der man weiß, wie lange sie sich in psychiatrischer Behandlung befand, passt perfekt ins Konzept.«

»Überzeugt?« Jäger blickte Corantez fragend an.

Der Spanier faltete die Hände und presste die Fingerspitzen auf seinen Mund. »Angst«, stammelte er leise, »Angst um Suzana … hat Verstand ausgeschaltet. Was bleibt, ist Hoffnung.«

»Susanne ist nicht tot!« Jäger drosch seine Faust wie Gewitterdonner auf die Tischoberfläche. »Diese Kakerlaken halten sie irgendwo versteckt, damit sie notfalls bei Bedarf eine handlungseingeschränkte Susanne vorweisen können.«

Der kleine Manuel schaute den alten Anwalt verwundert an. Der Donnerschlag war wohl ein wenig zu laut ausgefallen. »Wir finden deine Mama«, erklärte ihm Jäger sanft und zuversichtlich.

Claudia fragte sich, wie viel Zeit dafür tatsächlich noch blieb.

32

Wien

Sonja Schöller trug ein rotes Kleid aus leichtem fließendem Stoff mit Spaghettiträgern, rückenfrei bis zur Taille. Ein breiter Lackledergürtel bildete den Übergang zum schwingenden extrem kurzen Rock. Dazu zierliche rote Sandaletten mit dünnen hohen Absätzen. Sie drehte sich mitten im Raum graziös nach allen Seiten. »Na? Was meinst du?«, fragte sie Bewunderung heischend.

»Vergiss es«, brummte Markus. »Viel zu auffällig. In diesem Outfit wirkst du herausgeputzt. Nicht natürlich.«

Sonja verzog beleidigt den Mund. »Ich finde, ich sehe toll aus.«

»Genau darum geht es ja.« Markus verdrehte die Augen und seufzte: »Beim Casting für einen Joghurt-Werbespot ist Natürlichkeit gefragt. Du spinnst, wenn du dort so aufgetakelt aufkreuzt.« Er hatte sich kurz aufgerichtet, schüttelte den Kopf und ließ sich wieder auf die direkt am Boden liegende breite Matratze, die Sonja als Bett diente, fallen.

»Meine Agentin ist überzeugt, ich hätte gute Chancen.« Sonja sah ihn trotzig an.

»Schon möglich. Aber in diesem Aufzug halten sie dich für bescheuert.« Er lachte verächtlich, streckte sich bäuchlings aus und blätterte in einem Skript.

Sonja setzte sich neben Markus auf das improvisierte Bett. An der kopfseitigen Wand hatte sie einen blaugemusterten Stoff aufgezogen. Gleich einem Baldachin war er über zwei an Schnüren von der Decke hängenden Stangen bis zum Bettende drapiert. Bedrückt senkte sie den Kopf. »Der Job ist entscheidend für mich. Macht sich nicht nur gut in meiner Vita bei weiteren Bewerbungen, sondern bringt auch ganz ansehnliche Kohle.«

»Du kriegst ihn«, bestätigte er versöhnlich. »Du hast Talent, Sonja! Damit schaffst du es. Nicht mit so einem Fähnchen. Und ganz sicher nicht, wenn du dich weiter auf dubiose Sachen einlässt.«

»Du hast leicht reden«, maulte sie, »wo man dich gerade für eine TV-Serie engagiert hat. Ich hab das Geld dringend gebraucht. Seit die ›Hotline to Heaven‹ abgesetzt haben, konnte ich nichts mehr kriegen.« Das Stück in dem kleinen Vorstadt-Theater kam anscheinend beim Publikum nicht sonderlich gut an. Trotz der guten Kritiken hielten sich die Besucherzahlen in Grenzen. Außer bei der Premiere waren sie nie ausverkauft gewesen. Gegen Ende der

Laufzeit kamen die Besucher überhaupt nur mehr spärlich. Vielleicht lag es am Thema? An der ironisch-exzentrischen Interpretation? Mitarbeiterinnen einer Sex-Hotline bieder und strickend. Ehefrauen als Kühe kostümiert. Wer wollte das vor Augen geführt bekommen? Jedenfalls wurde das Stück letztlich vorzeitig abgesetzt.

Markus drehte sich auf den Rücken. »Es ist nur eine klitzekleine Rolle. Im tiefsten Schatten der Hauptfigur. Ich spiele den jüngsten Assistenten des Kommissars. Den Laufburschen. Kaum Text.«

»Aber in einer Krimi-*Serie*! Neun Folgen in der ersten Staffel. Selbst wenn sie deine Rolle nicht ausbauen, du bist dabei. Du hast was vorzuweisen. Und ein regelmäßiges Einkommen.«

»Der flotte Haarschnitt passt dir übrigens ganz gut. Jedenfalls wesentlich besser als diese reizlose Frisur letztens. Du hast wie eine unscheinbare Maus ausgesehen.« Er fuhr mit der Hand durch ihre kurzen schwarzen Haare. »Mit den langen blonden Zotteln hast du mir allerdings am besten gefallen.«

»Als ob's darauf ankäme«, sagte sie ätzend.

»Für mich nicht«, er grinste anzüglich, »aber es gibt ja noch andere, die dich nach deinem Aussehen beurteilen. Was ist, hilfst du mir jetzt? Sinnliches Tanzen mit einer Frau ist nicht gerade meine Stärke!« Er reichte ihr eine CD. »Das dritte Stück.«

Sonja warf einen Blick auf das Cover. Oldies aus den 70er Jahren. Sie legte die CD in den Recorder, nahm die Fernbedienung und stellte das dritte Musikstück ein. Boney M. ›*Brown girl in the ring*‹. Sie lächelte verhalten, stellte sich in die Mitte des Raums und lockte Markus mit aufreizenden Handbewegungen zu sich.

Die Ausstattung des großen, hohen Zimmers bestand aus einem Mix der unterschiedlichsten Möbel. Kommoden, Schränke, Truhen, ein Esstisch und verschiedenartige Stühle. Sie stammten aus Trödlerläden. Sonja hatte alles mit dunkelblauem Lack angestrichen. Auch die Rahmen der hohen Erkerfenster. So wirkte es wenigstens optisch einheitlich. Die meisten der Möbel standen an den Wänden aufgereiht, wodurch sich auf dem uralten Parkettboden eine große freie Fläche ergab. Mehrere hohe Spiegel waren nebeneinander an der Längswand befestigt.

Markus erhob sich träge von der Matratze. Er reichte Sonja das Skript, in dem er geblättert hatte. »Mein Text ist gelb angestrichen.«

Sie warf einen Blick darauf. Nickte. »Wir üben zuerst die Tanzszene. Sobald die sitzt, machen wir den Rest. Okay?«

Abgesehen von der Krimi-Serie hatte Markus auch eine winzige Rolle in einem Spielfilm ergattert. Sie bestand hauptsächlich aus dem Tanz und der Begleitung seiner Tanzpartnerin zu einem Auto, vor dem sie beide überfallen und er erstochen wurde.

Sonja tanzte mit wiegenden Schritten auf ihn zu, bis sie sich unmittelbar vor ihm befand. Sie presste sich an ihn. Rieb ihren Körper an seinem. Markus versuchte, sie fest an sich zu ziehen. »Neiiin! Lass deine Arme oben. Du willst doch *sinnlich* wirken. Nicht wie ein Klammeraffe! Du musst mich mit den Hüften fühlen. Die Bewegungen angleichen. Sonst berühren wir uns nicht. Die Oberkörper im Gleichklang. Schulter vor und zurück … Ja, gut so … Harmonisch aufeinander abgestimmt … Arbeite mit deinem ganzen Körper … Komm … näher, näher … nicht anstoßen! Ja, genau …«

»Wie ist mein Gesichtsausdruck?«, fragte er.

»Blöd!« Sonja kicherte. »Du solltest mich mit den Augen verschlingen. Doch deine Miene muss dabei cool bleiben, überheblich. Denk dir, ich wäre ein delikater Happen. Das Wasser rinnt dir schon im Mund zusammen. Aber du willst mir nicht zeigen, wie sehr ich dich aufgeile.«

»Du bist aber keine Delikatesse für mich, die mich aufgeilt«, er zuckte schmunzelnd mit den Schultern.

»Na, dann denk gefälligst an eine!«

Sie drehte sich mit dem Rücken zu ihm. Ihr Po berührte kreisend seinen Körper. Er flüsterte ihr etwas ins Ohr. Mit einer halben Drehung stand sie wieder vor ihm, streckte ihren Arm zu seiner Schulter und drückte ihn mit dem Handballen von sich. »Blah-blah-blah! ... Den genauen Text deiner Partnerin habe ich mir nicht gemerkt. Aber sie singt anschließend Teile des Liedes mit: *Show me the motion ... tralalalala ...!*«, sang Sonja leise mit melodiöser Stimme. Ihre Arme glitten aufreizend wellenartig durch die Luft. Als ob sie seinen Körper, mit einer handbreit Abstand, nachformte. Er passte sich ihren Bewegungen an. Sie berührten sich kaum. Die einzelnen Tanzfiguren entwickelten sich zu einem sinnlichen Gleichklang.

Markus war ein guter Tänzer. Sie hatten beide entsprechenden Unterricht gehabt. Nur wirkten Frauen auf Markus nicht erotisch. Da die Rolle jedoch genau das von ihm verlangte, brauchte er Nachhilfe. Bei den Dreharbeiten würde ein Choreograph Anweisungen für die Tanzschritte geben. Doch bei der Ausdrucksform konnte ihm Sonja weit besser behilflich sein und ihm zeigen, worauf es ankam.

»Du machst dich.« Sonja nickte zufrieden und drückte auf die Fernbedienung, um das Musikstück zu wiederholen.

Doch die Melodie wurde unmittelbar darauf vom am Esstisch liegenden Handy übertönt.

Markus hielt sie am Arm zurück. »Lass es läuten. Wozu hast du eine Mailbox?«

»Spinnst du? Das ist vielleicht meine Agentin, wegen des Castings morgen. Die spricht ihre Tipps doch nicht auf meine Mailbox. Außerdem kann ich sie gleich fragen, was sie von dem tollen roten Kleid hält. Wenn sie nicht der gleichen Meinung ist wie du, lasse ich mich von dir nie wieder beraten.« Sie griff zerstreut nach ihrem Mobiltelefon und nahm das Gespräch an, noch bevor sie einen Blick aufs Display geworfen hatte. Unmittelbar darauf zeichnete sich Unbehagen in ihrem Gesicht ab. Verstimmt knallte sie kurz darauf das Handy zurück auf die Tischplatte.

»Du musst gehen, Markus! Er will vorbeikommen!«

»Scheiße! Und wann proben wir weiter?«, murrte er enttäuscht.

»Später! Vermutlich bleibt er ohnedies nicht lange. Ich gebe dir Bescheid. Aber verschwinde jetzt. Er wird gleich da sein. Ich glaube, er hat vom Auto aus angerufen, jedenfalls habe ich Motorengeräusch gehört.«

»Du hättest dich mit dem Kerl überhaupt nicht einlassen dürfen«, meinte er missbilligend. »Mir gefällt nicht, was du da tust.«

»Mir auch nicht. Aber er bezahlt gut. Und schließlich muss ich von irgendwas leben. Glaubst du, es macht Spaß, auf irgendwelchen Messen an einem Stand herumzustehen und ständig zu lächeln, obwohl man friert und die Füße wehtun? Irgendwie muss ich ja über die Runden kommen, bis ich wieder ein Engagement kriege. Wenn die mich für den Werbespot engagieren, lasse ich den Kerl sofort sausen! Das kannst du mir glauben. Der ist doch völlig gewissenlos und nützt mich rücksichtslos aus. Aber dafür habe ich jetzt ein bisschen was im Sparstrumpf. Für noch schlechtere Zeiten.« Sie zwinkerte ihm zu und lachte dabei verschlagen.

»Du schmeißt es ja doch nur für Aufputschmittel und Klamotten raus.«

»Na und? Immer noch besser, als wenn man überhaupt nix zum Rausschmeißen hat. Und jetzt verzieh dich gefälligst. Er legt nämlich großen Wert darauf, mich *alleine* anzutreffen.«

Markus schnappte seine Textvorlage, warf ihr einen missmutigen Blick zu und ging. Er wohnte zwei Stockwerke unterhalb. Vielleicht gab es ja noch heute Nacht eine Chance, um weiter mit ihr zu proben. Sonja war gut. Er verließ sich auf ihr Urteil, wenn es um Szenen zwischenmenschlicher Beziehungen ging. Seine Stärken lagen in anderen Bereichen. Vor allem, wenn es um ihr Outfit ging, ließ sie sich gerne von ihm beraten. Seit sie gemeinsam eine Schauspielschule absolviert hatten, waren sie miteinander befreundet. Sonja war die Talentiertere, aber sie hatte sich ihre Chancen selbst verbaut, als sie vor ein paar Jahren an eine Clique geraten war, die sie mit Kokain versorgte. Dadurch flog sie aus dem Theaterstück raus, das als Sprungbrett für ihre Karriere hätte dienen können. Danach war sie einige Zeit sauber geblieben und kleinlaut geworden, bis sie endlich das Engagement an dem Vorstadttheater erhielt. Nachdem das Stück abgesetzt wurde, vergriff sie sich hauptsächlich an Ecstasy und Speed, um sich aufzuputschen, – wenn sie das Geld dazu hatte und sich ihr eine Gelegenheit bot. Markus mochte Sonja. Er versuchte, auf sie aufzupassen. Aber wenn sie vollgedröhnt war, wurde sie unberechenbar. Und dann ließ sie sich auch auf riskante Dinge ein, von denen Markus sie nicht abzuhalten vermochte.

33

Wien

Als Markus gegangen war, drehte sich Sonja einen Joint. Etwas Gras konnte nicht schaden. Sie musste ruhig und gelassen wirken. Was auch immer dieser Jaromir Käfer von ihr wollte, diesmal war sie fest entschlossen, ›*nein*‹ zu sagen. Sie schlitterte da in etwas hinein, dessen Tragweite sie nicht abschätzen konnte. Anfangs hatte sie es als Spiel betrachtet. Ein paar Leute täuschen. Nein, sie war nicht ehrlich zu sich selbst. Zu durchschauen, worum es ging, war nicht schwierig gewesen. Sie hatte es sehr wohl begriffen, aber nicht wahrhaben wollen. Nicht hinsehen. Augen zu und durch. Ein derart verlockendes Angebot bekam man nicht oft. Käfer räumte alle Bedenken beiseite. Schöne erklärende Worte. Sein Vorhaben war zweckmäßig und sinnvoll. Er wollte nur seine Firma retten.

Sonja zündete ein paar Räucherstäbchen und Duftkerzen an. Sie kaschierten den Haschischgeruch etwas. Käfer würde es vermutlich ohnehin nicht merken. Markus schon, wenn sie später weiter probten. Dann fragte er garantiert, was sie sich sonst noch reingezogen hätte, und hielt ihr wieder einen seiner Vorträge, die an ihr Gewissen appellierten.

Sonja beschloss, Käfer so rasch wie möglich loszuwerden. Am Telefon redete er immer nur verschlüsselt mit ihr. Er war sehr vorsichtig. Der Auftrag, für den er sie engagiert hatte, war abgeschlossen. Gegen die zusätzlichen Zahlungen, als er sie nachträglich nochmals brauchte, hatte sie natürlich keine Einwände gehabt. Doch bei ihrem letzten Auftritt in der Anwaltskanzlei war ihr klar geworden, dass diese Susanne, deren Rolle sie übernommen hatte, ein liebenswerter, feinfühliger Mensch sein musste. Nicht, wie Käfer betonte, berechnend und bösartig.

Eine junge Mutter, die im Sterben lag, hätte ihr Kind sicher niemandem anvertraut, der so egoistisch und habgierig war, wie Käfer behauptete. Susanne hatte diese Rosa spontan davon abgehalten, eine große Dummheit zu begehen. Und sie war ihr danach nicht nur emotional beigestanden, sondern dürfte Rosa und ihren kleinen Jungen auch finanziell großzügig unterstützt haben.

Sonja wurde das Gefühl nicht los, gewaltig missbraucht worden zu sein. Nicht, dass sie Käfer je vertraut hätte, aber seine Angaben klangen zumindest halbwegs glaubwürdig. Sonja hatte sich darauf gestützt und vor dem Rest die Augen verschlossen. Die Summe, die er ihr angeboten hatte, ließ sich mit einer Nebenrolle an einer Provinzbühne nicht verdienen. Und der Urlaub auf der griechischen Insel war ja auch nicht schlecht gewesen. Wann hätte sie sich jemals etwas Derartiges leisten können? Dafür brauchte sie nur die hinkende Tochter zu spielen.

Die Türglocke läutete. Sonja riss das Fenster auf, um den Rauch zu vertreiben, warf den letzten Rest der Zigarette in die Toilette und öffnete die Wohnungstür.

Käfer starrte sie an: »Was ist mit deinen Haaren passiert?«

»Ich habe morgen ein Casting für einen Werbespot.«

»Kommt nicht infrage!«, schrie er zornig.

»Gemach, gemach!«, beschwichtigte sie ihn. »Wollen wir doch eines klarstellen: Ich bin *Schauspielerin*! Die Rolle als hinkendes Töchterchen, das seinen Papa anhimmelt und jeder seiner Entscheidungen zustimmt, ist vorbei. Jetzt muss ich mich um meine eigene Karriere kümmern.«

»Ich brauche dich morgen für einen persönlichen Auftritt in der Firma. Jemand hat sich nach dem Motorrad erkundigt, das Susanne von ihrem Bruder geerbt hat. Du musst klarstellen, dass ich derzeit alle Entscheidungen treffe und in Zukunft auch über Susannes persönliche Dinge verfügen werde.« Ungehalten starrte er ihre neue Frisur an. »Was hast du dir denn dabei gedacht, die Haare abzuschneiden und schwarz zu färben? So ein Schwachsinn! Kannst du dir eine Perücke besorgen?«

»Ich habe morgen ein *Casting* für einen *Werbespot*«, wiederholte Sonja.

»Du gehst natürlich nicht hin!«

»Waaas? Ich hör wohl nicht richtig! Meine Agentin meint, ich hätte gute Aussichten, den Job zu bekommen.« Sonja lachte spöttisch. »Du hast doch wohl nicht gedacht, ich würde ständig nur für dich bereitstehen, *Papi?*«

»Du kannst in keinem Werbespot auftreten! Man würde dich erkennen!«, schnauzte Käfer sie an.

»Na so ein Pech. Aber das ist nun wirklich nicht mein Problem. Du glaubst doch nicht im Ernst, dass ich es ablehnen würde, wenn die mich nehmen?« Sonja sah ihn mitleidig an. »Nächste Woche hab ich ein Casting für eine Nebenrolle in einer ›Daily Soap‹! Soll ich darauf auch verzichten?«, fragte sie gedehnt. »Was hast du dir denn vorgestellt? Dass ich mein Leben nur noch damit verbringe, für dich auf Abruf bereitzustehen, *Papa*?«

Er starrte sie wütend an. Die Vorstellung, sie beabsichtige, wieder als Schauspielerin zu arbeiten, erschien ihm ungeheuerlich. Ein Risikofaktor, den er nicht einkalkuliert hatte, weil er davon ausgegangen war, dass sie sich durch ihren Drogenkonsum bereits alle Chancen verbaut hatte. Aber er verstand zu wenig davon. Vielleicht hatte er ihr die falschen Drogen angeboten? Vielleicht war sie gar nicht süchtig? Vielleicht hatte auch sie gelogen und ihm ein Theater vorgespielt? »Du gehst morgen mit mir in die Firma, Susanne!«, brüllte er.

»Ich habe keine Zeit. Ich habe eigene Verpflichtungen!«, fuhr sie ihn an. »Und ich bin *nicht Susanne*, dein gehorsames Töchterchen. Begreifst du das endlich?«

»Du wirst dich dem nicht entziehen! Hast du verstanden?«, schnaubte er zornig. »Du hast die Pflicht …!«

»Also dir gegenüber habe ich gar nichts. Du hast mich für einen bestimmten Job engagiert und bezahlt. Damit hat es sich. Für mich ist die Sache erledigt. Welche Konsequenzen sich für dich daraus ergeben könnten, hättest du dir früher überlegen müssen. Ich will nichts mehr damit zu tun haben! Ist das klar?«

»Oh nein, du wirst dich nicht so einfach aus der Affäre ziehen, meine Liebe!« Mit kalt glitzernden Augen ging er auf sie zu.

»Wage es ja nicht, mich zu bedrohen«, zischte sie ihn aufgebracht an. »Ich rufe auf der Stelle die Polizei! Glaubst du, ich bin geistig minderbemittelt? Wie das angeblich Susanne ist? Ich weiß inzwischen genug über dich und …«

Er knallte ihr seine Faust ins Gesicht. Sie stürzte und blieb ohnmächtig am Boden liegen. Käfer starrte auf die reglose Gestalt. Angst stieg in ihm hoch. Sonja war nicht so leicht zu manipulieren, wie er gedacht hatte. Sie wurde langsam zur Gefahr für ihn. Er wusste kaum etwas über sie. Sein Angebot hatte sie nur wegen des Geldes angenommen. Er dachte, die Gier würde sie verbinden. Doch das war es nicht gewesen. Oder nur vorübergehend. Sie träumte anscheinend immer noch von einer Karriere als Schauspielerin. Wie sollte er das verhindern, wenn selbst die Drogen dazu nicht gereicht hatten? Sobald sie in einem Werbespot oder einer Fernsehserie auftrat, vernichtete sie höchstwahrscheinlich seine perfekte Planung. Das konnte er keinesfalls zulassen. Er musste sie loswerden. Sofort! Und sämtliche Spuren, die auf mögliche Zusammenhänge hinwiesen, beseitigen.

Wo befanden sich die braun getönten Kontaktlinsen? Er stürzte ins Badezimmer. Kramte hektisch in dem kleinen Schränkchen. Da waren sie nicht.

Käfer sah sich im Wohnraum um. Was er brauchte, waren diese verdammten Kontaktlinsen und natürlich das winzige digitale Aufnahmegerät. Darauf war Susannes Stimme zu hören, damit Sonja sie einüben konnte.

Sie lag immer noch reglos auf dem Fußboden. Viel Zeit, die Wohnung zu durchsuchen, würde ihm trotzdem nicht bleiben. Möglicherweise fand er Drogen, die er ihr einflößen konnte. Warum hatte er sich vorher nicht ausreichend darüber informiert, was sie nahm und – vor allem – wie viel davon als Überdosis wirkte? Ein leichtsinniger Fehler, der ihm nicht hätte passieren dürfen. Genauso wenig wie sich darauf zu verlassen, dass Sonja käuflich war, und es nur auf eine Erhöhung der Entlohnung für ihre Dienstleistungen ankam.

Bisher hatte sie ihm kaum Fragen gestellt. Trotzdem zeichnete sich beim Zusammensetzen der Fragmente, die ihr bekannt waren, sicherlich ein deutliches Bild der Hintergründe ab. Ihre Drohung war fundiert. Sie wusste einfach bereits viel zu viel. Das war gefährlich.

Auf einer Kommode entdeckte er eine alte Schreibmaschine. Vermutlich stand sie hauptsächlich zur Zierde dort, doch sie schien zu funktionieren. Damit ließ sich etwas anfangen. Ein ganz banaler Selbstmord. Einschließlich Abschiedsbrief.

Da er keine Handschuhe bei sich hatte, benutzte er ein paar Papiertaschentücher. Versuchte, sich zu erinnern, was er angefasst hatte. Er fand Schreibpapier. Spannte es in die Maschine. Begann einen Abschiedsbrief.

Sonja erwachte. Sie versuchte, sich aufzurappeln. Er versetzte ihr noch einen Schlag. Doch diesmal taumelte sie nur zu Boden, wurde nicht wieder bewusstlos. Er hievte sie hoch. Er hatte an Gas gedacht; an den alten Gasherd in der Küche. Aber das Fenster stand offen. Verlockend. Einfach. Er schleppte sie hin. Sie wehrte sich. Allerdings nur schwach. Sie war zu benommen, hatte kaum Kraft dafür.

Er musste schnell handeln, solange sie sein Vorhaben nicht begriff. Sie sah ihn erstaunt an. Als ihr klar wurde, was er beabsichtigte, war es zu spät für sie. Er hob sie hoch und stieß sie aus dem Fenster. Sie schrie. Ihr rotes Kleid flatterte. Er zog sich schnell zurück.

Den begonnenen Abschiedsbrief konnte er nicht mehr fertigstellen. Vermutlich hätte sie dazu ohnedies einen Computer benutzt. Leider befand sich keiner in Sichtweite. Jetzt nach einem Notebook zu suchen, hielt er für sinnlos. Falls er tatsächlich eines fand, war es sowieso nicht eingeschaltet und online. Er musste von hier so rasch wie möglich verschwinden.

Es blieb ihm auch keine Zeit, nach den braun getönten Kontaktlinsen und dem kleinen Diktiergerät zu suchen. Doch Sonja war Schauspielerin, sicher würden Stimmproben und farbige Kontaktlinsen nicht als unüblich angesehen.

Hastig ließ er seine Blicke durch den Raum schweifen, um sich zu vergewissern, keinerlei Spuren hinterlassen zu haben. Dann verließ er eiligst die Wohnung. Niemand begegnete ihm im Flur. Nur im ersten Stock öffnete ein junger Mann gerade seine Wohnungstür. Jaromir Käfer drehte sein Gesicht zur Seite.

34

Santorin

Achie hatte etwas herausgefunden. Leider ließ sich nicht abschätzen, ob es für die Spurensuche tatsächlich relevant war, obwohl sich dadurch zumindest ein vager Anhaltspunkt zu ergeben schien. Für ihn der einzige bisher.

Im Zuge seiner Ermittlungen war es dem Detektiv gelungen, eine deutsche Reiseleiterin aufzustöbern, die sich daran erinnerte, dass die Käfers Passagen für einen Schiffs-Ausflug bei ihr gebucht hatten. Die Familie zählte nicht zur Neckermann Reisegruppe. Hatte weder durch Animations-Vorschläge von Kollegen noch durch Anregungen des Hotelpersonals, sondern aufgrund eines ausgehängten Werbeanschlags den Ausflug direkt bei ihr gebucht. Es war ihr vor allem deshalb in Erinnerung geblieben, weil sie ihre Provision dadurch mit niemandem zu teilen brauchte.

Die zweitägige Rundfahrt beinhaltete eine Übernachtung auf dem Schiff und den Besuch mehrerer Inseln mit jeweils stundenlangen Aufenthalten.

Santorin – Ios – Paros – Mykonos – Naxos – Santorin.

»Möglicherweise hat der Austausch der beiden Mädchen auf einer dieser Inseln stattgefunden«, meinte Achie seufzend, »davon sollten wir ausgehen. Ich halte es eher für unwahrscheinlich, dass es direkt auf dem Schiff passierte. Obwohl wir auch das nicht ausschließen dürfen.«

Es gab mehrere Gruppen von verschiedenen Reiseveranstaltern auf dem Schiff, und die von Achie aufgetriebene Reiseleiterin hatte ihre ›Inselhüpfer‹ nicht selbst begleitet. Allerdings versprach die attraktive rothaarig Deutsche, sich bei ihren Kolleginnen zu erkundigen und Achie später jedes Detail, das sie in Erfahrung bringen konnte, zu berichten. Die Dame war zurzeit ohnehin nicht im Stress, weil die Urlaubssaison praktisch zu Ende war.

Achie begleitete seine Ausführungen mit einem hintergründigen Lächeln. Seine Schwäche für Rothaarige war kein Geheimnis. Die Gelegenheit, sich abends nochmals mit der Dame zu treffen, um berufsbedingtes Aushorchen mit persönlichem Vergnügen zu verbinden, erschien ihm eine reizvolle Abwechslung zu sein.

Matthias Jäger quittierte das mit einem trockenen: »Hoffentlich bringt es tatsächlich etwas … im Sinne unserer Pläne.«

Achie schwor, die Suche nach Susanne ließe sich sicher eingrenzen, sobald er Genaueres über die Aufenthalte auf den jeweiligen Inseln herausfand.

In Claudia erweckten Achies Schwärmereien für Rothaarige einen unangenehmen Beigeschmack. Andreas' ehemalige Verlobte, deren Haar er mit einem Buschfeuer verglichen hatte, war bei einem verhängnisvollen Verkehrsunfall ums Leben gekommen. Doch Claudias Befürchtungen, Achies Vorlieben könnten bei Andreas bedrückende Erinnerungen an Tanja wecken, trafen offensichtlich nicht zu. Andreas stöberte bereits in seinen Unterlagen, um festzustellen, auf welchen der angeführten Inseln es nationale Flugplätze gab. Mit zufriedenem Nicken markierte er die Blätter mit den Anflugverfahren für Mykonos, Paros und Naxos und beschäftigte sich intensiv mit den Flugkarten. Achies neckische Randbemerkungen über rothaarige Damen schien er kaum zur Kenntnis zu nehmen.

Claudia verfolgte nachdenklich Andreas' strategische Vorbereitungen. Vermutlich das einzig Sinnvolle zurzeit. Achies neu entflammter Tatendrang wirkte auch auf sie nicht ansteckend.

»Glaubst du, wir könnten mit unseren Überlegungen total falsch gelegen haben?« Sie blickte Andreas bedrückt an.

Santorin glich einem Labyrinth, in dem sie verzweifelt nach einem roten Faden suchten, den sie aufnehmen konnten, damit er sie zu Susanne führte. Doch vielleicht befand sich dieser rote Faden gar nicht auf Santorin? Vielleicht hatten sie bisher die falsche Insel abgesucht? Vielleicht war es ja Ios, Paros, Mykonos oder Naxos, wo sie fündig werden konnten?

»Tja, sagen wir, es liegt natürlich im Bereich der Möglichkeiten, dass wir bei unserer Suche leider die falsche Insel gewählt haben!«, brummte Andreas unwirsch. »Obwohl ich eher dazu tendiere, unsere Vermutungen als generell richtig einzustufen. Santorin war naheliegend. Außerdem mussten wir ja irgendwo beginnen.«

»Die Frage ist: Sollten wir wirklich das Risiko eingehen und die Suche auf Santorin sofort abbrechen? Schließlich haben wir einige der auf unserem Plan markierten Teilabschnitte der Insel noch nicht durchgekämmt.« Matthias Jäger, der sich nicht nur um Manuel kümmerte, sondern inzwischen auch sämtliche organisatorischen Belange übernommen hatte, klopfte nachdrücklich auf die am Tisch verteilten Unterlagen.

Sie hockten gemeinsam auf der Terrasse rund um die zusammengeschobenen Tische der provisorischen Einsatzzentrale.

In allen war ein Gefühl hilfloser Verzweiflung entstanden, und selbst Achies vorgetäuschte Zuversicht half nur mehr wenig.

35

Wien

Helga Rumpold stellte die beiden Teller in die Mitte des kleinen Tisches. Monika, eine junge Sekretärin von einem der Kanzlei-Anwälte, und sie hatten ihre Mittagspause für die Zubereitung von Schinken-Käse-Toasts genutzt. Der würzige Geruch erfüllte verlockend die winzige Teeküche. Monika schnupperte verzückt, leckte sich genüsslich über die Lippen und schob ihr Colaglas zur Seite, um den Tellern genügend Platz zu lassen. Rasch schnappte sie sich die Ketchup-Flasche und verzierte ihren appetitlich angerichteten Toast mit einem tomatenroten Smiley.

Während sie danach herzhaft hineinbiss, blätterte sie gleichzeitig in der am Tisch liegenden Tageszeitung. »Schrecklich! Wieder ein Selbstmord«, murmelte sie kauend. »So ein junges hübsches Mädchen. Springt einfach aus dem Fenster. Warum macht die das?«

»Weiß man nie. Vermutlich war sie verzweifelt.« Helga Rumpold zuckte hilflos die Schultern. »Für Außenstehende sind die Motive meistens nur schwer nachvollziehbar.« Sie griff nach ihrem Teller und wickelte eine Papierserviette um den Schinken-Käse-Toast, bevor sie ihn in die Hand nahm. »Vielleicht war sie krank? Physisch oder psychisch. Depressionen …«

»Da steht, ein Zeuge wäre aufgetaucht, der einen Selbstmord für ausgeschlossen hält. Angeblich war sie eine talentierte Schauspielerin. Allerdings schien sie auch ein Drogenproblem gehabt zu haben. Hm … eigentlich kommt sie mir bekannt vor. Ich glaub, ich hab sie schon mal in einem Film gesehen. Oder vielleicht in irgendeiner Fernsehserie? Sonja Schöller. Der Name sagt mir nichts. Klingt für mich aber eher danach, dass sie in einer deutschen Serie mitgewirkt hat. Jedenfalls dürfte es keine amerikanische Seifenoper gewesen sein. Erinnern kann ich mich nicht wirklich daran, wo ich sie gesehen hab. Na ja, vermutlich ist sie nur ganz kurz in einer Nebenrolle aufgetaucht.«

»Zeig her!« Helga zog die Zeitung zu sich. Nachdenklich betrachtete sie das Bild. »Das Gesicht kommt mir auch irgendwie bekannt vor.«

»Ist wahrscheinlich ein tolles Foto von ihr. Hat der Reporter sicher direkt vom Fotografen oder ihrem Agenten bekommen. Schauspielerinnen gehen ja nicht mit

Schnappschüssen hausieren, auf denen sie unmöglich aussehen. Vielleicht war sie in einem Werbespot im Fernsehen? Könnte sein. Tatsache ist: Ich hab sie gesehen! Und das ist noch gar nicht so lang her … Ich glaub, ihre Haare waren anders in dem Film, in dem sie mitgespielt hat«, überlegte Monika. Schwungvoll warf sie ihren angebissenen Schinken-Käse-Toast zurück auf den Teller und deckte mit den Händen die blonden Locken auf dem Zeitungsfoto ab.

Helga beugte sich nun ebenfalls näher über das Bild und runzelte nachdenklich die Stirn: »Weißt du, wer das ist?«, schrie sie plötzlich entsetzt. »Das ist *Susanne Sebenstein*!«

»Nein!« Monika schüttelte den Kopf. »Hier steht, dass sie Sonja Schöller heißt.«

»Ja, das stimmt höchstwahrscheinlich. Aber ich bin mir ziemlich sicher, bei dieser Sonja Schöller handelt es sich um die Doppelgängerin von Susanne Sebenstein, die mit den Käfers bei uns aufgetaucht ist.« Helga presste die Hand auf den offenen Mund und starrte die junge Kollegin fassungslos an.

»Genau! Jetzt weiß ich es wieder.« Monika nickte. »Es war die mit den Krücken! Ich hab sie nicht in einem Film gesehen, sondern live. Hier in der Kanzlei. Sie war in Begleitung von einem Mann und einer Frau, und sie wollten zu Herrn Dr. Jäger.«

Nach einer wortlosen Schrecksekunde raffte Helga Rumpold die Zeitung an sich und stürzte aufgeregt ins Büro von Dr. Bertram Jäger.

36

Santorin

Verärgert donnerte Matthias Jäger sein Handy auf den Tisch. Der dumpfe Knall bewirkte, dass Manuel sich neugierig zu ihm umwandte. »Ich werde nicht zulassen, dass dieser Käfer ungeschoren davonkommt!«, schnaubte Jäger.

Manuel kniete auf einer Decke neben dem aufblasbaren Planschbecken auf der Terrasse und warf ineinander stapelbare Plastikwürfel ins Wasser. »Das verspreche ich dir«, erklärte der alte Anwalt und bückte sich zu dem Jungen. Unbeeindruckt fischte Manuel die bunten Würfel heraus, um sie sofort wieder hinein zu schmeißen. Jäger strich ihm übers Haar. »Wir finden deine Mama«, sagte er zuversichtlich.

Manuel lachte und spritzte den Senior mit Wasser an. Eines der weniger rühmlichen Dinge, die Jäger ihm beigebracht hatte. Der alte Herr war ganz vernarrt in den Kleinen. Er fühlte sich wie ein Großvater, wenn er stolz erzählte, was Manuel wieder dazu gelernt hatte. Vermutlich würde er seinem Sohn Bertram bald vorwerfen, ihm noch keine Schar Enkelkinder beschert zu haben.

Jäger griff wieder nach seinem Handy und beorderte die einzelnen Teams sofort zurück zur ›Einsatzzentrale‹.

Nachdem Achie – trotz vielversprechender Ankündigungen – von der rothaarigen Reiseleiterin nur wenig in Erfahrung bringen konnte, ergaben sich kaum konkrete Anhaltspunkte. Etliche Passagiere waren auf den diversen Inseln, an denen das Ausflugsschiff angelegt hatte, zu- oder ausgestiegen. Die Käfers waren mit dem Schiff nach Santorin zurückgekehrt.

Obwohl es naheliegend schien, dass Susanne auf einer der angelaufenen Inseln durch das Double ersetzt wurde, ließ sich nicht abschätzen, auf welcher. Schließlich konnte es sich auch um ein schlichtes Täuschungsmanöver handeln. Womöglich bezweckten die Käfers einfach nur, die Doppelgängerin auf dem Schiff in Susannes Nähe zu bringen; ihr die Gelegenheit zu verschaffen, deren Verhalten unauffällig zu studieren. Damit sie später Susanne erfolgreich kopieren konnte.

Achie schlug vor, vorrangig noch jede der noch nicht durchkämmten Örtlichkeiten auf ihrer Liste aufzusuchen. Erst sobald feststand, dass sie Santorin wirklich ausschließen konnten, sollten sie sich auf die nächstgelegene Kykladeninsel konzentrieren. Die Aussicht, die restlichen vier Inseln nach Susanne zu durchsuchen, wirkte auf alle Teilnehmer des Suchtrupps frustrierend. Dennoch wollte sich keiner die Hoffnungslosigkeit des Unterfangens eingestehen.

»Es gibt entscheidende Neuigkeiten«, verkündete Dr. Jäger, hüllte sich jedoch in düsteres Schweigen, bis alle fünf auf der Terrasse versammelt waren. Erst dann begann er mit dröhnender Stimme – die seine Erschütterung jedoch kaum zu kaschieren vermochte – mit seinem Bericht:

»Mein Sohn hat mich vorhin angerufen. In Wien hat sich ein tragischer Vorfall ereignet, der auch für uns hier ein etwas anderes Licht auf die Sachlage werfen dürfte!« Danach schilderte er die Ereignisse in Wien detailliert und in chronologischer Reihenfolge.

Sofort, nachdem seine Sekretärin mit dem Zeitungsartikel völlig aufgelöst zu ihm gestürzt war, setzte sich Bertram Jäger mit der Polizei in Verbindung. Der mit dem Fall ›Sonja Schöller‹ beauftragte Kriminalbeamte gestattete Dr. Jäger nach dessen Darstellung der wahrscheinlichen Zusammenhänge uneingeschränkte Akteneinsicht und versprach ihm weitgehende Unterstützung bei der Klärung des Verschwindens von Susanne Sebenstein.

Aufgrund der Zeugenaussage eines jungen Schauspielers, der im gleichen Haus wie Sonja Schöller wohnte, bezweifelte man ohnedies bereits die Selbstmordversion. Durch Bertram Jägers Angaben bestätigte sich nicht nur der Mordverdacht, sondern zeichneten sich auch das Motiv und ein Hinweis auf den möglichen Täter ab. Danach ermittelte die Polizei sehr rasch, dass Sonja Schöller im August bei einem Reiseveranstalter einen zweiwöchigen Aufenthalt auf Mykonos gebucht hatte. Das Rückflugticket wurde von ihr nicht in Anspruch genommen. Ihren Reisepass hatte sie vor Kurzem als verloren gemeldet und die Ausstellung eines neuen beantragt.

»Wenigstens wissen wir jetzt, dass es auf Mykonos passiert sein muss. Verdammt! Santorin war die falsche Insel, und wir haben uns vielleicht schon viel zu lange damit aufgehalten, sie abzusuchen«, fluchte Achie.

»Sieht ganz danach aus.« Matthias Jäger nickte und betrachtete Manuel dabei versonnen. Der Kleine war gerade dabei, die neben ihm hockende Maria nun ebenfalls mit Wasser aus dem Planschbecken anzuspritzen. Maria trug pinkfarbene Shorts und ein Top mit dünnen Trägern in der gleichen Farbe. Corantez hatte ihr neue Sachen gekauft, weil sie nicht genügend Kleidungsstücke für die noch immer sehr warme Jahreszeit dabei hatte. Doch vor allem, weil Manuel seine schokoladenverschmierten nassen oder klebrigen Finger vorzugsweise an Maria abwischte.

»Bertram hat alles, was er in Erfahrung bringen konnte, schriftlich festgehalten und faxt die Unterlagen umgehend an die Hotelrezeption, damit sichergestellt ist, dass wir nichts übersehen.« Jäger wandte sich an Corantez: »Es ist Bertram sogar gelungen, eine Kopie von Sonja Schöllers Autopsiebericht zu erhalten. Den sollten Sie sich genauer ansehen, Corantez. Als Mediziner finden Sie darin womöglich etwas, das uns weiterhelfen könnte.

Der junge Mann, der mit Sonja Schöller befreundet war, steht übrigens außerhalb jeden Verdachts, er ist schwul und lebt mit einem Freund zusammen. Die beiden wohnen im 1. Stock des Hauses, haben den Schrei der jungen Frau gehört, sind zum Fenster gestürzt und haben gesehen, wie sie auf der Straße aufschlug. Sonja Schöller war sofort tot.« Der alte Anwalt seufzte bekümmert. »Nach einem Sturz aus der dritten Etage bedarf es schon eines Wunders, um zu überleben! – Ich bestelle uns eine Flasche Metaxa. So tragisch die Angelegenheit auch für diese Sonja ausgegangen ist, wir haben jetzt jedenfalls den ersten vielversprechenden Hinweis, wo wir Susanne finden könnten.«

»Es ist noch zu früh, um zu feiern, Matthias«, korrigierte ihn Achie.

»Aber wenn Käfer versucht hat, einen Selbstmord des Doubles vorzutäuschen, dann bedeutet es, dass Susanne noch am Leben ist«, behauptete Andreas. »Als er die Kopie vernichtet hat, muss er sicher gewesen sein, auf das Original zurückgreifen zu können! Sonst hätte er dafür gesorgt, dass die Leiche von Sonja Schöller – nach einem Unfall oder etwas Ähnlichem – als Susanne Sebenstein aufgefunden wird.«

»Daran zweifle ich nicht«, erklärte Achie ernst. »Aber Käfer kennt den genauen Ort, an dem Susanne festgehalten wird. Wir nicht.«

»Worauf warten wir dann noch? Auf nach Mykonos!« Jäger klatschte in die Hände. »Packt eure Sachen. Wir brechen die Zelte hier ab! Die Zeit läuft uns davon. Wenn diese Kakerlake Susanne woanders hinbringt, haben wir womöglich keine Chance mehr, sie zu finden. Falls er sie überhaupt noch irgendwo verstecken möchte und nicht beabsichtigt, einen kleinen offiziellen Unfall zu arrangieren. Nachdem er die Kopie nicht mehr präsentieren kann, könnte das Original seine Pläne gefährden.«

Der alte Anwalt eilte mit Corantez in die Rezeption, um neben dem Faxgerät auf die Unterlagen seines Sohnes zu warten. In der Zwischenzeit beglich er die gesamte Hotelrechnung mit seiner Kreditkarte.

37

Mykonos

Unmittelbar nach der Landung des Lufttaxis am Airport von Mykonos stürzte sich Claudia förmlich auf die Angestellten des Flugplatzes. Während Andreas die Maschine vorschriftsmäßig abstellte und danach die üblichen Formalitäten erledigte, hatte Claudia bereits dem gesamten Personal ihre Handynummer und eine Personenbeschreibung von Jaromir Käfer gegeben. Ihr charmantes Lächeln, eindrucksvoll durch ein paar Geldscheine von Jäger unterstützt, überzeugte alle, ihr sofort Bescheid zu geben, wenn Käfer mit einem Charter- oder Inlandsflug oder einer Privatmaschine auftauchen sollte.

Sicherheitshalber informierte sie auch Rudi und seinen Vater, falls Käfer das Lufttaxi chartern sollte, obwohl sie das für eher unwahrscheinlich hielt. Dazu war er zu raffiniert. Er würde sicherlich einen normalen Linienflug nach Athen nehmen und von Piräus ein Fährschiff auf die Insel. Vermutlich flog er nicht einmal direkt von Wien ab, sondern aus einem der Nachbarstaaten Österreichs, weil das schwieriger zu überprüfen war. Und sobald er eine Fähre zu den Inseln benutzte, entzog er sich gänzlich einer etwaigen namentlichen Kontrolle.

Das Hotel, in dem sie sich im Ort Mykonos einquartierten, war bei Weitem nicht so komfortabel wie jenes auf Santorin. Es gab keine nebeneinanderliegenden Zimmer, keine Terrassen und natürlich auch keinen geeigneten Raum, um wieder eine provisorische ›Kommandozentrale‹ zu errichten. Dafür erhielt diesmal jeder ein eigenes Zimmer.

Andreas und Claudia fertigten wieder Luftbildaufnahmen von der Insel an. Achie begab sich auf die Suche nach der Reiseleiterin, die für den Reiseveranstalter arbeitete, bei dem Sonja gebucht hatte. Maria ging mit Manuel in das Hotel, in dem Sonja Schöller gewohnt hatte. Mit dem süßen Kleinen am Arm und einer Unterhaltung in der Landessprache hatte sie keinerlei Schwierigkeiten, umfangreiche Erkundigungen einzuziehen.

Corantez und Jäger mieteten zwei Autos. Dabei fanden sie heraus, dass auch Sonja Schöller einen Leihwagen gemietet hatte. Ein Geldschein wechselte diskret den Besitzer und wurde durch einen Zettel ersetzt, auf dem das genaue Datum sowie der Kilometerstand bei Abholung und Rückgabe notiert war.

Als sich die kleine Gruppe später in einer Taverne zum Informationsaustausch zusammensetzte, ergaben sich bereits weit mehr neue Erkenntnisse und Hinweise als bei der gesamten Lauf- und Kletterarbeit auf Santorin.

Sonja Schöller hatte nach etwa einer Woche Aufenthalt im Hotel verlauten lassen, sie benötige ihr Zimmer nicht mehr, da sie Freunde getroffen hätte, die mit einer Jacht unterwegs waren und mit denen sie ihren restlichen Urlaub verbringen wolle. Das Gleiche hatte sie auch der Reiseleiterin erzählt.

Als Sonja Schöller zum Abflugtermin nicht auftauchte, ging die örtliche Reiseleiterin davon aus, die junge Frau wolle anscheinend länger bei ihren Freunden auf der Jacht bleiben und beabsichtige, sich später selbst um die Heimreise zu kümmern.

Achie war überzeugt, Sonja hatte nur deshalb einen Wagen gemietet, um in Käfers Auftrag nach einem Platz zu suchen, an dem sich Susanne unauffällig unterbringen ließ. Er versuchte, über die mit dem Leihwagen gefahrenen Kilometer den möglichen Radius, in dem sich Sonja bewegt haben könnte, festzustellen. Was sich natürlich – bei einer Insel mit etwa 20 x 14 km, die nicht gerade üppig mit Straßen durchzogen war –, als sinnlos erwies. Da Achie vermutete, Sonja wäre sicherlich vom Ort Mykonos an der Westküste mehrmals zu den Stränden an der Südküste gefahren, meinte er, sie sollten deshalb in dieser Region mit der Suche nach Susanne beginnen.

Corantez studierte die Kopie des Autopsieberichts. Der Rechtsmediziner hatte als Todesursache innere Blutungen und ein zertrümmertes Schädelbein festgestellt. Doch an Sonja Schöllers Körper befanden sich auch Verletzungen, die nicht durch den Aufprall am Boden entstanden sein konnten. Wodurch sich die naheliegende Schlussfolgerung ergab, dass es zuvor einen Kampf gegeben hatte. Eine leichte Abschürfung an ihrer rechten Handfläche legte die Vermutung nahe, sie habe versucht, sich am Fensterstock festzuklammern. In den Berichten der Spurensicherung wurde diese Annahme erhärtet und zusätzlich darauf hingewiesen, Höhe und Form der gefundenen Fingerabdrücke und Hautpartikel könnten in dieser Weise keinesfalls durch ein Abstützen hinterlassen worden sein.

Laut toxikologischem Befund hatte Sonja kurz vor ihrem Tod Marihuana geraucht. Es gab auch Anzeichen, dass sie gelegentlich Amphetaminderivate zu sich nahm. Allerdings nicht in den unmittelbar letzten Tagen vor ihrem Ableben.

Dieser Umstand bewog Achie, die Fährtensuche in eine neue Richtung zu verlegen. Er blickte alle der Reihe nach abschätzend an. »Matthias ist zu alt. Miguel sieht in seinen weißen Shorts wie ein Tennisprofi aus. Andreas wirkt viel zu seriös. Maria da mit hinein zu ziehen, ist mir zu riskant. Claudia!« Er grinste sie schelmisch an. »Wenn du dich so richtig ausgeflippt herausputzt, könnte das hinhauen. Steck dir Blumen ins Haar oder meinetwegen einen Oktopus; mal dich grün oder lila an und press dich in Marias heiße rosa Höschen. Lass dir einfach was einfallen, damit du durchgeknallt aussiehst. Wir schnüffeln rum, wo man hier Drogen auftreiben kann.«

In Marias pinkfarbene Shorts hätte sie sich vermutlich gerade noch hineinzwängen können, aber ob sie sich damit auch bewegen konnte, ohne dass sie platzten, war ein anderes Kapitel. Claudia bevorzugte sicherheitshalber ihre alten abgeschnittenen Hüftjeans. Sie erstand eine grob gehäkelte Bluse, zog sie über ihrem Bikini-BH an und verknotete sie unmittelbar darunter. Außerdem erwarb sie noch etliche Ketten aus Halbedelsteinen für Hals und Arme und ein paar Tattoos zum Aufkleben. Derartiges auszuprobieren, hatte sie sowieso schon immer gereizt. Da echtes Piercing nicht infrage kam, klebte sie einen kleinen Strassstein auf ihren linken Nasenflügel. Die obere Hälfte ihres Nabels umrahmte sie mit einem zierlichen Ornament und klebte ein Tattoo aufs linke Bein oberhalb des Knöchels. Andreas half ihr dabei, das Kreuzbein ebenfalls zu verzieren. Wobei er nicht nur richtig schmutzig grinste, sondern auch beim Aufkleben abfällig den Ausdruck ›Arschgeweih‹ verwendete. Was bei Andreas, dem äußerst seriösen Anwalt, in der Wortwahl erstaunlich und fast befremdend wirkte.

Über ihr großzügig aufgetragenes Augen-Make-up tupfte Claudia reichlich Glitzer-Gloss, nebelte einige Haarsträhnen mit blauem Farbspray ein und schmierte eine halbe Tube Gel ins Haar. Achie schmunzelte zufrieden.

Danach durchstreiften Andreas, Corantez, Achie und Claudia getrennt die verschiedensten Lokale. In ihrem Outfit hatte Claudia keinerlei Schwierigkeiten, mit auf Abenteuer erpichten Mädchen ins Gespräch zu kommen. Schon die erste, die sie fragte, wo sie was zum Schnupfen kriegen konnte, gab ihr bereitwilligst Auskunft. Um weitere Infos einzuholen, hüpfte sie noch durch ein paar Diskotheken.

In einer Bar stieß Claudia auf Corantez. Dort brauchte sie sich erst gar nicht weiter umzuhören. Doch als Corantez sie erblickte, winkte er aufgeregt mit den Armen und stürzte sofort hinter ihr her aus dem Lokal. Claudia nahm an, er hätte etwas herausgefunden. Das hatte er auch, aber in einer völlig anderen Richtung.

»Ich habe *vier* unsittliche Anträge bekommen! Dios! Von *Männern*«, flüsterte er ihr voller Entsetzen ins Ohr.

»Och du Ärmster!«, kicherte sie. »Für eine Schwulenbar ist das wirklich nicht viel. Dein Typ scheint nicht sehr gefragt zu sein, Miguel.«

Corantez war einer Ohnmacht nahe. Seine schwarzen Augen wurden rund und riesig. Sein Mund klappte wortlos auf und zu. Claudia prustete vor Lachen. Nachdem er den ersten Schock verdaut hatte, lachte er mit. »Können wir nicht zusammen die Lokale durchstreifen, Claudia?«, erkundigte er sich hilfeheischend.

Sie betrachtete ihn belustigt. Er trug eine weiße Hose und ein aufgeknöpftes Hemd, das einen Teil seiner braun gebrannten Brust zeigte. Insgesamt wirkte er wie ein konservativer Tourist, der auf ein Urlaubsabenteuer erpicht war. So ausgeflippt, wie sie derzeit gestylt war, hätte es beachtliche schauspielerische Fähigkeiten erfordert, sich mit ihm als Pärchen auszugeben. Und dann war noch fraglich, ob sie tatsächlich gemeinsam irgendwelche Kontakte knüpfen konnten.

Mit ihm an ihrer Seite stieß sie bei Mädchen garantiert auf verschlossene Münder. Da erhielt sie keine freizügigen Einladungen zu Privatpartys, eindeutige Angebote oder vertrauliche Auskünfte.

»Das würde nichts bringen, Miguel«, erklärte sie ihm glucksend, im Bemühen, ernsthaft zu bleiben. »Mykonos ist nicht nur ein Treffpunkt für eindeutig Homosexuelle, es laufen auch etliche Heteros herum. Und jede Menge zweiseitig Orientierte, die bloß auf ein extravagantes Abenteuer stehen. Wenn du Angst um deinen Hintern hast, dann zieh mit Andreas los. Den habe ich dort drüben an der Theke rumlungern gesehen.« Sie wies mit dem ausgestreckten Arm auf das Lokal, in dem sie Andreas bemerkt hatte. »Wenn er nicht mehr dort ist, kann er nicht weit sein. Vermutlich hat er ähnliche Probleme wie du.« Claudia stellte sich Andreas vor, wie er pikiert eindeutige Ansinnen zurückwies, und schüttelte sich wieder vor Lachen.

Wie Achie und Claudia hatte auch Andreas gewusst, dass auf der Insel nicht nur arglose Touristen ihren Familienurlaub verbrachten. Deshalb war Achie so bedacht darauf gewesen, Maria von der Erkundungstour fernzuhalten. Sie war erst 20, und Manosakis hätte ihnen wahrscheinlich den Hals umgedreht, wenn sie das Mädel in ein derart dubioses Unternehmen mit hinein zogen. Doch Miguel Corantez hatte von all dem anscheinend nichts mitbekommen.

Er seufzte und entschied sich dann, sicherheitshalber in Andreas' Begleitung nach weiteren Hinweisen zu suchen. In den seriösen Touristenlokalen würde er kaum etwas Entsprechendes in Erfahrung bringen. Die anderen Bars und Discos waren ihm plötzlich ziemlich suspekt. Aber wenn er sich ein bisschen Mühe gab, würde man ihn für Andreas' Lover halten. Damit erhöhten sich die Chancen der beiden, einen leicht zwielichtigen Eindruck zu erwecken. Womöglich schafften sie es gemeinsam, abenteuerlustig-verwegen zu wirken, um nicht sofort Misstrauen hervorzurufen, wenn sie rauszufinden versuchten, wo auf der Insel mit illegalen Substanzen gedealt wurde.

Schmunzelnd trennte sich Claudia von Corantez, um die Erkundungstour fortzusetzen. Die Plätze, an denen man problemlos Koks, Schnee, Ecstasy, Speed, Gras oder Ähnliches zum Eigenbedarf auftreiben konnte, waren nicht allzu viele. Sie erhielt fast immer die gleichen Auskünfte.

Als Claudia kurz nach drei Uhr morgens vor dem Hotel eintrudelte, hörte sie Dr. Jäger mit müder Stimme »Claudia, hier sind wir!« rufen. Er hockte mit Andreas und Corantez an einem der vor einer Taverne aufgestellten Holztische in dem engen Gässchen, schräg gegenüber ihrem Hotel. Das Lokal hatte bereits geschlossen, und sämtliche Lichter waren ausgeschaltet, doch vor Jäger standen eine halb volle Flasche Metaxa, ein Krug mit Wasser und zahlreiche, teilweise unbenutzte Gläser. Die drei Männer blickten Claudia müde, aber neugierig an.

Corantez schien immer noch leicht indigniert. Er hatte in dieser Nacht insgesamt elf unsittliche Anträge von Männern erhalten! Andreas immerhin drei! Aber der nahm es humorvoller. Vor allem witzelte er über einige Angebote, die darauf abzielten, ihm Miguel abzukaufen oder auszuspannen. Mit Hinweisen auf Susanne, Sonja oder Drogen-Dealer konnten beide nicht aufwarten.

Matthias Jäger hatte Maria mit Manuel schlafen geschickt und meinte, sie wäre ein klein wenig beleidigt, weil sie nicht mit auf Tour gehen durfte.

Unmittelbar nachdem sich Claudia auf einen Stuhl neben Andreas hatte fallen lassen, eine Zigarette anzündete und sich an einem Glas Wasser labte, kam Achie angetrabt. Natürlich war es auch ihm gelungen, herauszufinden, wo sich Ecstasy und Haschisch leicht auftreiben ließen.

Achie bediente sich zuerst am Metaxa, holte danach einen Block hervor und fertigte eine Liste an. Er war überzeugt, es wäre zweckmäßig, als Erstes an Orten, an denen sich Sonja die von ihr bevorzugten Drogen besorgt haben könnte, nach weiteren Hinweisen zu suchen. Wenn sie das Zeug nahm, konnte man getrost davon ausgehen, sie wäre an einem dieser Plätze aufgetaucht. Danach ließ sich ihre Spur vermutlich leichter verfolgen. »Ich bin sicher, irgendwo auf dieser Insel haben sich Sonjas und Susannes Wege gekreuzt«, verkündete er optimistisch. »Wenn wir diesen Punkt finden, gelingt es uns, die weitere Fährte aufzunehmen!«

38

Mykonos

Sie saßen – nicht noch, sondern wieder –, an den Holztischen vor der Taverne. Diesmal, um zu frühstücken. Wobei anscheinend nur Andreas und der kleine Manuel Appetit verspürten. Matthias Jäger, Corantez und Claudia stierten verschlafen in ihre Kaffeeschalen. Maria demonstrierte mit verschlossener Miene, wie ungerecht sie es empfand, von der Tour durch die Discos ausgeschlossen worden zu sein. Zumal Dr. Jäger ja ohnehin nicht mitgegangen war und deshalb ebenso gut als Babysitter hätte fungieren können. Die Gespräche beschränkten sich auf einsilbige Bemerkungen. Selbst Manuels quietschvergnügte Fröhlichkeit zauberte kein Lächeln auf die müden Gesichter der

Anwesenden. Die optimistischen Ansätze der nächtlichen Planungsstrategien hatten sich bei Sonnenaufgang verflüchtigt und waren nahtlos in stumpfe Resignation übergegangen. Vermutlich verstärkte auch der Schlafmangel bei allen das schale Gefühl, hilflos zu sein.

Das änderte sich schlagartig, als Achie aufgekratzt auftauchte. Obwohl auch er übernächtigt aussah, schien er trotzdem hellwach zu sein. Entweder hatte er überhaupt nicht geschlafen oder war bereits sehr zeitig unterwegs gewesen. Offensichtlich erfolgreich. Jedenfalls ließ sein Gesichtsausdruck darauf schließen.

»Ich glaube, ich habe eine Spur gefunden«, verkündete er. »Claudia, wirf dich in Schale. Ich brauche deine Hilfe.«

Sofort schüttete sie, ohne abzusetzen, den Rest des Kaffees in sich hinein, und ihre Müdigkeit verflüchtigte sich augenblicklich. Achies Zuversicht erweckte auch bei den anderen der Gruppe die Hoffnung, der erhaltene Hinweis könnte diesmal erfolgversprechender sein.

Claudia sprintete auf ihr Zimmer, schmierte das restliche Gel ins bunte, strubblige Haar, überprüfte, ob die Tattoos noch fest klebten, und schlüpfte in ein übergroßes T-Shirt, das eigentlich Andreas gehörte. Danach sprang sie voller Tatendrang in den Leihwagen, in dem Achie bereits ungeduldig wartete. Ohne ein Wort zu verlieren, brauste er los, und sie fuhren schweigend in einen etwas abgelegenen Teil der Insel.

In der Nähe einer Ansammlung gemauerter Häuser hielt Achie an. Die ehemals weiß gekalkten Hütten wirkten verwahrlost. Ein krasser Gegensatz zum Ort Mykonos, in dem jedes Mauerwerk und teilweise sogar die Steine der gepflasterten Gässchen in frischem Weiß erstrahlten.

Die schäbigen Unterkünfte umstanden eine Bucht wie räudige Wächter, die den zugehörigen ungepflegten Sandstrand, der mit Steinen, Felsbrocken und Gestrüpp durchsetzt war, vor neugierigen Blicken abschirmten. Eine Gruppe junger Leute hockte etwa in der Mitte des Strandes, rund um die kümmerlichen Reste eines Lagerfeuers. Ein Junge in einem ehemals farbenfrohen, ausgebleichten offenen Hemd entlockte einer Gitarre Töne, die, durch ständige Pausen, eine abgehackte, eigenwillige Melodie ergaben. Seine nackten dünnen Beine klopften dazu rhythmisch in den Sand.

Auf Claudia wirkte der Strandabschnitt ein wenig wie ein Zeitsprung in die 70er Jahre. Hippies. Kommunen. Rockmusik. Nostalgie, begleitet von einer Marihuana-Duftwolke.

Vor einer der schmuddeligen Behausungen hockte ein hagerer Bärtiger vor einer Staffelei. Sein fettiges langes Haar war im Nacken mit einem Gummiring zusammengefasst. Achie ging langsam auf ihn zu und blieb unmittelbar hinter ihm stehen. Das Aquarell auf der Staffelei zeigte die verträumte Abbildung einer der zahlreichen Windmühlen auf Mykonos. Als Vorlage benutzte der Maler eine kleine Bleistiftskizze.

Aufgrund von Achies anerkennenden Bemerkungen glaubte der Bärtige, einen potenziellen Kunden neben sich zu haben, entpuppte sich als Deutscher und verwickelte Achie sofort in ein freundliches Gespräch. Doch als Achie ihm Susannes Foto zeigte, versteifte sich sein Körper abweisend. Unwillig schüttelte er den Kopf, runzelte die Stirn und vertiefte sich wieder mürrisch in seine Arbeit.

Eine junge mollige Frau in einem verwaschenen langen Kleid trat aus dem Haus. Der Maler bemerkte sie aus den Augenwinkeln. Sofort wandte er seine Aufmerksamkeit wieder Achie zu, sah ihm ins Gesicht und redete über die Farbgebung des Aquarells. Gleichzeitig hob er eine Hand, drehte sie rasch, als ob er etwas zusperren wollte, und winkte der jungen Frau zu. Sie sollte verschwinden. Noch während sie ihm verdutzte Blicke zuwarf, versperrte sie rasch die Haustür.

Claudia, die inzwischen näher geschlendert war, sprintete unverzüglich los und packte den Arm der jungen Frau, noch bevor diese den Schlüssel abziehen konnte. Achie nickte beipflichtend, blieb jedoch weiter hinter dem Deutschen stehen.

»Wo ist sie?«, zischte Claudia.

»Autsch!«, kreischte die Mollige. »I don't know what you are talking about!«

»Ach? Weißt du nicht? Das solltest du aber!«, schnauzte Claudia sie verächtlich an.

»Kontrollierst du uns?«, erkundigte sich die ebenfalls eindeutig aus Deutschland stammende Frau argwöhnisch und musterte ihr Gegenüber abschätzend. Gleichzeitig versuchte sie, Claudias Hände abzuschütteln, die ihren Arm immer noch fest umklammerten.

»Was dachtest du denn? Dass man dir blind vertraut?« Claudia grinste hinterhältig.

»Hast du Probleme, Tina?«, erkundigte sich der Maler.

Tina schüttelte den Kopf und wandte sich trotzig an Claudia: »Du kannst ihrer Schwester ausrichten, dass mit Susi alles okay ist. Ich halt mich genau an die Vereinbarung.«

»Ich will sie sehen!«

»Jaja, bleib cool! Du kannst dich selber überzeugen. Die Susi wird von uns mit allem Nötigen versorgt.« Sie sperrte die Tür wieder auf, öffnete sie einen Spalt und rief ins Innere des Hauses: »Komm raus, Susi. Da will dich jemand sehen!«

Claudia stieß die Haustür mit dem Fuß zur Gänze auf. Als sie den Raum dahinter sah, rümpfte sie die Nase und warf Tina einen angeekelten Blick zu.

»Für 500 Eier die Woche wirst du ja wohl kein Luxusappartement erwartet haben«, murrte sie. »Wir haben dafür gesorgt, dass sie was isst und regelmäßig ihre … Vitamintabletten nimmt. Mehr war nicht ausgemacht.«

Das Mädchen, das sich nun mühsam zur Tür schleppte, glich nicht Susanne, sondern eher einer Geistererscheinung von ihr. Claudia erschrak bei ihrem Anblick. Sie war bleich und ausgezehrt; hielt sich benommen am Türstock fest. »Claudia«, hauchte sie verwundert. »Fliegen … wir … weg?«

»Siehst du, sie ist high genug, um gleich abzuheben«, höhnte Tina.

»Ja, Susanne, wir fliegen jetzt weg.« Claudia legte ihr vorsichtig den Arm um die Taille, und Susanne stützte sich auf ihre Schulter. Aber sie war zu schwach, sich so festzuhalten, dass Claudia mit ihr halbwegs rasch flüchten konnte. Achie begriff und schlenderte unauffällig näher, bis er neben ihr stand.

»Was hast du ihr gegeben?«, lenkte Claudia Tina ab.

»Alles, was lieb' Schwesterlein wollte!«

»Und du hast nicht etwa die Dosis eigenmächtig verändert?«

»Bernhard hat ein bisschen mitgenascht«, gestand sie. »Aber es war immer genug, damit sie schön oben auf der Welle geblieben ist.«

»Claudia?«, flüsterte Susanne und starrte Achie ängstlich an.

»Wir wissen Bescheid, Susanne. Dr. Jäger schickt uns«, beruhigte Achie sie. »Wir bringen Sie fort von hier.«

»Berniii!«, kreischte Tina, »die wollen Susi wegbringen! Tu was, Bernhard!«

Der bärtige Maler stürzte auf Achie zu, stemmte seine dürren Arme gegen dessen Schultern und versuchte, ihn aus Susannes Nähe zu drängen. »Wir lassen uns doch nicht unsere Einnahmequelle wegnehmen. Es waren drei Monate vereinbart. Tina, schnapp dir die Susi! Lass sie nicht raus!«

Tina umfasste Susanne, um sie wegzuzerren. Gleichzeitig versuchte Susanne, sich Schutz suchend an Claudia festzuklammern. Doch sie war zu schwach; schwankte und pendelte hilflos von einer Seite zur anderen. Claudia schaffte es nicht, mit einer Hand Tina abzuwehren und zugleich mit der anderen Susanne zu halten, damit diese nicht zu Boden sackte.

Achie verpasste Bernhard einen Kinnhaken. Steif wie ein dürrer Ast krachte der Maler auf den Boden und blieb reglos liegen.

Tina kreischte: »Help!!! Georg! Brian! Hurry up, to help us!«

Ein paar der um das Lagerfeuer herumlungernden Gestalten drehten die Köpfe in Richtung des Tumults. Tina brüllte lauter. Drei der Männer erhoben sich gemächlich. Ohne größere Eile schlurften sie näher.

»Bring Susanne von hier weg«, murmelte Claudia. »Ich versuche, diese Kerle aufzuhalten.«

»Ich kann dich hier doch nicht alleine lassen«, entgegnete Achie zögernd.

»Mach schon! Schaff sie zum Wagen. Ich komme schon zurecht. Verlass dich drauf! Und jetzt verschwindet endlich!«

Achie hob Susanne einfach auf und lief mit ihr auf den Armen zum Auto. Die drei leicht bekifft wirkenden Burschen waren inzwischen bis auf wenige Meter herangekommen.

»Hör zu: Du sagst jetzt deinen Freunden, dass alles okay ist. Hast du verstanden? Oder willst du lieber Troubles mit der griechischen Polizei kriegen?«, zischte Claudia Tina an. »Du sitzt nämlich mitten in der Scheiße, Herzchen! Falls du das noch nicht begriffen hast. Wir sind Freunde von Susi. Nicht von dem Miststück, das sich als ihre *Schwester* bezeichnet hat.«

Tina starrte sie griesgrämig an. »Everything okay, Brian! They are just friends of the girl!«, rief sie dann resignierend.

Die drei Burschen verhielten sich abwartend. Sie blieben in geringer Entfernung stehen und zogen abwechselnd an einem Joint, den sie im Kreis weiterreichten.

Tina betrachtete den bewusstlos am Boden liegenden Bernhard. Sie versuchte weder ihm zu helfen noch ihn in irgendeiner Form zu betreuen, sondern glotzte ihn bloß ratlos an. »Was sollen wir denn jetzt tun?«, murmelte sie.

Claudia kramte eine Zigarettenpackung aus der Hosentasche und bot ihr eine Zigarette an, bevor sie sich selbst eine anzündete. Tina warf ihr einen überraschten Blick zu, nahm jedoch das Angebot an, so als ob sie nun gemeinsam eine Friedenspfeife zu rauchen beabsichtigten. Die herbeigerufenen Freunde verzogen sich desinteressiert wieder zum Lagerfeuer.

»Na dann erzähl mal. Was hast du denn bisher getan?«, erkundigte sich Claudia ätzend.

»Ich dachte, du weißt Bescheid?«, murrte Tina argwöhnisch.

»Klar! Über Susis Probleme. Jetzt hätte ich gerne noch deine Version gehört.«

»Frag doch Doris«, entgegnete sie unwillig.

»Doris?«

»Susis Zwillingsschwester!«

»Die kann ich nicht mehr fragen! Die ist nämlich tot. Begreifst du jetzt, wie tief du in der Scheiße steckst, Tina?«

»Shit!«, seufzte sie. »Was willst du wissen?«

»Alles! Von Anfang an!«

»Meinetwegen«, Tina nickte resignierend. »Es gibt ohnehin nicht viel zu sagen. Doris ist vor ein paar Wochen hier aufgekreuzt, um sich Speed zu besorgen. Wir haben zusammen gekifft und geplaudert. Dabei hat sie mir erzählt, sie hätte einen tollen Mann mit einer echt coolen Jacht kennengelernt. Der Alte hat sie eingeladen, so lange sie will, mitzusegeln. Aber sie konnte das nicht auf die Reihe kriegen, weil ihre süchtige Zwillingsschwester ständig randalierte. Die Susi ist vor 'nem Jahr oder so ausm Fenster gesprungen. Dabei hat sie sich arg verletzt. Seither ist sie nicht ganz dicht im Kopf.

Dann hat die Doris gefragt, ob die Susi nicht ein paar Wochen bei uns bleiben könnte, damit ihr dieses wahnsinnig tolle Angebot von dem Typen mit der Jacht nicht entginge. Ich war nicht sonderlich begeistert. So 'ne bekloppte Tussi, die randaliert und ausm Fenster springt, zu beherbergen, ist ja auch nicht ohne. Aber die Doris hat gemeint, der Alte würde dafür recht anständig bezahlen. Und es wäre ja nur für ein paar Wochen.

Als der Alte und die Doris sie hergebracht haben, war die Susi voll hinüber. Die ist nur in einer Ecke gelegen und hat vor sich hin gelabert. Aber in der Nacht hat sie dann angefangen zu toben. Da haben wir ihr was gegeben, damit sie sich wieder beruhigt. Ich hab keinen Bock darauf gehabt, mir ihr Geschrei anzuhören. Und wenn sie ordentlich versorgt war, hat sie sich immer ruhig verhalten.

Der Alte war echt nicht kleinlich. Er hat mir 500 Euro in die Hand gedrückt und gesagt, wir könnten jede Woche mit der gleichen Summe rechnen, solange wir auf die Kleine aufpassen. Außerdem hat er von drei Monaten gesprochen, in denen wir die Susi beherbergen sollten. Aber das hat er mir heimlich zugeflüstert, damit die Doris es nicht hört. Mir konnte es nur recht sein. War ja kein schlechter Deal für uns. Mit der Zeit ist die Susi dann sowieso nur noch still herumgehockt und hat vor sich hingedöst. Und mit dem Geld hat es bisher jedenfalls prima geklappt!«

Bernhard erwachte, setzte sich auf und rieb sich verdutzt den Kopf. »Was ist passiert?«

»Du hast eine verpasst bekommen … und wir haben unsere Einkommensquelle verloren!«

»Verdammt«, stöhnte er und blieb benommen am Boden sitzen.

»Hast du dir denn überhaupt nichts dabei gedacht?« Claudia blickte Tina argwöhnisch an.

»Doch!« Sie zuckte verächtlich die Schultern. »Ich dachte mir, der alte Knilch steht drauf, junge Mädchen zu ficken. Der hätte doch glatt ihr Vater sein können. Aber wenn's ihm wert war, so viel dafür springen zu lassen, kann uns das nur recht sein. Dadurch sind wir nicht mehr drauf angewiesen, dass Berni genügend Bilder an Touristen verscherbelt. Die Touristensaison ist in absehbarer Zeit vorbei, aber wir möchten noch hier bleiben.«

»Und was machen wir jetzt, wenn der Alte Susi zurückhaben will, Tina?«, murmelte Bernhard. Tina sah Claudia fragend an.

»Also ich an eurer Stelle würde schleunigst von hier abhauen«, meinte sie, begleitet von einem höhnischen Lächeln.

»Meinst du, wir könnten noch zwei Tage abwarten, bis die nächste fällige Geldüberweisung angekommen ist?«, überlegte Tina.

Claudia zuckte nur mit den Schultern. »Macht, was ihr glaubt. Aber verschwindet von hier, bevor die Polizei aufkreuzt. Obwohl das garantiert das kleinere Übel wäre, denn der Alte wird vermutlich früher auftauchen. Und der Typ ist nicht gerade erpicht darauf, dass die griechische Polizei erfährt, was er mit den Zwillingsschwestern angestellt hat. Na, klingelt's bei dir?«

»Du meinst, der Alte hat was damit zu tun, dass die Doris abgekratzt ist?« Tina schüttelte sich erschaudernd.

»Shit! Das hört sich nicht gut an«, grummelte Bernhard. »Diese Doris hat sich doch keine Überdosis auf seiner Jacht verpasst?«

»Quatsch! Die hing nicht an der Nadel! Die hat sich hier doch nur Speed, ein paar Ecstasy-Pillen und Gras besorgt. Und die Susi war auch keine Fixerin«, behauptete Tina. »Dafür hätten die 500 Eier ohnehin nicht gereicht. Außerdem hat die Doris auch ausdrücklich gesagt: ›LSD ist okay, aber keinen Koks und keinen Schnee für lieb' Schwesterchen!‹ Da habe ich sie eben mit meinen Glücksplätzchen gefüttert. Meine Spezialität! Mögen alle hier. Willst du mal probieren?«

Claudia schüttelte den Kopf: »Nein danke. Kein Bedarf!«

»Auch gut. Aber du versäumst was«, Tina kicherte.

»Was war mit dem Alten?«

»Der hat vorgesorgt. Hat mich gefragt, was seine liebe Doris denn so haben wollte. Dann hat er mich gebeten, ihm heimlich eine ausreichende Menge zu besorgen, um sie zu beglücken.« Sie grinste: »Der hatte keine Ahnung. War ein lukratives Geschäft für mich. Aber es schien ihm ja nichts auszumachen, was der Spaß kostet. Wenn du mich fragst, dann war diese Doris ein abgebrühtes Luder, das den Alten nur ausnehmen wollte. Und ihre Schwester wollte sie bloß aus dem Weg haben, damit sie ihr nicht drein pfuscht. Aber der Alte war ein ausgekochter Fuchs, der hat schon kapiert, was sie beabsichtigte, und das ausgenutzt. Hat sich eben gedacht wenn er ihr 'nen ordentlichen Flash verschafft, kommt ihm das zugute.«

»Na ja, mit der Zeit ist ihr sicher die Erleuchtung gekommen. Und dann hat jemand massiv nachgeholfen, damit ihr Licht verlischt!«

»Shit! Bernhard, wir müssen hier wirklich schleunigst abhauen!« Sie sah Claudia durchdringend an. »Aber das eine sage ich dir: Von uns hat sie kein gepanschtes Zeug bekommen. Das muss sie sich woanders besorgt haben. Bernhard und ich sind keine abgefuckten Fixer! Berni törnt sich nur hin und wieder stärker an. Damit seine Bilder diesen überirdischen Touch kriegen. Und ich helfe ihm … wegen der Inspiration. … Und für Susi haben wir auch gut gesorgt. War gar nicht so leicht, auf sie aufzupassen. Wenn sie nicht zugedröhnt war, wollte sie ständig abhauen. Aber mit ihrem kaputten Bein konnte sie nicht weit laufen. Und die Krücken hat ihr die Doris gleich weggenommen.«

Claudia wollte nichts mehr hören. Ihr Verlangen, Tina ins Gesicht zu springen, war jetzt schon kaum zu unterdrücken. Wenn Tina weiter quasselte, schaffte sie es vermutlich nicht mehr, dagegen anzukämpfen. Und Achie war bereits zu weit weg, um ihr dann zu helfen.

»Warte!«, sagte Tina, lief ins Haus und kehrte kurz darauf mit einer kleinen Reisetasche zurück. »Da sind Susis persönliche Sachen drinnen. Ist besser, wenn man das nicht bei uns findet!«

Claudia nahm ihr die Tasche ab. »An eurer Stelle würde ich so schnell wie möglich von hier verschwinden. Und zwar sicherheitshalber auf eine andere Insel«, riet sie den beiden.

Ohne ein weiteres Wort zu verlieren, nickte sie Tina und Bernhard zu, drehte sich um und entfernte sich in Richtung des Leihwagens, in dem Achie mit Susanne auf sie wartete. Bemüht, sich ihre Hast nicht anmerken zu lassen, beschleunigte sie ihre Schritte erst, als sie ein wenig Abstand gewonnen hatte.

Insgeheim hoffte Claudia, dass ihre Erwähnung, der Alte und womöglich auch die griechische Polizei könnten demnächst hier auftauchen, Tina und Bernhard bewog, sich aus dem Staub zu machen. Wahrscheinlicher war jedoch, dass sie aus reiner Bequemlichkeit weiterhin in der Nähe blieben. Was im Grunde genommen ohnedies keinen wesentlichen Unterschied machte. Herauszufinden, wo sich die beiden befanden, war für Jaromir Käfer sicher kein großes Problem. Mit ein paar Geldscheinen ließen sich die herumlungernden Kumpane ganz bestimmt überreden, mit Informationen herauszurücken. Und wenn Bernhard seine Aquarelle weiterhin an Touristen verkaufte, hinterließ auch das eine deutliche Spur. Der einzige Effekt, den Tina und Bernhard durch ein kurzzeitiges Verschwinden von diesem Ort hervorriefen, war höchstens, dass Käfer nicht sofort in Erfahrung bringen konnte, wer Susanne weggebracht hatte.

39

Mykonos

Susanne kauerte im rechten Eck der hinteren Sitze des Wagens und starrte ausdruckslos vor sich hin. Achie telefonierte. »... nein, es geht ihr nicht gut!«, kläffte er in sein Handy. »Keine Ahnung, womit die Susanne vollgestopft haben ... Das wird er schon rausfinden. Schließlich ist er Arzt! ... Er soll sich halt inzwischen alles Nötige besorgen. Es wird ja wohl eine Apotheke auf der Insel geben.« Er warf Claudia einen raschen Blick zu. Als sie nickte, schnaubte er »wir fahren jetzt los!«, und beendete das Gespräch.

Susanne legte ihren unkontrolliert zitternden Arm auf die Lehne des Vordersitzes und tupfte mit einem Finger auf Claudias Schulter. »Claudia?«, hauchte sie, »Claudia ... wie ...?«

Claudia griff nach ihrer Hand und streichelte sie beruhigend. »Wie wir Sie gefunden haben?« Susanne klappte kurz ihre Augenlider bestätigend zu. »Na ja, es war gar nicht so einfach. Hat leider einige Zeit gedauert. Aber jetzt wird alles gut. Wir bringen Sie nach Hause.«

»Nein! ... Nein! ... Jaro ...!«, stöhnte Susanne. Es fiel ihr schwer, sich zu konzentrieren. Sie schien ihre ganze Kraft aufbieten zu müssen, um die betäubenden Nebel in ihrem Kopf zu durchdringen. Aus der Art, wie sie Claudia mit verschwommenem Blick ansah, ließ sich deutlich ablesen, dass sie immer noch – verwirrt von den Drogen – zwischen Angst und Hoffnung schwankte. Vermutlich befürchtete sie, es wären alles nur Trugbilder und nichts davon real. Ihre Finger tasteten bebend über Claudias Arm. Durch die Berührung begriff sie instinktiv, dass sie sich nicht in Träumen verlor. Ein flüchtiges Lächeln umspielte ihre Lippen.

»Wir wissen darüber Bescheid, was Jaromir Käfer Ihnen angetan hat. Dr. Matthias Jäger hat schon alles Nötige veranlasst. Er ist auch hier. Wir bringen Sie jetzt zu ihm, Susanne. Verstehen Sie, was ich sage?«

Susannes Mundwinkel zuckten. Ein Hauch von Erleichterung glitt über ihr Gesicht. Sie war so schwach. Lehnte sich wieder in den Sitzen zurück. Schloss die Augen. Riss sie aber gleich wieder auf. Fürchtete sie, einer Halluzination zu erliegen? Sie zitterte am ganzen Körper.

»Es wird Ihnen bald wieder besser gehen. Wir haben nämlich eine kleine Überraschung für Sie. Die wird Ihnen ganz sicher helfen, darüber hinwegzukommen, was Sie erlebt haben«, Claudia lächelte beruhigend.

Susanne blickte sie nur verwundert an. Vermutlich gelang es ihr nicht, alldem zu folgen, was Claudia sagte. Höchstwahrscheinlich drangen nur Bruchteile davon tatsächlich zu ihr durch. Doch allmählich schien sie zumindest zu begreifen, dass Claudia nicht nur real war, sondern auch bereit, ihr zu helfen.

40

Mykonos

Corantez stürzte ihnen entgegen. Noch bevor Achie richtig anhalten konnte, riss er bereits die Wagentür auf, schlug die Hände zusammen und stöhnte: »Suzana! ... Dios ... muchas gracias!« Nach einer halben Minute stummen Gebets hatte er sich so weit gefasst, um Susanne vorsichtig aus dem Wagen zu heben.

»Miguel?«, flüsterte sie erstaunt, schlang ihre Arme um seinen Hals und presste den Kopf an seine Brust. »Miguel!« Tränen liefen über ihre Wangen. »Manuel? ... wie ...?«, hauchte sie.

Corantez küsste Susannes Gesicht, strich ihr zärtlich übers Haar und flüsterte immer wieder: »Dios! Suzana! ... muchas gracias ... Dios!« Seine gestammelten Worte wurden durch heftiges Schluchzen unterbrochen. Anscheinend besann er sich dabei aber gleichzeitig auf seine Pflichten als Arzt, denn er trug Susanne mit eiligen Schritten in sein Hotelzimmer. Achie und Claudia folgten ihm mit heroischen Mienen und zufriedenem Lächeln.

Corantez legte Susanne aufs Bett und begann sie behutsam zu untersuchen. »Manuel? ... geht es ... ihm gut?«, wisperte sie.

»Si, si!«, er nickte und warf Achie einen irritierten Blick zu: »Sie haben ihr nicht gesagt ...?«

Achie schüttelte den Kopf. Er war an der offenen Zimmertür zurückgeblieben, drehte sich zu Claudia um und grinste verschwörerisch. Hinter ihr standen Dr. Jäger und

Andreas, die eigentlich Susanne sehen wollen, jetzt jedoch Claudia leicht verwirrt betrachteten.

Über Corantez' Gesicht huschte ein verschmitztes Lächeln. »Momento, Suzana!« Er entfernte sich von ihr und flüsterte: »Maria soll ihn jetzt bringen. Aber vorsichtig. Suzana ist sehr schwach!«

Andreas sagte Maria Bescheid. Als das Mädchen mit dem Kleinen das Zimmer betrat, erkannte Susanne ihren Sohn sofort. »Manuel! ... mein Manuel!« Sie versuchte, sich abrupt aufzusetzen, sank jedoch gleich wieder zurück. Ein Tränenstrom überflutete ihr Gesicht. Corantez setzte den Jungen neben Susanne aufs Bett. Zärtlich streichelte er über ihre nassen Wangen und lächelte glücklich, während auch ihm wieder Tränen aus den Augen quollen. Der Kleine beäugte Susanne neugierig, doch als er merkte, wie stark sie zitterte und weinte, schreckte er zurück und blickte hilfeheischend zu Maria.

»Manuel, me entiende, ... das ist deine Mama! Ella es *Mama*! Ma-ma!«, sagte Corantez.

»Ma-ma?«, wiederholte Manuel und blickte Corantez erstaunt an.

»Si!« Corantez nickte zuversichtlich. »Mama ist sehr krank. Wenn sie wieder gesund ist, wird sie mit dir spielen ... sehr viel spielen!«

»Mia!«, rief Manuel und streckte seine Ärmchen nach Maria aus.

»Maria ist Manuels Kindermädchen. Wir haben sie engagiert, damit sie auf ihn aufpasst, während wir nach Ihnen suchten, Susanne«, erklärte ihr Claudia.

Susanne verzog zuckend die Mundwinkel zum Anflug eines dankbaren Lächelns.

»Und jetzt gehen Sie bitte alle hinaus. Ich muss untersuchen Suzana gründlich. Weiß jemand, was man ihr hat verabreicht?« Corantez war jetzt nur noch der besorgte Arzt, der sich unverzüglich um seine Patientin kümmern musste. Seine Emotionen hatte er zurückgestellt.

»Na ja, jedenfalls kein Heroin und kein Kokain. Zumindest hat das diese Tina behauptet. Kostenintensive Drogen haben sie ihr sicher nicht verabreicht. Vermutlich auch keine Aufputschmittel, sondern eher etwas, um sie ruhig zu halten. Andererseits könnte Sonja Schöller auch auf eigene Erfahrungswerte zurückgegriffen haben. Da brauchte sie nicht lange nachzudenken. Vielleicht hat sie empfohlen, mit dem Zeug, das sie selbst bevorzugte, auch ihre ›*Schwester*‹ zu beglücken?«, meinte Claudia.

»Im Toxikologiebericht von Sonja waren angeführt Tetrahydrocannabinol und Amphetaminderivate!« Corantez warf einen nachdenklichen Blick auf Susanne. »Cannabis sowie die Inhaltsstoffe von Amphetaminderivaten reduzieren Appetit und Durst. Körpertemperatur steigt an, Herz und Organe werden angegriffen. Auf körperlichen Zustand bei Suzana könnte das treffen zu! Aber hätte sie gehalten ständig wach und aufgeputscht, – nicht gestellt ruhig! Morphium? – Opium?«

»Hat Tina nicht erwähnt«, Claudia zuckte die Schultern. »Ich glaub eigentlich nicht, dass diese schrägen Vögel Derartiges dort vorrätig hatten. Von LSD war die Rede und von Glücksplätzchen. Was immer das sein mag. Cannabis gab es dort jedenfalls reichlich.«

Corantez streichelte über Susannes Stirn. Sie hatte die Augen geschlossen. Teilweise war sie sicher wieder in ihre Traumwelt versunken. Ihr Körper zuckte, und sie warf ihren Kopf unruhig hin und her. Die Aufregungen hatten sie sehr angestrengt. Die letzten zusammengekratzten

Kräfte verbraucht. Sie war völlig abgemagert. Ihre Haut bleich, fast durchscheinend. Unter den Augen lagen tiefe dunkle Schatten.

Es war jetzt rund zwei Monate her, dass Claudia sie zuletzt bei ihrem Urlaubsantritt auf der Insel Santorin gesehen hatte. In sprühender Lebendigkeit, aufgehend in der Faszination des Fliegens. Das Entsetzen über das, was in der Zwischenzeit mit Susanne geschehen war, kroch Claudia eisig über den Rücken. Sie scheuchte alle aus dem Raum, damit sich Corantez eingehend um Susanne kümmern konnte.

Die kleine Gruppe versammelte sich in der Taverne gegenüber dem Hotel. Obwohl sie Susanne gefunden, befreit und somit gerettet hatten, fühlte keiner von ihnen Euphorie oder zumindest Erleichterung in sich aufsteigen. Ihre bedrückte Stimmung breitete sich über die auf der Straße aufgestellten Tische wie eine dunkle Gewitterwolke aus.

»Wir müssen sie sofort von hier wegbringen«, sagte Achie.

»Das halte ich für keine gute Idee. Sie ist viel zu schwach für den langen Flug nach Wien. Wir sollten ihr ein, zwei Tage Zeit geben, um sich wenigstens ein bisschen zu erholen und zu Kräften zu kommen«, meinte Matthias Jäger. »Bertram hat mir am Telefon berichtet, dass die Polizei in Wien Sandra zur Vernehmung mitgenommen hat. Jaromir Käfer war verschwunden, als sie ihn verhaften wollten. Er versteckt sich vermutlich.«

»Wir können nicht hier bleiben«, beharrte Achie. »Es ist zu unsicher! Jaromir Käfer ist vielleicht bereits auf dem Weg hierher, um nach ihr zu suchen. Wenn er das Lufttaxi am Flugplatz stehen sieht, kann er sich eins und eins zusammenreimen.«

»Ich dachte, es gibt bereits einen internationalen Haftbefehl gegen ihn?« Andreas betrachtete ihn verwundert.

»Mykonos ist eine kleine Insel, ich möchte mich nicht darauf verlassen, dass dieser Haftbefehl hier tatsächlich bereits vorliegt und die griechischen Polizisten wirklich unverzüglich handeln. Falls es Jaromir Käfer gelingt, hier unbehelligt aufzutauchen, wird er mit allen Mitteln versuchen, Susanne wieder in seine Gewalt zu bringen«, behauptete Achie.

Claudias Vertrauen in die griechische Polizei war zwar etwas größer, aber was, wenn Achie recht hatte? Darauf verlassen, dass Käfer falschen Spuren folgte, wollte sie sich eigentlich auch nicht. Womöglich hatte er sie bei Tina und Bernhard nur knapp verpasst. Er brauchte bloß mit ein paar Geldscheinen zu winken, und die beiden würden alles ausplaudern. In ihrer derzeitigen körperlichen Verfassung hielt Susanne einer Konfrontation mit diesem eiskalten, rücksichtslosen Menschen nicht stand. Doch wenn sie nicht imstande war, auszusagen, was er ihr angetan hatte, würde es ziemlich problematisch werden, ihn zu überführen.

»Schön, dann fliegen wir zurück nach Santorin«, entschied Jäger. »Und wir bleiben so lange dort, bis sichergestellt ist, dass Susanne den Transport nach Wien schadlos übersteht. In der Zwischenzeit wird man diesen verdammten Mist-Käfer ja hoffentlich aufgegriffen haben. Außerdem haben auch wir uns eine kleine Erholungspause verdient. Nach all den Aufregungen und Anstrengungen!«

Mit dem Vorschlag, wieder nach Santorin zu fliegen, erklärte sich Corantez als Arzt einverstanden. Der kurze

Flug würde für Susanne nicht übermäßig anstrengend sein. Zudem stand ja mit Maria auch eine ausgebildete Krankenschwester zur Verfügung. Und auf Santorin suchte Jaromir Käfer sicher nicht nach Susanne.

Während sie ihre Sachen zusammenpackte, sah Claudia auch gleich nach, ob sich in der kleinen Reisetasche, die ihr Tina mitgegeben hatte, frische Wäsche für Susanne befand. Es strotzte alles vor Dreck. Doch sie entdeckte dabei Sonja Schöllers Reisepass. Erstaunlicherweise war ihr nicht einmal der Gedanke gekommen, dass Susanne keine Papiere haben könnte. Nun, sie befanden sich in einem EU-Land innerhalb des Schengenabkommens. Es gab keine Grenzkontrollen. Aber im Notfall konnten sie auf Sonjas Pass zurückgreifen. Es erschien immer noch besser, eine falsche als überhaupt keine Identität nachweisen zu können. Wer wusste schon, womit sie noch konfrontiert wurden?

41

Santorin

Auf Santorin erhielten sie im Ort Thira dieselben Hotel-Zimmer wie zuvor. Corantez bettete Susanne auf eine Campingliege auf der Terrasse. Sie stellten wieder alle Tische zusammen, orderten ein umfangreiches Abendessen und besorgten einen Haufen Kerzen, um es romantischer zu gestalten.

»Doto äga! Doto äga!«, kreischte Manuel. Maria hatte ihm das beigebracht. Er stand dabei freihändig mitten auf der Terrasse. Dr. Jäger breitete seine Arme aus. Manuel machte, ohne sich irgendwo anzuhalten, seine ersten wackeligen Schritte auf ihn zu. Der alte Herr umarmte den Kleinen begeistert. Und Susanne begriff, dass sie gerade die ersten Schritte ihres Sohnes miterleben durfte.

»Muchas gracias«, flüsterte Susanne, während ihr ein Schwall Freudentränen über die Wangen kullerte.

Corantez strahlte. Wenn sie sogar wieder in der Lage war, spanisch zu sprechen, befand sie sich eindeutig auf dem Weg der Besserung. Er setzte sie liebevoll auf einen Stuhl an den gedeckten Tisch und flößte ihr vorsichtig einige Löffel Suppe ein. Sie kämpfte. Es fiel ihr offenbar schwer, etwas hinunter zu würgen. Doch sie ließ sich nicht unterkriegen. Ihr Bestreben, möglichst rasch wieder zu Kräften zu kommen, sah man ihr deutlich an. Obwohl ihr Magen offensichtlich rebellierte, zwang sie sich sogar noch, ein wenig Obst zu essen. Sie würde es schaffen. Da waren alle äußerst zuversichtlich. Dr. Jäger ließ ein paar Flaschen Sekt herauf bringen. Schließlich gab es allen Grund, zu feiern.

Am nächsten Tag fuhren Achie, Andreas, Maria und Claudia zum Strand. Dr. Jäger blieb mit Corantez, Manuel und Susanne im Hotel. Beide waren fest entschlossen, Susanne und den kleinen Manuel keinen Moment mehr aus den Augen zu lassen.

Während Maria ausgiebig im Meer planschte, saß der Rest der Gruppe in einer der kleinen Strandtavernen. Claudias Blicke glitten über den dunklen Kiesstrand. Sie trug den Bikini, den ihr Rudi in Thira gekauft hatte. Damals, als sie beschlossen, ihren Aufenthalt auf Santorin zu verlängern und zum Baden zu nutzen. Wenn sie gleich zum Strand gefahren wären, hätten sie Susanne nicht getroffen. Susanne hätte diese Flugstunde mit Rudi nicht absolviert, und am Rückflug wären ihnen keinerlei Veränderungen an ihr aufgefallen.

»Erde an Claudia!«, rief Andreas. »In welchen Sphären bewegst du dich denn gerade?«

Sie sagte ihm, woran sie gedacht hatte.

»Und dieser verdammte Jaromir Käfer wäre davongekommen, ohne dass jemand Verdacht geschöpft hätte!«, vervollständigte Achie grimmig die Überlegungen. Im Grunde genommen verdankte Susanne vermutlich einer Verkettung von Zufällen und Claudias Hartnäckigkeit ihr Leben.

Dr. Bertram Jäger hatte bereits früh am Morgen angerufen. Jaromir Käfer war letzte Nacht am Flughafen in Athen verhaftet worden. Alleine die Vorstellung, wie winzig ihr Vorsprung auf Mykonos gewesen war, wirkte beängstigend.

»Sandra Käfer sind übrigens bereits die Nerven durchgegangen. Sie hat gestanden, ab wann sie ihre Stieftochter durch die Doppelgängerin ersetzten«, informierte sie Achie über den neuesten Stand der Dinge, den Bertram Jäger am Telefon berichtet hatte. »Jaromir Käfer ist Sonja Schöller auf einer Messe begegnet, als sie die Produkte eines der Aussteller präsentierte. Die frappierende Ähnlichkeit ist ihm sofort aufgefallen. Als er herausfand, dass Sonja Schauspielerin war, begann der teuflische Plan in ihm zu reifen. Es bedurfte nur ein paar geringfügiger Änderungen. Eine andere Haarfarbe, braun getönte Kontaktlinsen und schon war das komplette Ebenbild von Susanne erschaffen. Durch die Verlockung des großzügigen Geldangebots ließ sich Sonja, ohne zu zögern, auf Käfers Vorhaben ein und stellte angeblich keinerlei Fragen nach den Hintergründen!«

»Die Dinge nicht zu hinterfragen, war vielleicht ihr gravierendster Fehler«, murmelte Claudia. »Wenn sie nämlich begriffen hätte, worauf sie sich da einließ, wäre sie heute noch am Leben – und Susanne in einem anderen Zustand.«

»Das wissen wir nicht«, meinte Andreas. »Und wir wissen auch nicht, ob dieser Autounfall damals in Spanien, den nur Susanne überlebt hat, nicht absichtlich herbeigeführt wurde.«

»Aber wir werden auch das noch herausfinden!«, behauptete Achie mit bedrohlichem Knurren in der Stimme.

42

Santorin

»Mission erfolgreich abgeschlossen!« Achie schwenkte sein Glas mit Ouzo in alle Richtungen. Matthias Jäger nickte zustimmend und hob ebenfalls ein Glas – allerdings mit Metaxa. Seine Blicke glitten dabei zufrieden über die heiteren Gesichter der Anwesenden und blieben an den gedeckten Tischen hängen.

Zwei Kellner waren damit beschäftigt, das bestellte Abendessen auf der Terrasse zu servieren. Auf und neben den zusammengeschobenen Tischen wurden ein paar Windlichter verteilt. Von den im Hafen ankernden Kreuzfahrtschiffen klang leise Musik bis herauf. Romantik pur. In der gesamten Gruppe herrschte eine unbeschwerte Stimmung. Erleichterung breitete sich aus wie ein Windhauch, den man nicht sehen, nur spüren konnte, und der dennoch alle berührte.

Nach dem Tag zur Erholung auf Santorin war Miguel Corantez nun überzeugt, dass Susanne den Flug nach Wien unbeschadet überstehen würde. Im vollbesetzten Passagierbereich der Cessna 414 gab es nicht genügend Platz, um sie liegend zu transportieren. Doch die Sitze im Flugzeug waren bequem, und deren Rückenlehnen ließen sich ein wenig nach hinten klappen. Dadurch brauchten die Fluggäste auf der Strecke nicht längere Zeit in einer aufrechten Haltung verbringen, sondern konnten sich behaglich zurücklehnen.

Obwohl Susanne die meiste Zeit vorwiegend in der Sonnenliege auf der Terrasse verbracht hatte, um auszuruhen und jegliche Anstrengung zu vermeiden, war sie körperlich immer noch sehr schwach und ständig müde. Sie zitterte oft anfallartig, kämpfte gegen aufsteigende Übelkeit oder dämmerte unerwartet vor sich hin, weil sie die Mattigkeit überwältigte. Doch zwischendurch zeigte sich bereits ihr Kampfgeist, und sie begann, Pläne für die nächste Zeit zu schmieden.

Genau wie alle anderen wollte auch Susanne so rasch als möglich nach Hause. Die griechischen Inseln waren für sie schließlich mit äußerst unangenehmen Erinnerungen verbunden.

Da sich Sandra in Untersuchungshaft und Jaromir Käfer in Polizeigewahrsam befanden, wirkte ihr Elternhaus in Wien Döbling einladend auf sie.

Miguel hätte es natürlich lieber gesehen, wenn Susanne mit Manuel sofort nach Marbella gekommen wäre. Allerdings hielten das Dr. Jäger und Achie für keine sinnvolle Idee. Susannes Aussagen sollten unmittelbar und persönlich erfolgen. Solange sie sich in Spanien aufhielt, war das nur eingeschränkt möglich. Zuallererst galt es dafür zu sorgen, dass Sandra und Jaromir Käfer keinesfalls durch ein Schlupfloch entkommen konnten. Womöglich ohne für jede einzelne ihrer Gräueltaten zur Rechenschaft gezogen zu werden.

Dr. Bertram Jäger war deshalb in Wien bereits damit beschäftigt, sämtliche von Sonja Schöller als Susanne Sebenstein getroffenen Vereinbarungen für ungültig erklären zu lassen. Dr. Jäger senior und Achie konnten es kaum erwarten, ihn dabei zu unterstützen.

Im Grunde genommen freuten sich eigentlich alle darauf, bald wieder zu Hause zu sein. Abgesehen von Miguel, der sich nicht gerne von seinem Sohn trennen wollte. Wann Susanne mit Manuel wieder nach Spanien kommen würde, war derzeit nicht abzusehen. Deshalb beschloss Miguel Corantez, noch einige Tage in Wien zu verbringen. Um Susannes geplante Therapie zu unterstützen – oder zu überwachen, wie Achie schmunzelnd vermutete.

Das Lufttaxi und die Piloten wurden in Wien gebraucht. Andreas freute sich aufs Fliegen. Claudia zusätzlich auch auf Rudi. Maria freute sich darauf, auch in Wien weiterhin Manuel als Kindermädchen zu betreuen. Manuel genoss es zwar, im Mittelpunkt zu stehen, wenn alle ausgelassen mit ihm spielten, doch im Grunde genommen war es ihm völlig gleichgültig, ob das in Griechenland, Spanien oder Österreich passierte.

Dr. Jäger vermisste die Arbeit und sein Büro in der Kanzlei ein wenig. Deshalb begann er sofort damit, Susanne bei der Planung ihres zukünftigen Lebens zu unterstützen. Der alte Anwalt legte Listen an, die er nach Prioritäten sortierte, ordnete Aufgabenbereiche zu, vervollständigte sämtliche Punkte mit Notizen zu den Erledigungszeiten. Er fühlte sich sichtbar wohl in seiner beratenden Funktion. Susannes Vorhaben, in ihrem Haus in Döbling permanent zu wohnen, ergänzte er, indem er Maria beauftragte, ein Kinderzimmer für den Kleinen zu entwerfen und einzurichten. Wobei er hinterhältig vorschlug, das Arbeitszimmer von Jaromir Käfer dafür zu räumen und umzubauen. Susanne entschlüpfte ein boshaftes Lächeln.

Danach meinte sie allerdings, das ehemalige Zimmer ihres Bruders wäre vermutlich geeigneter. Und Karl hätte es sicher gefallen, wenn Manuel später erfuhr, dass auch sein Onkel in diesem Zimmer aufgewachsen war.

Gemeinsam mit Andreas tüftelte Matthias Jäger beim Abendessen an einer Flut Zivilklagen gegen Sandra und Jaromir Käfer. Wie es schien, amüsierten sich die beiden darüber, einander wie bei einem Kartenspiel mit Trümpfen zu beeindrucken. Es ging ihnen nicht darum, die strafrechtliche Verfolgung zu ergänzen, sondern Käfers finanziellen Spielraum möglichst umfassend einzuschränken. Er sollte sich keine teuren Anwälte leisten können.

Selbst wenn Jaromir Käfer sämtliche Vorwürfe zu bestreiten oder widerlegen versuchte, der Mord an Sonja Schöller konnte ihm schon jetzt durch Indizien nachgewiesen werden. Vermutlich kam später noch weiteres Beweismaterial hinzu. Wo sein Handy bei dem Telefongespräch kurz vor Sonjas Ableben eingeloggt war, ließ sich dokumentieren. Es gab einen Zeugen, der ihn zur Tatzeit auf der Treppe im Hausflur gesehen hatte. Man fand Käfers Fingerabdrücke außen an ihrer Wohnungstür sowie den Teil eines Handabdrucks auf ihrem Gürtel. Die gesicherten Spuren wiesen eindeutig auf einen Mord und auf Jaromir Käfer als Täter hin. Außerdem fand man fremde DNS in Sonjas Gesicht. Obwohl sie noch nicht ausgewertet war, ließ sich die Annahme, dass sie Jaromir Käfer zugeordnet werden konnte, kaum widerlegen.

Die Tatortermittler im Bundeskriminalamt in Wien waren ebenso schlau und verwendeten technisch gleichwertige Geräte wie die durch die CSI-Serien bekannten amerikanischen Spurensucher. Trotzdem gelang es ihnen natürlich nicht, sämtliche Beweise innerhalb 45 Minuten auszuwerten, wie es die Drehbücher für die CSI-Folgen im Fernsehen verlangten.

Nach der Landung in Wien umarmte Susanne ihre Pilotin und flüsterte: »Es gibt einfach nicht genügend Worte, um ›Danke‹ zu sagen.« Sie schwankte ein wenig, weil sie nicht sonderlich standfest war, und klammerte sich deshalb fest an Claudia. Obwohl körperlich immer noch sehr schwach, wirkte Susanne nicht schwächlich. Sie besaß eine Kämpfernatur. Ihre blasse, kränkliche Gesichtsfarbe wurde von einem inneren Leuchten überstrahlt, und ihre Stimme klang zuversichtlich.

Auch Miguel Corantez schien zufrieden. Er wollte noch einige Tage in Wien verbringen, um einen geeigneten Arzt für Susannes Betreuung zu finden. Und sie hatte ihm versprochen, sobald es ihr besser ginge und es sich einrichten ließ, mit Manuel einen langen Urlaub in Spanien zu verbringen.

43

Wien Flughafen

Es war bereits Ende November, als Susanne Sebenstein telefonisch einen Flug von Wien nach Marbella mit viertägigem ›Standby‹ der Piloten und anschließendem Rückflug mit dem Lufttaxi buchte. Thomas, der gerade Bürodienst hatte, nahm die Buchung entgegen und erkundigte sich nach der Anzahl der Passagiere.

»Na ja, die Reservierung ist für Claudia Kalser, Rudi Fellner und Andreas Hartmann«, antwortete Susanne ernst. »Aber eigentlich handelt es sich nur um einen Passagier, – ich denke, zwei davon werden die Maschine wohl selbst steuern wollen.« Sie lachte: »Selbstverständlich würde es mich sehr freuen, falls sie länger in Spanien bleiben möchten, doch den Aufenthalt von vier Tagen sollten sie als fixe Buchung betrachten. Abgesehen davon möchte ich sicherstellen, dass die drei mit ihrem Lufttaxi, der *Cessna 414 Chancellor*, kommen!« Thomas, verblüfft über die eigenwillige Bestellung, stellte keine weiteren Fragen. Er dachte, Susanne wolle mit dem Charterauftrag verhindern, dass ihre Einladung abgelehnt werden könnte oder die Flugkosten von der Crew selbst übernommen wurden.

In den letzten Wochen hatten sie wenig von Susanne gehört. Es dauerte einige Zeit, bis sie sich gesundheitlich erholte. Danach nahm sie bei Joe Gartner ein paar Flugstunden. Zwar telefonierte Susanne einige Male mit Claudia, und auch Dr. Matthias Jäger meldete sich fallweise, doch die meisten Neuigkeiten erfuhren sie von Joe.

Sandra und Jaromir Käfer befanden sich beide in Wien in Untersuchungshaft. Susanne hatte Lehmann, dem früheren Geschäftsführer, die Firmenleitung solange übertragen, bis sie sich selbst dazu in der Lage fühlte. Sie wohnte mit ihrem Sohn in der Villa in Döbling. Klara, die von den Käfers gekündigte Putzfrau, arbeitete nun als Haushälterin bei ihr, und Maria war inzwischen als Kindermädchen für Manuel fest angestellt worden. Was allerdings Maria selbst Claudia bereits begeistert am Telefon erzählt hatte. Die junge Griechin war völlig vernarrt in den Kleinen, und er liebte sie ebenfalls heiß. Abgesehen davon gefiel ihr dieser Job weit besser, als in einem Krankenhaus oder in Manosakis' Restaurantküche zu arbeiten. Außerdem wohnte sie jetzt im Haus von Susanne.

Vor knapp vier Wochen hatte sich Susanne nun endlich auch die Hüfte operieren lassen. Wie es schien, befand sie sich derzeit vermutlich zur Erholung in Marbella. Die Lufttaxi-Piloten zu einem kurzen Aufenthalt in ihrem Haus in Spanien einzuladen, ergab sicherlich eine reizvollere Abwechslung als eine Einladung in Wien.

44

Marbella

Als Susanne in Spanien Claudia, Rudi und Andreas vom Flugplatz mit einem Landrover abholte, fiel sie allen einzeln um den Hals. »Ich freue mich ja so, dass ihr gekommen seid«, sagte sie mit vergnügtem Lächeln. Sie hatte sich in der Zwischenzeit nicht nur gesundheitlich erholt, sondern auch bereits ein wenig zugenommen. Ihr Gesicht war nicht mehr blass, sondern leicht gebräunt. Sie wirkte fröhlich und aufgeregt. Ihr Haar war zu einer flotten Frisur geschnitten und mit goldblonden Strähnchen durchsetzt. Der lange Rock und das langärmelige T-Shirt verdeckten ihre Narben. Sie bewegte sich nun ohne Beeinträchtigung, brauchte zum Gehen weder Stock noch Krücken, schnell laufen konnte sie allerdings noch nicht.

Das Haus in Marbella war traumhaft. Maria stürmte mit Manuel den Gästen lachend entgegen. Doch als Claudia dahinter Dr. Matthias Jäger und Achie aus dem Haus kommen sah, war sie einigermaßen verblüfft; vor allem, weil diese nicht mit dem Lufttaxi geflogen waren. Die größte Überraschung war jedoch, als plötzlich auch Joe Gartner auftauchte.

Rudi und Claudia sahen sich verwundert an. Sie wussten natürlich, dass Joe derzeit nicht im GAC als Betriebsleiter arbeitete, sondern irgendwo seinen Urlaub verbrachte. Allerdings hatte er mit keinem Wort seine Absicht angedeutet, Susanne in Marbella zu besuchen. Sollte ihnen eine Liebesgeschichte entgangen sein, die sich zwischen dem

Fluglehrer und seiner talentierten Schülerin entwickelt hatte?

Im Allgemeinen gab es im *Fly Inn* bereits entsprechende Gerüchte, bevor die Betroffenen selbst wussten, dass sie sich demnächst füreinander entscheiden würden. Die meisten der heimischen Piloten kannten sich nicht nur, sondern begegneten einander ständig auf verschiedenen Flugplätzen und tratschten amouröse Beobachtungen brühwarm weiter. Der Gerüchtestrom landete im *Fly Inn*, vorwiegend ausgeschmückt mit Details, die sich vermutlich erst in Kürze ereignen würden. Dass ausgerechnet über Joe nichts durchgedrungen sein sollte, war mehr als seltsam.

Susannes spanische Haushälterin versorgte sie mit Sangria als Begrüßungstrunk. Sie saßen auf der Terrasse. Das Wetter war immer noch herrlich warm und sonnig. Dennoch umgab sie eine fast greifbare Spannung wie eine kühle Brise. Susanne und Joe warfen einander verschwörerische Blicke zu. Dr. Jäger schmunzelte in seinen Schnauzbart. Achie bemühte sich, krampfhaft ungezwungen zu wirken. Maria flitzte ständig zwischen dem Haus und der Terrasse hin und her. Bei Claudia verstärkte sich der Eindruck, dass alle – abgesehen von Manuel – ziemlich nervös waren. Störte die Anwesenheit der Piloten die vorherige Idylle? Warum hatte sie Susanne dann überhaupt eingeladen?

Kurz darauf traf Miguel Corantez mit einem kleinen Mädchen auf seinem Arm ein. »Buenos dias! Lo siento mucho … es tut mir leid, weil ich komme so spät, aber es hat gegeben eine Notfall in der Klinik«, verkündete er, begrüßte die Lufttaxi-Crew erfreut und erklärte stolz: »Das ist Selena! Meine Tochter. Meine Frau Teresa und ich haben Selena adoptiert!«

Die kleine Selena war 18 Monate alt. Manuel schien sie offensichtlich bereits gut zu kennen. Zur Begrüßung wedelte er vor ihrer Nase mit dem aufblasbaren Flugzeug, das Claudia ihm mitgebracht hatte. Als sie es ihm wegnehmen wollte, schleuderte er es in die Luft. Selena reagierte schneller, holte es sich und knallte es ihm auf den Kopf. Sie lachten beide. Anscheinend gab es zwischen den Kindern keinerlei Verständigungsschwierigkeiten.

Corantez erzählte, dass Selenas Eltern bei einem Busunglück ums Leben gekommen wären. Ein LKW war auf der Küstenstraße mit dem Reisebus, in dem sich die Familie befand, zusammengestoßen. Es gab etliche Tote und viele Schwerverletzte. Selenas Vater wurde bei dem Unfall sofort getötet. Die Mutter und das kleine Mädchen brachte man in die nahegelegene Klinik, in der Corantez arbeitete. Die Kleine hatte nur eine leichte Gehirnerschütterung, mehrere Platzwunden und einen gebrochenen Unterarm. Ihre Mutter verstarb allerdings nach vier Tagen. Corantez kümmerte sich im Krankenhaus um das Kind. Da Selena keine nahen Anverwandten hatte, nahm er sie vorerst als Pflegekind zu sich. Vor genau einer Woche war die Adoption rechtskräftig geworden, und Corantez schien darüber sehr glücklich zu sein.

»Ich muss euch unbedingt etwas zeigen. Aber es ist ein wenig umständlich, ihr müsst mitkommen«, sagte Susanne und warf dabei unruhige Blicke zu Joe.

Maria blieb bei den Kindern. Joe, Achie und Dr. Jäger stiegen in Corantez' Auto. Rudi, Andreas und Claudia fuhren mit Susanne in dem Geländewagen zurück zum Flugplatz, wo sie von der anderen Gruppe bereits unruhig erwartet wurden.

Claudia vermutete, dass Susanne beabsichtigte, ihnen aus der Luft eine bestimmte Stelle auf der Küstenstraße zu zeigen. Auch Rudi schien zu den gleichen Schlussfolgerungen gelangt zu sein und fragte, wohin sie fliegen wolle, damit er einen entsprechenden Flugplan aufgeben könnte.

Susanne schüttelte den Kopf und knetete hektisch ihre Finger. »Wir müssen erst zum Lufttaxi gehen ... Nachsehen, ob wir alle hineinpassen.«

Rudis Gesicht glich einem einzigen Fragezeichen. Um herauszufinden, ob die Gruppe im Flugzeug Platz hatte, brauchte man nur nachzuzählen. Sechs Passagiere und zwei Piloten. Es ging sich genau aus.

Andreas hatte sich mittlerweile zu Dr. Jäger gesellt. Doch der alte Anwalt beschäftigte sich gerade sehr intensiv mit seinem neuen iPhone und schien Fragen zu überhören. Achie diskutierte mit Corantez, und Joe Gartner war plötzlich verschwunden.

Die überreizte Spannung der Herumstehenden war fast greifbar. Claudia rätselte, was der Grund dafür sein könnte. Ihr Blick wanderte zu Susanne. Über deren Schulter hing nicht nur eine gewaltige Umhängetasche, sondern auch der Riemen eines Fotoapparats. Die Vermutung, dass sie beabsichtigte, von der Stelle, an der dieser schreckliche Unfall damals passiert war, Luftbildaufnahmen anzufertigen, erschien naheliegend. Nur erklärte das nicht die Unruhe der anderen. Vielleicht hatten sie gemeinsam den direkten Unfallort bereits besichtigt und sollten nun, nach einem umfangreicheren Überblick aus der Luft, eine Stellungnahme abgeben? Demnach ging es Susanne vermutlich hauptsächlich darum, bereits am Boden festzustellen, von welcher Position in der Maschine sie am besten fotografieren konnte. Und natürlich, wer wo sitzen sollte, um eine umfassende Bodensicht zu erhalten. Claudia beschloss, nicht weiter nachzufragen, Susanne schien ohnedies schon nervös genug zu sein. Was auch verständlich war. Ihr Vorhaben weckte sicher wieder alte Erinnerungen.

Gemeinsam folgten sie Susanne, die allen zunickte und die kleine Gruppe zielstrebig zur Abstellfläche, auf der das Lufttaxi parkte, führte.

Neben dem Lufttaxi stand eine völlig gleich aussehende *Cessna 414 Chancellor*. Weiß mit schwarzen Streifen am Bauch und den Tragflächen. Sie trug ein österreichisches Hoheits-Kennzeichen. Rudi schnappte nach Luft. Der Anblick glich dem Bild in seinen heimlichen Wunschträumen.

»Nun? Wie gefällt euch mein Flugzeug?«, fragte Susanne.

»Sag bloß, es gehört dir?«, entfuhr es Claudia.

Susanne lachte: »Allerdings!«

»Aber Susanne, es wird noch einige Zeit dauern, bis Sie eine derartige Maschine selbst fliegen können. Und Sie werden sie nicht auslasten«, meinte Andreas kopfschüttelnd.

»Ja, damit haben Sie gewiss recht«, Susanne lächelte, »deshalb habe ich mir gedacht, ich übergebe sie Claudia in Halterschaft!«

Claudia blieb der Mund offen stehen. Was auch immer sie gerade sagen wollte, sie brachte keinen Ton heraus.

»Du kannst damit machen, was du willst, Claudia. Ausgenommen verkaufen. Ich glaube nicht, dass ich sie bald und vor allem oft benötigen werde. Außerdem habe ich auch nicht vor, alleine mit dieser Maschine zu fliegen. Im ersten Jahr übernehme ich sämtliche Fixkosten. Versicherung, Hangargebühren und was sonst noch anfällt.

Danach wirst du es vermutlich selbst schaffen, sie auszulasten. Meint jedenfalls Dr. Jäger. Aber falls du Probleme damit haben solltest, können wir jederzeit darüber reden.

Wenn du willst, kannst du das Lufttaxi-Logo draufkleben. Aber du könntest natürlich auch dein eigenes Bedarfsflugunternehmen eröffnen und Rudi Konkurrenz machen!« Schmunzelnd holte sie ein Päckchen aus ihrer Umhängetasche. Oben drauf befand sich eine rote Masche mit dem Schlüssel der Maschine. Susanne überreichte Claudia das schmale Paket mit den Flugzeugpapieren wie eine Geburtstagstorte.

Claudia stand erstarrt wie die berühmte Salzsäule, unfähig, ein Wort herauszubringen.

»Was ist? Willst du sie nicht?«, fragte Susanne unsicher.

»Aber ich … Susanne, das ist doch … du kannst doch nicht …«, stotterte Claudia verwirrt. Dann stürzte sie sich auf die Maschine und küsste deren Nase. »Du bist *mein eigenes Flugzeug*«, flüsterte sie. »Auch wenn ich nicht deine Eigentümerin bin, ich bin der Halter! Ich alleine!« Susanne folgte ihr lächelnd. Claudia fiel ihr um den Hals.

»Wir waren ja alle so schrecklich aufgeregt«, gestand Susanne. »Joe hat mir geholfen, sie auszusuchen. Sie ist zwar nicht neu, aber ein bisschen jünger als euere und völlig gleich instrumentiert. Gefällt sie dir, Claudia?«

»Sie ist traumhaft«, hauchte sie andächtig. »Und du willst sie mir wirklich in Halterschaft übergeben? *Mir*?«

»Claudia, ich verdanke nur deiner Hartnäckigkeit mein Leben … dass mein Sohn wieder bei mir ist … die Firma meines Vaters … einfach alles! Das lässt sich nicht mit Geld aufwiegen … Höchstens mit der Faszination des Fliegens!«

Claudia streichelte ihr Flugzeug. Andreas und Rudi redeten mit Joe über die technischen Details. Sie wollten ins Cockpit. Ihre Blicke durchbohrten Claudia. Wenn sie nicht bald rein durften, würden sie Claudia vermutlich überfallen und ihr den Schlüssel rauben. Sie schwenkte ihn gelassen vor ihren Nasen. Dann öffnete sie hoheitsvoll die Einstiegstür und kletterte als Erste ins Innere.

»OE-FCC – Das Kennzeichen gefällt mir. Wann darf ich mich über Funk damit melden?«, fragte Andreas.

»Warte, bis du an der Reihe bist.« Rudi grinste. »Falls Claudia Startnummern ausgibt, hoffe ich doch, Protektion zu haben.«

»Ich bin schon damit geflogen.« Susanne war ihnen ins Innere gefolgt und setzte sich vergnügt in den Passagierraum. »Aber jetzt gehört sie dir, Claudia. Und wenn du uns aus Marbella abholst, bin ich ein ganz normaler Fluggast. Na ja, vielleicht einer, der ein bisschen ins Cockpit gucken will.«

Im Augenblick war darin aber wenig Platz, weil sich Rudi, Andreas und Joe dort drängten. Großzügig überließ ihnen Claudia das Vergnügen. Sie durften sich ruhig alles ansehen, nur *fliegen* würde sie als *Erste* damit.

Matthias Jäger, Corantez und Achie standen mit breitem Grinsen nebeneinander vor der rechten Tragfläche des Flugzeugs und blickten erheitert ins Innere der Maschine. Vermutlich beweihräucherten sie sich, dass ihre Verschwörungstaktik so toll geklappt hatte und deshalb die Überraschung einfach fabelhaft geglückt war.

Claudia setzte sich zu Susanne, die versonnen durch eines der runden Fenster blickte, sich dann zu ihr drehte und nachdenklich in Claudias Gesicht forschte. »Was hat dich eigentlich so skeptisch gemacht und zu all den Recherchen bewogen? Die andere … muss eine ziemlich gute Kopie von mir abgegeben haben. Sogar Miguel hat sich täuschen lassen, obwohl er mich wirklich gut kennt. Selbst er wäre in Dr. Jägers Kanzlei beinahe auf sie reingefallen. Erst als er feststellte, dass sie tatsächlich kein Spanisch verstand und keine Narben am Arm hatte, begriff er, dass es sich um eine Doppelgängerin von mir handeln musste!«

»Na ja, sie hat behauptet, sie hätte Angst vorm Fliegen. Anscheinend hat Jaromir Käfer das angenommen, weil du auf der Strecke von Wien nach Santorin nur ins Cockpit gestarrt hast. Aber dein Double hatte keine Angst, sondern war einfach gelangweilt. Und sie interessierte sich nicht im Geringsten für die Instrumentierung des Flugzeugs, obwohl wir, um euch abzuholen, extra wegen dir mit einer angemieteten *Cessna 421 Golden Eagle* geflogen sind.« Sie lächelte Susanne verschmitzt an. »Weißt du, ich habe mich an die Faszination in deinen Augen erinnert, als du mit Rudi geflogen bist. So etwas lässt sich nicht vortäuschen. Desinteresse natürlich schon. Aber auch nur bis zu einem gewissen Grad. Ich habe auf eine unbewusste, automatische Reaktion gewartet. Doch da kam nichts. Dieser Sonja war es wirklich völlig gleichgültig. Aber wenn einen die Faszination des Fliegens einmal gepackt hat, dann kann man sie nicht einfach abstreifen wie ein altes Kleidungsstück. Na ja, da habe ich eben nach einer Erklärung zu suchen begonnen, was dich in drei Wochen so gravierend verändert haben könnte.«

Susanne seufzte: »Du hättest es nicht gewusst, wenn mich Rudi auf Santorin nicht zu diesem Flug eingeladen hätte.«

»Stimmt!« Claudia nickte. »Mir wäre nicht das Geringste aufgefallen. Ich hätte angenommen, dass du zu den Passagieren zählst, die sich in kleinen Flugzeugen eben nicht sonderlich wohl fühlen.«

»Es lässt sich nicht in Worte fassen, wie dankbar ich dir bin, Claudia, dass du bereit warst, so beharrlich nach mir zu suchen.« Susanne lächelte sie an. »Aber mit der Cessna schließt sich der Kreis wieder. Sie war das auslösende Moment für dich und für mich eine Möglichkeit ›*muchas gracias*‹ zu sagen!«

»Susanne, ich weiß nicht, was ich sagen soll. Ich bin verrückt vor Freude. Wahrscheinlich schnappe ich gleich über! Rudi vermutlich auch.« Sie wies mit dem Kinn zum Cockpit. Rudi und Andreas hatten die Pilotensitze beschlagnahmt, Joe stand über die beiden gebeugt dahinter. Alle drei diskutierten lautstark miteinander. »Ich muss das alles erst einmal verdauen.«

»Wenn du die Maschine in der Firma als Lufttaxi einsetzt, dann bist du Rudi als Partner gleichgestellt. Ich schlage vor, unsere Anwälte setzen sich zusammen und arbeiten die entsprechenden Verträge aus.« Susanne zwinkerte ihr schelmisch zu: »Wir setzen beim Abendessen Andreas einfach neben Dr. Jäger! Er hat schon alles vorbereitet, vor allem wegen der Kosten im ersten Jahr, die ich übernehmen möchte. Die Versicherung haben wir interimistisch bei der Gesellschaft abgeschlossen, bei der euer Lufttaxi versichert ist. Joe meinte, ihr würdet es sicher auf eine Flotten-Versicherung ändern wollen. Aber Rudi durfte ja nichts davon erfahren. Weißt du, es war verteufelt schwer, die Sache als Geheimnis zu hüten. Der Kauf hat sich einige Zeit hingezogen, bis alles rechtskräftig war. Und ich hatte ja solche Angst, ich könnte den Mund nicht halten, wenn du mir über den Weg läufst. Joe ist es auch schwergefallen. Er war mein geheimer Berater. Wir haben gemeinsam die Angebote im Internet studiert. Und dann haben wir sie plötzlich gefunden: eine genaue Kopie eurer

Maschine. Alles andere hat auch entsprochen. Wir waren uns beide einig, dass sie genau die richtige ist.« Susanne blickte verlegen zu Boden. »Und das mit der völlig gleich aussehenden … Zwillingsschwester … war für mich auch irgendwie ausschlaggebend.«

Sie zückte ihren Fotoapparat. »So, und jetzt halten wir alles bildlich fest.« Nach ein paar Aufnahmen von dem Gedränge im Cockpit stieg sie aus. Claudia kletterte hinterher und ließ sich bei der Umarmung der spitzen Nase ihrer Maschine fotografieren. Danach scheuchte sie alle aus dem Cockpit, lieh sich Susannes Kamera, knipste *ihr* Flugzeug von allen Seiten, allein und gemeinsam mit dem Lufttaxi. Einer der Flugplatzangestellten fotografierte sie dann alle zusammen, – aufgestellt vor Claudias beinahe eigener Cessna 414 Chancellor.

»Na, was sagst du?«, fragte sie Rudi.

»Unsere Flotte!«, sagte Rudi verzückt. Er drückte Claudia schmunzelnd an sich. »Willst du mich heiraten?«

»Ha! Du bist doch schon mit deinem Flugzeug verheiratet. Bigamist! Jetzt willst du auch noch mit List und Tücke meines kapern, Schurke!«, sie kicherte und fügte augenzwinkernd hinzu: »Reiche Geschäftsfrauen wie ich fallen doch nicht auf so etwas Hinterhältiges rein. Man weiß ja, was dabei rauskommt. Jetzt bin ich ein ebenbürtiger Partner, mein Lieber. Meinst du, ich wäre so bescheuert, mich von dir unterdrücken zu lassen?«

»Oh, ich bin flexibel! Wir wechseln einfach die Positionen.« Rudi grinste anzüglich.

»Das muss wohl überlegt werden«, neckte sie ihn. »Aber in meiner Maschine fliege *ich* ganz sicher nicht als *Copilot*!«

»Dieser Tragik bin ich nicht gewachsen«, stöhnte er. »Du willst nicht mehr mit mir gemeinsam fliegen. Dem kannst du mich nicht ausliefern. Du bist eindeutig mein liebster und bester Co!«

»Och, es wird sich schon arrangieren lassen, dass ich auch weiterhin mit dir fliege«, sie lachte vergnügt. »Aber wenn du mit *mir*, in *meiner* Maschine fliegst, wirst du erst beweisen müssen, wie gut *du* als *Copilot* bist!«

»Ich bin auch dafür sehr talentiert«, behauptete Rudi. Dann drückte er sie wieder ganz fest an sich. »Claudia, wir haben eine Flotte! Ich kann es noch gar nicht richtig fassen. – Ich liebe dich.«

»Und die Flugzeuge«, meinte sie anzüglich.

»Klar! Aber du stehst an erster Stelle.« Er lächelte sie an. »Wir sind ein tolles Team. Aber das waren wir auch schon vorher. Ich freue mich für dich. Es ist einfach schön, zu sehen, wie glücklich du bist.«

Rudi und Andreas waren natürlich ganz versessen darauf, mit dem neuen Flugzeug eine Runde zu drehen. Aber es stand Claudia zu, als Erste damit zu fliegen. Das brauchte gar nicht erst diskutiert zu werden. Doch sie wollte sich dieses Erlebnis erst am nächsten Tag in aller Ruhe und Entspanntheit gönnen. Im Augenblick war sie viel zu aufgeregt dafür. Solche Dinge musste man genießen!

Abends aßen sie alle zusammen in Susannes Haus. Die Haushälterin stellte eine riesige gusseiserne Pfanne mit Paella auf den Tisch, frische Salate und Rotwein. Während alle vergnügt und herzhaft zugriffen, ließ es sich natürlich kaum vermeiden, über das neue Flugzeug zu reden. Jeder schien sich mit Claudia zu freuen. Dr. Jäger gestand, dass er es kaum erwarten konnte, ihr Gesicht bei der Übergabe zu sehen. Joe meinte, er wäre überzeugt gewesen, sie würde lautstark durchdrehen, anstatt sprachlos zu sein. Claudia warf ihm vor, er hätte wenigstens eine Andeutung fallen lassen können. Rudi erinnerte sich, wie ihn Joe in letzter Zeit öfters über die grundlegenden Voraussetzungen beim seinerzeitigen Kauf des Lufttaxis ausgefragt hatte. Dr. Jäger verriet, dass Susanne am Copilotensitz gesessen hatte, als sie mit Joe in der neuerworbenen Cessna 414 nach Marbella geflogen waren. Maria sagte, wie schwer es ihr gefallen wäre, nicht wenigstens den Manosakis von dem Plan zu erzählen, weil die Gefahr bestand, sie könnten etwas ausplaudern.

Aus all diesen Gründen erfuhren die drei Lufttaxipiloten von den erschütternden Ereignissen erst am nächsten Tag.

45

Marbella

Beim Mittagessen am nächsten Tag begann Susanne zu erzählen: Als sie auf Mykonos von Tina und Bernhard mit den verschiedensten Drogen vollgepumpt wurde, hatte sie oft wiederkehrende Traumbilder oder blitzlichtartige Halluzinationen vom Unfall auf der spanischen Küstenstraße. Bruchstücke von Erinnerungen wurden aus ihrem Unterbewusstsein hochgeschwemmt. Anfangs glich es einem Puzzle. Einzelne Bilder. Worte. Schreie. Allmählich fügten sie sich zusammen. Schließlich wurde ihr der gesamte Ablauf des Geschehens bewusst. Ein Film spulte sich gleichsam im Zeitlupentempo vor ihr ab. In ständiger Wiederkehr. Und darin lag auch einer der Gründe, weshalb sich Susanne anfangs nicht massiver gegen die Rauschmittel, die Tina ihr verabreichte, zur Wehr setzte. Susanne wollte herausfinden, was geschehen war, und sie sah darin eine Möglichkeit. In den beiden Jahren davor hatte sie nur gewusst, dass es Unruhe und Aufregung vor dem Unfall gegeben hatte. Doch die Gründe dafür waren nicht bis zu ihrem Gehirn durchgedrungen.

Wenn ihr Bruder Karl nur einfach in einer Kurve die Herrschaft über den Wagen verloren hätte, wäre das unvermutet, ohne Vorwarnung passiert. Es musste eine Ursache dafür gegeben haben, dass der Mercedes die Leitschiene mit überhöhtem Tempo durchbrach und über den Abhang zum Meer hinunter schoss. Karl fuhr vielleicht manchmal etwas zu schnell, aber nie riskant. Völlig grundlos wäre er sicher nicht über die kurvenreiche Küstenstraße gerast. War plötzlich ein Hindernis auf der Straße aufgetaucht? Und woher kam das Gefühl der vorangegangenen Aufregung? Gab es Streit? Worüber? Susanne wollte es wissen.

Doch mit den aus ihrem Innersten hochgeschwemmten Brocken der Erinnerungen vervollständigte sich nicht nur ein erschütterndes Bild, sondern durch das sich immer deutlichere Abzeichnen des Geschehens erfasste sie ein entsetzliches Grauen, dem sie sich hilflos ausgeliefert fühlte. Und gleichzeitig wurde ihr auch die Ausweglosigkeit ihrer gegenwärtigen Situation bewusst. Sie wehrte sich nicht mehr gegen betäubende Mittel. Es war ein Weg, der Realität zu entfliehen.

»Karl hat den Mercedes gefahren«, erzählte sie den Lufttaxipiloten. »Unser Vater ist vorne, neben ihm gesessen.

Ich hinten. Plötzlich hat Karl geschrien: ›Verflucht, die Bremsen funktionieren nicht! Das Bremspedal hat keinen Widerstand. Da ist was gerissen!‹ Er hat zurückgeschaltet und versucht, mit dem Motor zu bremsen. Es hat nichts genützt. Die Straße ging steil bergab, der Wagen wurde immer schneller. Karl hat geflucht. Vor einer der Kurven war hangseitig eine Ausbuchtung im Gestein, groß genug, um einen Wagen abzustellen. Wir kannten die Strecke natürlich sehr gut. Karl wollte diese Stelle nützen, den Mercedes über das Gestein schrammen, um ihn zu bremsen und in der hangseitigen Ausbuchtung aufprallen zu lassen. Es war unsere letzte und einzige Chance. Die Straße wurde danach noch enger, noch steiler und noch kurvenreicher. Auf der linken Seite ein Abgrund, rechts eine Felswand. Jedes entgegenkommende Fahrzeug würden wir mit unserem Mercedes unvermeidlich abschießen.

›Sue, press dich an die linke hintere Türe. Öffne sie vor dem Aufprall und lass dich sofort rausrollen‹, sagte Karl zu mir.

Und ich hörte die Stimme meines Vaters: ›Sie wollte nicht mitkommen! Sie hat sich fast wie in Panik geweigert … Als ob sie es gewusst hätte …!‹ Es klang irgendwie verwundert, aber es lag auch ein erschütterndes Entsetzen darin.

Danach überstürzten sich förmlich die Ereignisse. Meinem Bruder gelang es nicht, mit seinem Manöver den Wagen ausreichend abzubremsen. Der Boden in der Parkbucht bestand aus feinem Sand. Unser Mercedes prallte gegen einen Felsbrocken und schleuderte mit dem Heck voran zurück auf die Straße. Karl fluchte über die Airbags. Er konnte sich kaum rühren. Das Auto wurde regelrecht gegen die Leitplanken katapultiert, durchbrach sie und schoss darüber hinaus in den Abgrund.

Ich weiß nicht, wieso ich diese Bilder so genau vor Augen habe«, sagte Susanne leise. »Ich hatte die hintere Türe schon geöffnet. Es ging alles so fürchterlich schnell. Ich hatte entsetzliche Angst. Und ich hörte Karl schreien: ›Sue, raus! Roll raus!‹ Laut, dröhnend, eindringlich. Ich ließ mich aus dem Wagen fallen. Doch da war kein Boden! Ich stürzte in die Tiefe. Der Mercedes tanzte über mir in der Luft, bevor er kippte.« Susanne blickte verlegen in die Runde. »Ich kann das alles nicht bewusst registriert haben. Aber diese Bilder haben sich ganz klar abgezeichnet, wenn mir Tina diese feuchten Zuckerstückchen gab. Und der Ablauf war dabei immer der gleiche. Ganz langsam, wie in Zeitlupe sah ich es vor mir. Deshalb glaube ich, dass es so gewesen sein muss. Weil danach nämlich nichts mehr kommt. Nur Dunkelheit. Und genau deshalb habe ich Achie damit beauftragt, Nachforschungen anzustellen!«

Alle schwiegen zutiefst betroffen über das Gehörte.

Dr. Jäger räusperte sich. »Na los, Achie, erzähl es ihnen. Sonst glauben sie noch, du wärst die letzten Wochen auf der faulen Haut gelegen.«

»Also, das Bremsseil war gerissen. Das bestätigt Susannes Erinnerungen. Allerdings fand man das natürlich gleich nach dem Unfall heraus. Sandra Käfer hat damals behauptet, der Wagen wäre zuvor in der verschlossenen Garage gestanden, und ein Außenstehender hätte sich wegen der Alarmanlagen keinen heimlichen Zutritt zu dem Grundstück verschaffen können, um etwas an dem Wagen zu manipulieren. Deshalb ging man dann davon aus, diese Beschädigung wäre während des Aufpralls auf einem der Felsen entstanden. Der Wagen hat sich mehrmals überschlagen und war bereits ziemlich demoliert, bevor er im Meer gelandet ist.

Tja, aber ich habe herausgefunden, dass ein Bekannter von uns genau zu diesem Zeitpunkt ebenfalls in Marbella weilte!«, verkündete Achie ironisch. »Ich konnte Zeugen ausfindig machen, die Jaromir Käfer damals gesehen haben. Es lässt sich natürlich nur schwer beweisen, dass Käfer in der Garage an dem Mercedes das Bremsseil angesägt hat.

Wir werden deshalb versuchen, es Sandra in die Schuhe zu schieben. Sie ist nicht so kaltblütig wie Jaromir Käfer. Sandra ist dem nervlich nicht gewachsen. Letztlich wird sie gestehen, Jaromir die Garagenschlüssel anvertraut und die Alarmanlage abgeschaltet zu haben. Da sie auch bei den nachfolgenden Geschehnissen seine Komplizin war, kann sie sich der Anklage zur Beihilfe nicht entziehen. Doch von den Mordfällen wird sie sich zu distanzieren versuchen und ihn beschuldigen.

Susannes Erinnerungen an die Stimme und die Wortwahl ihres Vaters haben mich natürlich zu einigen Recherchen in dieser Richtung veranlasst. Die Sebensteins waren an dem Unfallabend zu einer Party bei Freunden eingeladen. Sandra Käfer, damals noch Sebenstein, weigerte sich plötzlich, mitzukommen. Susanne erinnert sich, dass ihre Stiefmutter behauptete, Kopfschmerzen zu haben, doch als ihr Vater absagen wollte, ihn hysterisch angeschrien hätte, er solle doch ohne sie hingehen. Es artete in einen Streit aus, bei dem sich Sandra türenknallend zurückzog. Nach einer Weile tauchte sie wieder auf, meinte, sie würde ein paar Tabletten nehmen und, sobald es ihr besser ginge, nachkommen.

Ich habe diesbezüglich bei den seinerzeitigen Gastgebern nachgefragt. Die Dame des Hauses ist übrigens eine fantastisch aussehende Rothaarige mit geradezu himmlischen Kurven«, behauptete Achie schmachtend und beendete sein gedankliches Schwelgen mit einem Achselzucken, »leider bin ich nicht ihre Kragenweite. Aber sie hat mir trotzdem haarklein berichtet, dass Sandra es niemals versäumt hätte, grundlos auf einer derartigen Party zu erscheinen. Sandra genoss es allzu sehr, im Mittelpunkt zu stehen, und hatte ein paar Tage zuvor sogar ein besonders extravagantes Kleid für diesen Anlass gekauft. Das nämlich hatte die Eigentümerin einer Boutique der rothaarigen Gastgeberin erzählt. Deshalb hätte sie sich auch gewundert, als sie später von ihrem Friseur hörte, Sandra habe ihren Vormittagstermin abgesagt. Das sah ihr nicht ähnlich. Alles, was in Marbella Rang und Namen hatte, folgte der Einladung. Aus diesem Grund war die rothaarige Dame auch äußerst überrascht, als sie erfuhr, dass Sandra beim Unfall der Sebensteins nicht im Wagen gesessen hatte. Es war danach eine Zeit lang das Tagesgespräch bei allen ihren Freundinnen. Man sprach von Vorahnungen, esoterischen Warnungen, hellseherischen Fähigkeiten oder schlicht einem eigenartigen Zufall.« Achie grinste: »Ich fürchte, die liebe Sandra wird dadurch in einen kleinen Erklärungsnotstand geraten. Dafür, bereits am Vormittag nicht mit dem Mercedes fahren zu wollen, gibt es nur wenige plausible Argumente. Vermutlich war der Wagen zu diesem Zeitpunkt bereits präpariert. Allerdings konnte sie, nachdem der Mercedes in der Garage stand, ohne eine glaubwürdige Begründung kein Taxi rufen. Ihren Friseurtermin abzusagen, weil sie ahnte, dass sie abends unter Kopfschmerzen leiden würde, klingt wenig überzeugend. Sie konnte deshalb nur hoffen, dass später niemand von der Stornierung erfahren würde. Tatsächlich ging es dabei ausschließlich um den Wagen, den sie nicht benutzen konnte. Die Frage, ob die Bremsen des Mercedes in der Nacht zuvor manipuliert wurden, erübrigt sich damit gewissermaßen.«

»Der Prozessbeginn ist für Ende Jänner festgelegt«, sagte Matthias Jäger. »Die neuen Erkenntnisse werden miteinbezogen.« Er betrachtete Claudia nachdenklich: »Claudia, es ist Ihnen doch klar, was dann auf Sie zukommen wird?«

Sie sah ihn leicht verdutzt an. »Na ja, ich werde aussagen. War ja nichts Unrechtes, nach Susanne zu suchen. Dass ich die Käfers angelogen habe, zählt doch hoffentlich nicht schwer? Ein paar Gespräche mit der zuständigen Staatsanwältin hatte ich ja schon. Die hat mir nicht gesagt, dass es falsch gewesen wäre, den Käfers gegenüber meinen Verdacht zu verschweigen und nicht völlig aufrichtig zu sein.«

Achie lachte belustigt. »Er meint die Reporter, Claudia. Die Presse wird diese Geschichte ausschlachten. Man wird sich auf dich stürzen! Jeder wird das Lufttaxi chartern wollen, um an eine Story zu kommen. Natürlich wird man auch Rudi und Andreas Beachtung schenken, allerdings weit weniger. Du wirst der Star sein!«

Claudia sah ihn entgeistert an. Daran hatte sie wirklich nicht gedacht. Aber ein bisschen Werbung für das Unternehmen konnte eigentlich nicht schaden. Jetzt, wo ihnen sogar zwei Flugzeuge zur Verfügung standen. Vielleicht blieb ja der eine oder andere Reporter als Stammkunde hängen?

»Lassen Sie sich nicht reinlegen. Zeitschriften bezahlen für Exklusivinterviews! Andreas wird Sie sicher gerne beraten. Machen Sie ohne ihn keine Zusagen. Es gibt oft hinterhältige Klauseln in den Verträgen«, meinte Dr. Jäger.

Claudia warf einen Blick auf Andreas. Er schmunzelte

vergnügt. »Ich kann mir nicht vorstellen, dass ich noch lange als Anwalt tätig sein werde, wenn wir permanent über zwei Maschinen verfügen. Du wirst dein Berühmtwerden doch hoffentlich dazu nutzen, das Wort *Lufttaxi* in jedem Artikel mehrmals zu erwähnen. Übrigens, wenn du mich jetzt nach dem Essen mit deiner Cessna als ›*Pilot in command*‹ fliegen lässt, berate ich dich später völlig kostenlos!«

»Falls du beabsichtigst, jemals von mir ein Beratungshonorar zu verlangen, lasse ich dich mit der OE-FCC niemals fliegen«, behauptete Claudia lachend.

46

Wien Flughafen

Zwei Tage später flogen sie in Formation zurück nach Wien. Joe als Copilot von Rudi mit der OE-FFY. Andreas als Copilot von Claudia in der OE-FCC. Dr. Jäger und Achie flogen als Passagiere im *alten* Lufttaxi. Susanne beabsichtigte, noch einige Zeit in ihrem Haus in Marbella zu bleiben.

Ob Claudias Strahlen während des Fluges das von Rudi noch übertraf, blieb ungeklärt. Andreas jedenfalls meinte, es wäre sicher unschlagbar.

Als sie nach der Landung in Wien die Maschinen hintereinander aufs Vorfeld zum GAC rollten, warteten Thomas, Oliver und Papa Fellner bereits aufgeregt. Rudi und Claudia stellten die Flugzeuge nebeneinander ab. Sie wirkten wie Zwillingsschwestern. Rein gefühlsmäßig empfand Claudia ›*ihre*‹ Cessna als die hübschere der Schwestern. Irgendwie schien auch sie zu strahlen.

»Wir haben eine Flotte«, sagte Thomas ehrfurchtsvoll.

»Die Lufttaxilogos zum Aufkleben auf der neuen Maschine kriegen wir morgen«, verkündete Oliver.

»Wie hoch belaufen sich die Kosten, die wir selbst tragen müssen?«, erkundigte sich Papa Fellner kritisch bei Andreas.

Thomas öffnete knallend eine mit aufs Vorfeld gebrachte Sektflasche. »Wir müssen sie taufen! Hast du schon einen Namen für sie, Claudia?«

»Na ja, ich hab mir gedacht, es wäre passend, wenn ich sie *Sue* nenne. Susanne wurde von ihrem Bruder Karl so genannt. Und wenn doch schon *Charly* im Kennzeichen vorkommt, schließt das irgendwie den Kreis«, sagte sie leise und streichelte verstohlen die Nase ihrer Cessna 414 Chancellor. Rudi zwinkerte ihr schelmisch zu. Oh nein! Sie würde niemals heimlich *ihrer* Sue einreden, sie wäre die Schönste am ganzen Flughafen, so wie er es *seiner Fify* ständig eintrichterte.

Als sie die Hälfte des Sekts über ihre Nase spritzte fragte sie nur ganz leise: »Gefällt dir der Name ›*Sue*‹ meine Schöne?«

ENDE

DANKE!

Ein riesiges ›Dankeschön‹ für die tolle Zusammenarbeit gebührt Claudia Senghaas, die nicht nur Programmleiterin des Gmeiner Verlages ist, sondern auch meine Lektorin. Herzlich danken möchte ich außerdem Gerhard Loibelsberger, dem Sprecher der Österreichischen Krimiautoren, und Autor von historischen Wien-Krimis.

Meine Freundin Silvia Wagner hat mir ihre authentischen Erfahrungen als Berufspilotin in einem kleinen Luftfahrtunternehmen vermittelt. Da sie auch Ballonfahrer ausbildet, Passagier- und Werbefahrten durchführt, kann es sein, dass sich nicht nur einige ihrer skurrilen Erlebnisse mit Fluggästen, die sie mir erzählt hat, sondern auch welche von Mitfahrern im Heißluftballon, in die Krimis über Lufttaxi-Passagiere eingeschlichen haben. Thomas Lewetz, dem Boss der Pink Aviation, verdanke ich detaillierte Informationen über die Gründung eines Flugunternehmens, sowie Wartung und Werftbetrieb. Außerdem gab er mir humorvolle Einblicke vom Ablauf der Stunts von Fallschirmspringern, die für TV-Serien und Filmproduktionen mit einer seiner Skyvans trainiert oder durchgeführt wurden. So manches davon habe ich in den Lufttaxi-Krimis verwertet. Für die Vorbildwirkung einer meiner Figuren möchte ich mich bei Joe Gattringer, meinem seinerzeitigen Fluglehrer und GAC-Betriebsleiter, bedanken, sowie bei Norbert Schenk, Flugplatzbetriebsleiter, Fluglehrer, der mich ebenfalls mit Insider-Infos versorgt hat.

Überaus herzlich bedanken möchte ich mich bei Heidi Gruber, meiner strengsten Testleserin, für ihre kritischen Anmerkungen und sinnvollen Anregungen. Und natürlich auch bei den nicht ganz so gestrengen Testlesern Evelyn Kyrian, Helga Schenk und Roland Nekuda.

Für die Tipps und ihre Unterstützung möchte ich mich bei Sigrid Neureiter und Sabina Naber, Krimiautorinnen im Gmeiner Verlag, bedanken. Hilfe bei Dialogen und Textpassagen des spanischen Arztes in diesem Krimi, verdanke ich meiner Schwiegertochter, Dr. Renate Auer und ihrem ausgezeichneten Spanisch. Last but not least möchte ich meinem Mann danken, der mir zwar verständnisvoll, aber auch als ungeduldiger und gnadenloser Kritiker liebevoll zur Seite stand.

Das Neueste aus der Gmeiner-Bibliothek

Unser Lesermagazin

Bestellen Sie das kostenlose Krimi-Journal in Ihrer Buchhandlung oder unter www.gmeiner-verlag.de

Informieren Sie sich …

www … auf unserer Homepage: www.gmeiner-verlag.de

@ … über unseren Newsletter: Melden Sie sich für unseren Newsletter an unter www.gmeiner-verlag.de/newsletter

f … werden Sie Fan auf Facebook: www.facebook.com/gmeiner.verlag

Mitmachen und gewinnen!

Schicken Sie uns Ihre Meinung zu unseren Büchern per Mail an gewinnspiel@gmeiner-verlag.de und nehmen Sie automatisch an unserem Jahresgewinnspiel mit »mörderisch guten« Preisen teil!